최면의 대가

일성 신무협 판타지 소설

Fantastic Oriental Heroes

최면의 대가 1

일성 新무협 판타지 소설

초판 1쇄 찍은 날 § 2006년 7월 29일
초판 1쇄 펴낸 날 § 2006년 8월   7일

지은이 § 일성
펴낸이 § 서경석

편집장 § 문혜영
편집책임 § 서지현
편집 § 이재권

펴낸곳 § 도서출판 청어람
등록번호 § 제1081-1-89호
등록일자 § 1999. 5. 31
어람번호 § 제2-0970호

주소 § 경기도 부천시 원미구 심곡1동 350-1 남성B/D 3F (우) 420-011
전화 § 032-656-4452 팩스 § 032-656-4453
http://www.chungeoram.com
E-mail § eoram99@chollian.net

ISBN 89-251-0243-9 04810
ISBN 89-251-0242-0 (세트)

최면의 대가

일성 신무협 판타지 소설

Fantastic Oriental Heroes

1

도서출판 청어람

목차

'약속' 이란 틀에 얽매이게 되면 항상 답답함이 밀려오곤 한다.

가벼운 약속도 하는 순간부터 지킬 수 없게 될지 모른다는 가능성이 생기기 때문이다.

그런 면에서 이번 글을 쓰는 중 새삼 약속의 중요성을 알게 되었다.

약속을 함에 있어서 신중해야 한다는 것도…….

이번 '최면의 대가' 는 짧은 글 인생에서 가장 힘든 글이 되었다.

앞으로 얼마나 더 어려운 글이 나에게 다가올지 모르겠지만, 현재까지는 가장 나를 괴롭게 한 글이다. '빙공+매직' 을 쓰며 실패와 실패를 거듭한 끝에 탄생된 글이기에 그렇게 느껴지는지도 모른다.

세 번의 전면 수정과 수많은 부분 수정 끝에 결국, '최면의 대가' 를 집어 든 나!

같이 써보겠다고 들고 나온 그것이 오히려 먼저 출판 기회를 맞이하게 되었다. 나 스스로가 나를 평가한다면 '부족한 놈' 이라는 답이 나올 수밖에 없는 결과였다.

하지만 이번에도 슬며시 핑계 아닌 핑계를 댄다.

내 글을 읽어주시는 독자들께 재밌는 글을 보여주고 싶어 그
런 것이라고…….

이번에도 금강님의 도움을 많이 받았다. 주는 것 없이 항상 받
기만 하는 일의 연속이 못내 부끄럽지만, 무협적인 용어로 철판
신공을 발휘할 수밖에 없었다. 그만큼 나의 부족함을 잘 알고 있
기 때문이다.

이 자리를 빌려 금강님께 다시 한 번 감사드리며, 그 외에도
최면의 대가에 조언을 아끼지 않으신 많은 지인들께도 고개 숙
여 감사를 드린다.
마지막으로 항상 지켜주시는 하나님께 감사, 글 쓴다는 핑계
로 점점 게을러져 가는 아들을 오히려 격려해 주신 부모님께도
감사를 드린다.

항상 하나님의 축복이 함께하길 바라며 독자 분들께…

―星拜上

눈빛 하나로 세상을 오시하고, 손짓 한 번으로 지옥이 펼쳐질지니,
그를 마주하게 되면 스스로 자결하리.
그것만이 지옥을 벗어나는 길이리라!

무림어록 '최면의 대가' 편에서
삼십육대 맹주의 진언 중

第一章

그를 두고 사람들은 하나같이 이렇게 말했다.

―그는 초식의 귀재였다.

한 번 보면 못 따라 하는 것이 없고, 외우고자 하면 어떤 것이든 한 시진 만에 읊어댔다.

삼고(三孤)의 천태신검(川太神劍)을 정확히 한 시진 만의 수련으로 선보였다 하니 어찌 대단하다 하지 않겠는가!

천태신검이란 화산의 십이대 장로인 삼고가 만들어낸 검법이다. 화산의 무공에서 난해하기로 으뜸이었으며, 초식이 많기로도 유명했다. 총 삼백열두 가지의 초식을 동반했으니 변초와 허초를 섞는다면 그 수는 헤아릴 수가 없으리라.

한데, 그는 그것을 한 시진 만에 구현해 냈다. 그리고 사람들은 놀랍도록 완벽하다고 칭찬했다.

하지만 모순되게도 그를 부러워하지는 않았다.

하늘은 공평했던 것이다.

그랬다. 하늘은 고맙게도 그에게 무인으로서의 재능을 그것만 넘겨주었다.

그래서 그는 천덕꾸러기가 되었다.

처음엔 그를 본 모든 화산의 도인들이, 그리고 그를 구경하러 온 타 문파의 고수들이 칭송해 마지않았다.

화산의 앞날이 밝을 것이라고…….

저 아이로 인해 화산이 소림과 무당을 누르고 천하제일명문대파로 거듭날 것이라고…….

하지만 일 년이 지나고, 이 년이 지나고, 삼 년, 그리고 사 년째가 되던 해엔 그를 모두 잊었다. 수많은 화산의 제자 중 한 명으로 치부되었을 뿐이다.

이유는 하나였다.

내공!

그는 한 줌의 내공도 모으지 못했다.

역혈(逆穴)의 불화(不和) 현상이라 했던가!

그를 진맥해 본 사람들은 하나같이 그렇게 말했다.

사람에게는 누구나 가지고 있는 혈의 흐름이 있는데 그것은 자연에 따른 것이다.

물이 높은 곳에서 아래로 흐르고, 더운 곳에서 찬 곳으로 움직이듯 사람의 몸속도 인간 특유 기운의 흐름이 존재하는 것이다.

무인들은 그것을 극대로 키우려 한다. 하지만 그는 그럴 수가 없었다. 몸이 기의 흐름에 불응했던 탓이다.

자연히 내공 수련이 안 될 수밖에 없는데…… . 심지어는 몸속의 기운조차 느끼지 못했다.

내공이 없는 초식, 그것은 죽은 초식이다.

따라 하는 원숭이에 비할 바가 아니다.

아니, 화산으로선 원숭이보다 더욱 값어치없는 존재일 뿐이었다.

예전이었다면 다를 수도 있었다. 하지만 지금, 마교의 준동 아래 혼란의 세상이 도래한 지금에서는 강자만이 우대받을 수 있었다. 화산도 거기에서는 자유롭지 못했다.

초기의 화산 창립 목적도 잊은 채 강호의 비바람을 비켜가지 못했던 것이다.

화산은 고수를 원했다.

명예를 드높여 주고, 화산을 이끌며, 무림에 우뚝 설 강자들을 원했다. 그래서 그는 관심 밖이 될 수밖에 없었다.

놀라웠던 재능은 나이가 들수록 다른 아이들의 무공에 압도되었고, 잠들어 버렸다. 더 이상 재능있다 말할 수가 없게 된 것이다.

결국, 그의 나이 십삼 세에 보경당(寶鏡堂)으로 보내졌다.

무공에 재능이 없는 제자, 성취가 늦은 제자, 그리고 기대하지 못할 제자들이 머물게 되는 곳. 서책을 공부하고, 도를 닦으며, 계율을 정하는, 화산으로서는 중요하지만 현재로선 별 필요 없는 계륵 같은 곳이었다.

철퍼덕!

양동이가 수면을 때리고 이내 우물 밖으로 올라왔다.

한가득 넘실거리는 물은 햇살을 받아 반짝거렸다.

"휴!"

폐부 깊이 마신 숨이 절로 터져 나왔다. 우물 뒤에 있는 수레, 그리고 그 위에 올려져 있는 항아리를 가득 채우려면 아직도 한참이었던 것이다.

'언제 다 채우나……'

해는 중천이고, 할 일은 태산 같으니……. 저녁때라도 놓치지 않으려면 서둘러야 했다. 하지만 일손을 잠시 멈춘 그는 피식 웃음을 흘렸다.

그의 시선은 항아리에 고정되어 있었다.

절반도 차지 않은 항아리가 꼭 누군가를 닮은 것 같았다.

누굴까?

사실, 떠올려 보면 답은 간단하다.

그를 괴롭히는 화산의 동문들. 아무리 열심히 해도 따라잡을 수 없는 그들이 그에게는 항아리와 같았다. 또, 그를 힘들게 하는 점도 비슷했다.

이럴 때면 예전 기억이 떠오를 수밖에 없었다. 아련하지만 지금이라도 되돌리고 싶은 달콤한 기억이었다.

'육 년 전이었던가?'

아마 그가 처음으로 화산에 입문할 때였을 것이다. 청명(清明)이라는 도호를 받은 것도 그 무렵이었다.

그때는 좋았다. 그가 펼치는 초식을 보고 놀라워하던 화산 도인들의 시선과 날이 갈수록 어려운 초식을 전수해 주고 앞다투어 자신의 제자로 받아들이겠다고 소란을 떠는 노도사들의 성화 등이…….

우쭐한 기분에 으스대며 동문을 내려다볼 수밖에 없었다.

물론, 철없는 어린 나이였기에 그랬던 것이겠지만, 그래도 그는 당시 사형제들의 시선을 즐겼다. 모든 도인들의 사랑을 독차지하는 자신을 우러러보고 부러워하는 시선이 어린 마음에 그렇게 좋을 수가 없었던 것이다.

심지어는 시기와 질투 어린 빛을 담은 동문들의 시선까지도 즐겼으니 말해 무엇 하랴!

지금 이렇게 될 줄도 모른 채…….

"훗!"

문득, 웃음을 흘린 청명이 고개를 저었다.

철없는 그때를 회상하면 뭐 할까?

떠올려 봐야 피해 심리만 커지는 기억은 빨리 잊는 게 좋다. 어쨌든 지금은 화산의 천덕꾸러기, 누구도 관심을 주지 않는 그런 존재일 뿐이었으니까.

쏴아아—!

양동이의 물을 항아리에 붓고 다시 우물에 던져 넣었다. 그리고 반복된 동작으로 줄을 잡아당겨 계속해서 항아리를 채워 나가기 시작했다.

그렇게 이각 정도가 지나자 드디어 항아리가 서서히 차 오르고 있었다. 우물가로 온 지 반 시진 만의 일인데, 그때 청명의 옷은 땀으로 범벅이 되어 있었다.

다른 동문들 같았다면 그 절반의 시간도 걸리지 않았겠지만, 내공이 없어 오로지 체력에만 의지해야 했던 청명에게는 어쩔 수 없는 일이었다.

그래도 반 시진은 빨라진 것이다. 두 달 전, 처음 주당의 물을 책임졌을 때는 그 두 배가 걸렸으니, 장족의 발전이라 할 수 있었다.

쏴아악—!

마지막으로 항아리에 물을 부은 그는 수레를 끌고 주당으로 향하기 시작했다. 가득 찬 항아리의 무게 때문에 속도가 느려졌지만 이 또한 익숙한 것이라 상관은 없었다. 그런데 도중에 공교로운 일이 벌어졌다.

"어이, 청명 사숙!"

끙끙대며 수레를 끌고 있던 청명은 소리를 쫓아 고개를 돌렸다. 거기에 삼대제자인 정숙(情熟)이 어린 제자들에게 둘러싸여 있는 모습이 보였다.

순간 청명의 인상이 찌푸려졌다. 다들 그랬지만, 정숙은 최근 들어 부쩍 그를 무시하는 경향을 드러냈다. 나이가 어린데도 태청 진인(太淸眞人)의 제자가 된 덕분에 졸지에 사숙이 되어버린 청명이 마음에 들지 않았을 것이다. 하물며 무공 실력이 부쩍 늘어 도인들의 기대를 한 몸에 받게 된 지금에는 더욱 청명이 눈 아래로 보일 수밖에 없었다.

'어이? 청명 사숙?'

순간 청명은 괘씸하다는 생각이 들었다. 정숙보다 나이는 어리지만 엄연히 하늘 같은 사숙이 아닌가!

하지만 어린 사제들이 있는 데서 이런 일로 그를 꾸중할 수는 없었다.

최대한 표정 관리를 하며 그에게 물었다.

"왜 그래?"

"잠깐만 이리 와봐요!"

청명은 고갯짓으로 끌고 있던 수레를 가리켰다.

"지금 바쁘니 나중에 이야기하자."

"지금 도움이 필요하니까 그렇죠. 잠깐만 와보십시오!"

'도움?'

청명은 고개를 갸웃거렸다.

그가 도움이 필요한 일이 뭐가 있을까? 그보다, 다른 사제들 앞에서 자신에게 무슨 도움을 필요로 하는 것일까?

청명은 슬쩍 손잡이를 내려놓았다.

항상 무시만 하던 녀석이 웬일일까, 하는 심정에서였다.

하긴, 청명보다 세 살이나 많았으니 이제 십팔 세. 그 정도 나이면 철이 들 때가 되긴 했다.

의문을 품은 표정으로 다가가자 어린 화산의 제자들이 말똥말똥 그를 바라보았다.

청명은 왠지 모르게 으쓱해졌다. 잊으려 했던 과거, 아이들에게 우러름을 받던 느낌이 되살아났기 때문이다.

"무슨 일인데 그러지?"

대답 대신 정숙이 손을 내밀었다.

손에는 나무로 만든 삼 척 장검이 들려 있었다.

"태화무류검법(太和無謬劍法) 알죠?"

"태화무류검법?"

"네, 사숙도 익혔다는 것을 알고 있습니다."

기억을 더듬어보자 삼 년 전에 그 때문에 고생했던 것이 떠올랐다.

"그런데?"

정숙은 대답없이 떠넘기듯 목검을 넘겼다. 그리고는 놀라운 말을 했다.

"지금 그 초식을 펼쳐 주세요. 낙화유심(落花唯心)부터 오락이신(娛樂二身)까지."

"지금?"

"네! 이 녀석들에게 가르쳐 줘야 할 것이 있습니다. 사숙이 적격일 것 같아서 부탁하는 거니 제대로 보여줘요."

그 말에 청명은 아이들을 바라보았다. 기대에 찬 눈빛으로 그를 바라보고 있는데, 다시 한 번 기분이 좋아지고 있었다.

'그동안 정숙을 오해한 건가?'

하도 동문들의 무시를 받는 바람에 이제 와서는 정숙뿐만 아니라, 다른 어린 제자들에게까지 은근히 무시당하고 있었다. 그런데 지금 정숙이 그것을 만회시켜 주려는 것 같았다.

그간 퍼부었던 저주와 원망이 괜스레 미안해졌다.

"아, 알았다."

대답과 함께 그는 아이들을 바라보며 당부했다.

"잘 보아라. 태화무류검법은 검로(劍路)보다는 발의 움직임. 즉, 중심에서 나온다."

쉬익!

목검이 앞으로 뻗었다.

"정숙의 말대로 일초, 낙화유심(落花留心)부터 시작하마."

뻗은 검이 하늘로 치솟더니 아래로 떨어져 내렸다. 그리고 낙화유심이라는 초식명대로 검법이 바람처럼 사방을 헤쳐 나갔다. 아이들에게 처음으로 시범을 보여주는 것이라 상당한 집중력을 발휘했다.

낙화유심 다음에는 만화이몽(晩花二夢). 다음은 청청신유(靑靑神諭), 낙화승원(落花昇元) 등이 차례로 청명의 손에서 시전되었다.

만족스럽게도 검법은 그럴듯하게 진행되었다. 청명 스스로가 최선을 다한 덕분이었다.

"오락이신!"

묵중한 음성이 터져 나오고, 목소리에 따라 태화무류검법의 마지막 초식인 오락이신이 펼쳐졌다. 그 또한 청명은 신중에 신중을 더했다. 덕분에 마무리까지 깔끔하게 한 그가 예에 따라 포권을 하고는 목검을 내밀었다.

"이 정도면 됐겠지?"

그간 지켜보던 정숙이 고개를 끄덕였다.

"아주 잘하셨습니다. 아이들에게 좋은 본보기가 되었을 겁니다."

"그렇다면 다행이다. 그럼, 이만 가보마. 다음에도 부탁할 것이 있으면 찾아와."

"그러죠."

말과 함께 정숙은 수레로 다가가는 청명을 바라보며 비소를 흘렸다.

가소롭다는 듯한 의미가 노골적으로 섞여 있는 미소였다.

잠시 후, 어린 제자들을 향해 그가 크게 외쳤다.

"청명 사숙의 검법을 잘 보았겠지?"

"네!"

"좋다. 그럼, 앞으로 저따위 겉멋만 잔뜩 든 죽은 초식은 따라 하지 마라."

"……!"

막 수레 손잡이를 들려던 청명의 동작이 멈칫했다.

'죽은 초식?'

채 의미를 되새길 시간도 없이 정숙의 목소리가 낭랑하게 울려 퍼졌다.

"한 줌의 내력도 싣지 않고 몸이 움직이는 대로, 기계적으로 이행하는 초식은 시정잡배나 하는 것이다. 무릇, 무공이란 매 동작 하나하나마다 마음이 따라야 하며, 마음이 따르는 동시에 내력이 실려야 한다. 조금 전 보았던 검법은 흉내 내기일 뿐이니, 잊지 말거라."

청명의 몸이 부들부들 떨리기 시작했다. 지금까지 초식을 선보이라는 것이 그런 이유였다니, 어린 제자들 앞에서 구경거리가 된 것과 진배없는 셈이었다.

울컥 울화가 치밀었다.

이건 사숙을 농락했다고밖에 생각할 수가 없다.

하지만…….

"사숙, 안 가시고 뭐 합니까?"

정숙이 먼저 입을 열었다.

청명은 얼굴이 붉어지고 수치심이 일었다.

어떻게 해야 할까?

수만 가지의 생각이 그의 머릿속을 헤집었지만 뚜렷한 방법이 없었다. 혼내봐야 사숙, 사백들의 기대를 한 몸에 받고 있는 사질과 싸웠다고 꾸지람을 받을 것이고, 주먹다짐이라도 했다가는 체면도 없이 아랫사람하고 엉켰다는 이유로 중한 벌만 받게 될 것이 분명했다.

그것은 경험으로도 잘 알고 있었다.

실제로 내공을 모을 수 없다는 것을 안 뒤부터 그를 무시하게 된 아이들의 시비를 참을 수 없어 자주 싸웠었다. 그리고 시간이 흐르면 흐를수록 싸움에서 밀리더니, 얻어맞고도 벌을 받는 억울한 일까지 종종 벌어졌다.

"뭐 하냐니까요? 수련해야 하니까 그만 가주십시오."

"……."

청명은 대답없이 얼굴을 더욱 붉게 물들였다.

너무 화나고 분하면 가슴이 떨려오는 모양이었다. 심장이 터질 듯 저려왔다.

"미안하다."

그 말밖에 할 말이 없었다.

청명은 그 한마디 말로 감정을 추슬렀다. 어린 제자들의 시선이 이제는 부담스럽게 느껴질 뿐이었다.

검법을 펼치는 동안 얼마나 비웃었을까?

하찮은 초식을 그렇게 열심히, 진지하게 보였으니…….

생각할수록 수치스러웠다.

이럴 때는 달리 방법이 없다.

"계속하거라."

말과 함께 그는 무거운 수레를 빠르게 끌고 자리를 벗어났다. 그런데 그것이 문제가 되었다.

픽—!

너무 힘을 주었던 것일까?

돌부리에 발이 미끄러졌다.

다행히 물을 쏟지 않았지만 꼴사나운 모습은 피할 수가 없었다.

쿵!

"하하하하하!"

순간 여기저기에서 웃음보가 터져 나왔다. 그러자 정숙의 엄한 목소리가 울려 퍼졌다.

"사숙이 실수를 좀 했기로서니, 그렇게 대놓고 웃는 것은 어른에 대한 예가 아니다!"

웃음이 잦아들었다. 하지만 그것이 청명을 더욱 괴롭혔다. 키득키득거리는 소리는 여전했던 것이다.

그리고 가증스런, 아마도 입가에는 득의한 미소를 흘리고 있을 정숙의 말이 더욱 기분이 나빴다.

어른에 대한 예?

조금 전까지 공개적으로 무시한 그 행동은 무엇이란 말인가!

하지만 그보다 창피함이 더욱 급했다.

그는 재빨리 일어나 다시 수레를 끌어 자리를 벗어나 버렸다.

'언제나 있었던 일이잖아.'

주당에 물을 건네주고 돌아오던 청명은 그렇게 되뇌었다.

하지만 신경 쓰지 말라고 스스로를 위안하면서도 한번 솟구친 분노는 좀체 삭을 줄 몰랐다.

'정숙!'

아직도 그 이름을 생각하면 몸이 떨리고 이가 갈렸다.

힘이 있었다면, 그래서 사숙으로서의 위엄이 있었다면 아마 그렇게 넘어가지 않았을 것이다.

'잊자! 잊는 것이 속이 편하다.'

도리질을 친 그는 보경당으로 향했다. 속상함으로 시간을 보내기에는 그의 생활이 바빴다.

조금이라도 빨리 자신의 관할에 가서 소실된 경전을 파악하고, 청소를 해야 한다. 특히, 얼마 전에 파손된 경전을 발견했기에 보름 안으로 필사도 마쳐야 했다.

급히 보경당에 도착한 청명은 정문 앞에서 걸음을 멈췄다. 막 문을 통과하기 무섭게 누군가가 그를 맞았던 것이다.

"이제 오느냐, 청명?"

그를 알아본 청명이 고개를 꾸뻑 숙였다.

청속(淸續)이었다.

보경당의 대부분이 그랬지만 청속도 무공에 재능이 없어 이십 년 전 보경당에 자리를 잡은 도인이었다. 청명과는 나이 차이가 세 배가 넘는 오십 줄, 하지만 청명이 태청 진인의 제자가 됨으로 해서 같은 배분의 사형제지간이 된 사이였다.

청명은 청속을 좋아했다. 솔직했기 때문이다. 너무 솔직해서 흠이라면 흠이겠지만, 은근히 보경당에서조차 따돌림을 받는 청명에게는 그 솔직함이 마음에 들었다.

"네! 한데, 여기서 무엇을 하고 계셨습니까?"

평소 이 시간이라면 보경당 제이관에서 도경에 파묻혀야 했기에 청명은 의아했다. 한가로이 마당에 나와 서성일 그가 아니었다.

"심부름 좀 다녀와야겠다."

"심부름이요?"

"그래!"

말과 함께 청속이 은근한 표정을 드러내며 다가섰다. 뭔가 비밀스런 말을 하려는 듯한데, 청명은 알고 있었다. 비밀스런 말이라기보다는 하기 싫은 일을 떠넘길 때 이런다는 것을.

"태진 사숙이 화음(華陰)에 다녀오라더구나."

"제게요?"

"아니, 나에게."

'역시……'

확실히 솔직했다. 숨기고 떠넘길 수도 있었을 텐데 말이다.

"그래서 말인데……."

"……?"

"네가 좀 해줘야겠다."

"다른 볼일이라도 계신가 보죠?"

"아니, 내가 하는 일이야 뻔한데 무슨 볼일이 있겠냐. 그저, 가기가 귀찮다는 말이지. 이 나이에 사숙 심부름이나 하련?"

청명은 미소와 함께 고개를 끄덕였다. 사실 청속은 모두를 동등하게 대했다. 청명뿐만 아니라 배분이 낮은 도인이라면 똑같았다. 솔직하게 말하고 일을 떠넘겨 버리는 그런 식의…….

그래서 그 아래 배분의 사람들은 청속을 피해 다니기 일쑤다. 잘못 걸려 일이라도 떠맡으면 골치 아픈 것이다. 그것도 다른 볼일이 생긴 것이 아니라, 귀찮아서 떠넘기는 일이니 오죽하랴.

한데, 거기에 신기한 점이 하나 있었다.

그렇게 자주 일을 떠넘기는데도 한 번도 그보다 배분 높은 도인들에게 걸리지 않는다는 것이었다. 청명은 그 이유를 솔직함에 주기로 했다.

"하기 싫으면 안 해도 된다. 나이가 들어 다리에 힘이 없기는 하지만 화음까지 다녀오는 데는 무리가 없으니까. 에효!"

한숨과 함께 청속은 하늘을 바라보았다.

"비가 오려나?"

청명도 따라 하늘에 시선을 주었다.

구름 한 점 없는 화창한 하늘. 어디 냇가라도 찾아가 목욕이라도 하면 좋을 날씨였다.

그 시선을 의식해서였을까? 청속이 바삐 청명을 일깨웠다.

"놈! 하겠느냐, 말겠느냐?"

괜스레 성질을 내고 헛기침을 하는 청속이었다.

그를 향해 청명이 고개를 끄덕였다.

"할게요."

"좋아, 해줄 줄 알았다. 대신, 하는 김에 기쁜 마음으로 해야 한다. 말이야 바른말이지, 어렵게 부탁을 들어주고 욕먹을 필요 뭐 있겠냐?"

버릇처럼 내뱉는 말이다. 힘들게 일하고 괜히 위에 일러바쳐 욕 들어먹지 말자는 이야기임을 청명은 알고 있었다.

"알겠습니다, 사형!"

"그래, 대신 나도 네 일거리 하나 해주마. 뭘 하면 되겠느냐?"

곰곰이 생각하던 청명이 대답했다. 사실 그리 기대를 하지는 않았다. 이 역시 청속이 일을 부탁할 때 언제나 말하는 차례에 불과했으니까.

“제 담당 관할 아시죠? 제사관 이층이요.”

“그래.”

“거기 가보면 제 탁자 위에 경전 하나가 있을 겁니다. 종이가 누렇게 떠서 따로 필사를 해야 하는데, 제가 다녀올 동안 그것 좀 해주세요.”

“알겠다. 대신 내가 좀 게으른 건 알지?”

“네!”

“그럼, 그리 기대는 말거라.”

고개를 끄덕인 청명이 물었다.

“한데, 무슨 심부름입니까?”

“아! 그러고 보니 내용을 말 안 했군.”

그런데 대답이 선뜻 튀어나오지 않았다. 까먹은 모양이었다.

청속은 한참 만에야 머리를 쳤다.

“맞다. 화음에 가면 청진관이 있을 거다. 유명하니까 가서 아무나 붙잡고 물어봐라. 여하튼 거기 찾아가서 화산에서 부탁한 차를 가지러 왔다고 하면 된다.”

“차요?”

“그래, 오룡차라고 하던데……. 조만간 중요한 손님이 보경당으로 오신다던데, 그 손님이 오룡차를 좋아한다더구나.”

“차만 받아오면 되죠?”

“옜다! 받아라!”

동전 몇 개가 청속의 손을 떠났다.

급히 동전을 받아 쥔 청명이 물었다.

"뭐죠?"

"수고하는 김에 당과나 사 먹어라."

말과 함께 청속은 몸을 돌렸다. 볼일 끝났다는 듯 미련없는 동작이었다.

"난 이만 들어가마."

청속을 크게 한번 기지개를 켜더니 그렇게 모습을 감췄다. 심부름을 시킨 태진 사숙의 눈에 띄어 좋을 것은 없을 것이다.

第一章
괴상한 유랑극단

타다다다닥!

빠르게 땅을 박차는 발은 한 시진 동안 이어졌다.

청명이 쉬지 않고 달리는 소리였다. 저녁까지 돌아오려면 서둘러야 했다.

그렇게 신시(申時)가 조금 넘었을 때, 그는 화음에 도착할 수 있었다. 화음현이라면 여기서 몇 시진을 더 가야 했지만 청속이 말한 화음은 화산을 벗어나면 바로 보이는 마을이었다.

마을이라지만 화산을 찾는 관광객들이 몰리는 곳이라 꽤 나 붐비고 왁자지껄한 곳이다.

그런데 오늘은 좀 달랐다. 평소에도 시끄러운 곳이기는 했지만 왠지 분위기가 평소 같지 않았다.

청명은 지나가던 중년인을 불러 세웠다. 청진관이 있는 장소도 물어볼 겸해서였다.

"무량수불! 화음에 무슨 일이 있습니까?"

상투를 틀어 올리고 일자건을 쓴 소년 도사가 물어오자 중년인이 뚱한 표정을 지었다.

"무슨 일이 있냐니?"

"평소와 분위기가 다른 것 같아서요."

"아! 그것 때문에 그런 모양이군!"

사내는 말과 함께 손을 들어 한곳을 가리켰다.

"사애극단이 경극을 한다고 하오."

"사애극단이요?"

처음 들어보는 말이었다. 그러자 사내가 피식 웃으며 입을 열었다.

"사애극단도 모르시오? 하긴 산속에서 지냈을 테니 모르는 것도 무리는 아니지. 사애극단은 몇 해 전부터 섬서성에서 가장 유명해진 유랑극단이라오. 관심있으면 한번 가보시구랴! 끝내준다던데……."

"……!"

청명은 대답없이 사내가 가리킨 곳으로 시선을 주었다. 벽보인데, 거기에 사애극단에 대한 홍보 전단이 붙어 있었다.

‘얼마나 재밌으면 화음 분위기까지 달라지게 만드는 걸까?’

순간 구경해 보고 싶다는 생각이 들었다.

“언제 하는 겁니까?”

“반 시진 후에 한 편 할 거요. 왜? 정말 가보시려고?”

청명은 급히 고개를 저었다.

“그, 그저 궁금해서 그랬습니다. 무량수불!”

뜨끔한 속마음을 숨기려면 이쯤 돼서 화제를 돌리는 것도 좋을 것이다.

“한데, 청진관은 어디에 있는 줄 아십니까?”

“청진관이면, 차를 파는 약재상을 말하는 거요?”

“네!”

“저쪽으로 쭉 가다가 두 번째 골목에서 우회하면 보일 거요.”

“감사합니다.”

청명은 반장을 하고는 급히 청진관으로 향했다.

사내의 말대로 청진관은 골목에서 우회하자 바로 눈에 들어왔다.

관 안으로 들어가자 나이가 지긋한 노인이 그를 반겼다.

“화산파에서 오셨군요.”

“그렇습니다. 태진 진인께서 부탁하신 차가 있다고…….”

“그럼은요.”

미리 준비해 놨던지 노인은 구석에서 보자기 하나를 들고 나왔다.

"여기 있습니다. 특별히 좋은 물건을 구했으니 잘 좀 말씀 드려 주십시오."

"알겠습니다. 그럼 이만……."

청명은 보자기를 안아 들고는 몸을 돌렸다. 하지만 호기심이 그의 걸음을 멈춰 세웠다.

"왜 그러십니까?"

"한 가지 여쭙겠습니다."

"그러십시오."

"여기에 사애극단이 경극을 한다고 들었습니다만… 극 하나를 하는 데 얼마나 걸리는지……."

"사애극단?"

노인은 이상한 생각에 청명을 아래위로 훑어보더니 슬며시 미소를 지어 보였다. 소년 도사가 산속에서만 수련을 했을 테니 경극에 관심을 두는 것도 무리는 아니라는 생각을 했던 것이다.

"보고 싶은 모양이로군요?"

"그, 그런 건 아니지만, 궁금해서……."

"하하, 뭘 그리 쑥스러워하시오. 잘은 모르지만 한 이각 정도에서 길면 반 시진 정도 걸린다고들 했습니다."

청명의 표정이 조금 밝아졌다.

그는 본능적으로 거리를 내다보았다.

아직 해가 지려면 시간이 꽤 있어야 할 것 같았다. 하지만 가장 중요한 문제가 있었다.

"한 편을 보려면 얼마 정도 내야 합니까?"

"다섯 문이라고 들었습니다."

"다섯 문?"

'얼마나 될까?'

청명은 청속에게 받았던 돈을 떠올렸다. 확인해 보지는 않았지만 다섯 문은 되는 것 같았다. 하지만 여기에서 확인할 수는 없는 일.

"무량수불! 수고하십시오."

청명은 공손히 고개를 숙이고는 급히 거리로 나섰다.

상점을 나와 그가 가장 먼저 한 일은 아무도 없는 골목으로 들어가 돈을 확인하는 일이었다. 급히 소매를 뒤져 청속에게 받은 돈을 꺼내 들었다.

'하나, 둘, 셋, 넷!'

"이런!"

아쉽게도 하나가 모자랐다.

아쉬움이 크면 은혜도 원한이 되는 모양이었다.

"주려면 한 문 더 주지 않고."

괜스레 청속이 미워졌다.

하지만 여기에서 포기하고 싶지는 않았다. 이런 기회는 흔치 않은 것이니까.

'어떡하지?'

조금 있으면 경극이 시작할 시간이니 빨리 한 문을 조달해야 하는데, 선뜻 방법이 떠오르지 않았다.

'화산의 도사니, 한 문은 그냥 시주한 셈 쳐달라고 할까?'

딴에는 그럴듯하다는 판단이 섰지만 곰곰이 생각해 보면 당치도 않을 소리였다. 설사, 그렇게 경극을 볼 수 있다손 치더라도 화산파의 명예에 먹칠만 될 뿐이 아닌가!

비록 지금은 화산의 천덕꾸러기지만 그래도 한때는 모든 도인들의 기대를 한 몸에 받던 정식 기명제자. 그는 엄연한 화산인이었다.

화산의 명예가 실추되는 일은 그 스스로 하고 싶지 않았다.

"휴!"

한숨을 절로 쏟아낸 청명은 어쩔 수 없이 화산으로 발걸음을 돌렸다.

'꼭 보고 싶었는데…….'

꿈은 이루어진다.

물론, 꿈을 이루기 위해서는 그만한 노력의 산물이 필요하다.

청명은 그 산물을 오룡차로 대처했다.

'설마, 표시가 나지는 않겠지?'

그는 불안한 표정으로 보자기를 한번 살폈다. 도저히 발길을 돌릴 수가 없어, 찻집에 오룡차의 잎을 조금 꺼내 한 문에 팔았던 것이다.

화산파로 보자면 죄의 경중을 따지기 전에 벌부터 받아야 하는 일이었다. 화산의 재산을 허락없이 타인에게 판 것이었으니…….

"무량수불!"

절로 구원불이 튀어나왔다.

'죄송합니다, 사숙! 속세의 유혹을 뿌리치지 못한 사질을 용서해 주십시오.'

생각과 달리 걸음은 날아갈 듯 사애극단으로 향하고 있었다.

징징징징—!

징 소리가 요란하게 거리를 울리더니 소년의 외침이 들렸다.

"자자! 시간이 없습니다. 보실 분은 빨리 표를 사서 입장해 주십시오."

다행히 청명은 시간을 맞출 수 있었다.

소년의 외침이 끝날세라 그는 급히 달려가 다섯 문을 건넸다.

"하나 주시오!"

　남청색 도복을 입은 소년 도사의 경극을 보겠다는 말에 소년이 희한한 물건 보는 듯 그를 훑었다.

"경극을 보시게요?"

괜스레 기분이 나빠진 청명이었다. 도사는 경극도 보지 말라는 법이 있나?

자연 퉁명스럽게 대답했다.

"그럼 왜 표를 사겠소?"

"아, 아니 그게 아니라……."

청명이 그의 말을 끊었다. 확실히 해둬야 할 것이 있었다.

"화산파의 제자는 절대 아니니 걱정 마시오."

말과 함께 휭 하니 막사 안으로 들어가 버렸다.

그가 사라지자 소년이 툴툴거렸다.

"누가 물어봤나?"

막사 안으로 들어서자 어두컴컴했다. 하지만 자리를 찾는 데는 무리가 없었기에 청명은 빈자리로 가 앉았다.

그런데 조금 아쉬웠다.

거짓말이 거짓말을 낳듯, 욕심도 욕심을 낳는 모양이었다.

'이럴 줄 알았으면 조금 더 팔걸!'

먹거리가 준비되지 않았다는 생각이 든 것이다.

하지만 후회는 이미 늦었다. 무대 전면을 가리던 큰 천이 걷어지며 극단이 모습을 드러냈기 때문이다.

청명은 호기심 가득한 눈길로 정면을 주시했다. 앞으로 언제 또 이런 것을 구경할 수 있을지 모르니, 이번 기회에 단단히 기억에 각인시키겠다는 결의로 다져져 있었다. 그런데 그때, 옆이 소란스러웠다.

여인의 음성이 그의 집중을 방해하기 시작했다.

"사부님, 이런 거 본 적 없죠?"

목소리로 보아 아직 어린 소녀임이 분명했다. 그녀의 목소리에 나이 든 목소리가 대답했다.

"이런 게 뭐가 재밌다고 그러느냐?"

"절 믿고 한번 지켜보세요. 예전에 아버지랑 한 번 본 적이 있는데, 정말 재밌어요."

"난 별로 내키지 않는구나!"

대화 내용으로 보아 청명은 여인들이 무림인이라는 것을 짐작할 수 있었다.

청명은 옆으로 고개를 돌렸다. 어두워서 정확하지는 않았지만, 예상대로 검을 찬 여인 두 명이 앉아 있는 것을 볼 수 있었다.

'누구지?'

슬며시 호기심이 일었지만 때마침 경극이 시작되었기에 호기심은 저 멀리 하늘로 날려 보내야 했다.

징—!

징 소리가 장내를 뒤흔들며 분으로 얼굴을 덧칠한 사내가 등장했다. 울긋불긋한 칠을 한 사내의 모습은 지옥의 야차와 같아 보였다.

그리고 여인!

화장으로 가리기는 했지만 상당히 나이 든 여인임을 알 수 있었다. 그래서일까? 꽤나 능숙했다.

순간 함성이 터져 나왔다.

"우와아아아!"

사내와 여인이 노래로 대화를 주고받는가 싶더니 갑자기 여인이 칼을 뽑아 들었기 때문이다. 놀란 사내가 뒤로 물러서며 역시 대도를 뽑아 여인을 향해 겨누었다. 그리고는 한바탕 싸움을 벌이는데, 청명은 그 내용에 흠뻑 빠져들기 시작했다. 그리고 순간 놀랐다.

사내가 여인에게 칼을 휘두르는데, 그 순간 그 장면이 생생하게 뇌리에 떠올랐기 때문이다. 흡사, 연극이 아니라 실제 장면에 빨려 들어간 느낌이라고 해야 할까? 아니면 환상 같다고도 할 수 있었다.

"헉!"

여인이 칼에 베이는 찰나에 청명은 신음과 함께 두 눈을 부릅떴다. 그리고 환상에서 빠져나왔는데, 그것도 잠시였다. 다시 극의 실제 상황에 뛰어든 환상을 보았던 것이다.

결국 여인이 죽었고, 그 복수를 하기 위해 다른 사내가 등장하며 이야기는 끊임없이 이어졌다.

어쩌면 뻔한 이야기일 수도 있었지만 그 뻔한 이야기가 청명을 몰입시켰다. 다른 생각을 할 겨를도 없게 만드는 괴상한 힘이 있는 것 같았다.

마지막에 가서는 여인의 복수를 마친 사내가 여인의 시신 앞에서 자결하는 것으로 매듭지어졌다. 그 때문에 여기저기에서 눈물을 흘리며 흐느끼는 사람들의 소리가 들려왔다. 그리고 옆에 있던 어린 소녀의 목소리도 함께 끼어들었다.

"흑흑, 어때요? 슬프죠?"

그녀 또한 감정에 심취했던 모양인지 말하는 중에도 쉬지 않고 울먹이는 소리가 들렸다. 하지만 그녀의 사부라는 여인은 별로인 모양.

"글쎄다……."

"대답이 왜 그러세요? 사부님은 안 슬프세요?"

"저 경극단이 요상한 짓거리를 하는 것 같구나!"

순간 청명이 옆으로 고개를 돌렸다.

'요상한 짓거리?'

그의 의문을 풀어주듯 나이 든 음성이 말을 이었다.

"이유는 모르겠다만, 사람을 교묘히 홀리는 것 같은 느낌을 받았다."

그러자 새침해진 소녀의 목소리가 뒤를 이었다.

"사부님은 감정이 메말랐나 봐요. 저런 걸 보고도 그런 생각을 하시다니……. 흑흑, 얼마나 슬픈 이야긴데……."

"됐다. 일행이 기다릴 테니 이만, 일어나자!"

사람들이 경극의 여운이 가시기도 전에 여인들은 자리를 벗어나 버렸다. 하지만 청명은 그것에 신경 쓰지 않았다. 나이 많은 여인의 말을 들어보자 그 또한 이상했기 때문이다.

연극에 심취해 있어 처음에는 신경 쓰지 못했지만, 지금 생각해 보면 급박한 상황에서는 가슴이 빨리 뛰기도 했고, 슬픈 장면에서는 아주 잘게 뛰기도 했다.

'뭘까? 무엇 때문에 연극을 보기보단 그 상황에 빠져 버린 느낌이 들었던 걸까?'

단지 연극이 잘 짜여 있어서 그랬다고는 생각되지 않았다. 여인의 말대로 뭔가가 있다는 생각이 어렴풋이 들기 시작했다.

청명은 곰곰이 생각에 잠겼다. 그리고 한참 만에 아차 하는 생각을 했다.

'맞아. 그거였어.'

경극이 시작되자마자 그 소리에 묻혀 흘려들었지만 분명히 목탁 두드리는 듯한 소리가 끊임없이 이어졌다는 것을 떠올렸다. 하지만 확신을 할 수가 없었다.

그 작은 소리만으로 사람의 심경이 변한다는 것에 의심이 들었던 것이다.

벌떡!

사람들이 빠져나가기 시작하자 청명도 자리를 박차고 밖으로 나왔다. 지금은 조금 사라지기는 했지만 어릴 때부터 뭔

가에 심취하면 해답을 찾을 때까지 파고드는 집요한 면이 있
는 그였다.

'이럴 것이다' 라는 예상보다는 확실한 답을 찾는 것이 시
원할 것 같았다. 그래서 그는 천막을 빠져나와 뒤로 돌아갔
다.

"무슨 일이오?"

건장한 사내가 작은 천막 앞에서 청명의 진로를 막고 나섰
다.

청명이 급히 설명했다.

"뭐 좀 물어보려고 그럽니다."

"뭐요?"

"혹시, 다른 극단에도 경극을 할 때 작은 소리를 냅니까?"

"작은 소리?"

장한은 콧방귀를 끼더니 손을 휘휘 저었다.

"난 그딴 건 모르겠으니 가보쇼! 여기는 관계자 외에는 출
입 금지니까."

"그러지 말고 경극을 주관하는 사람을 좀 뵙게 해주십시
오."

"아이 쌍! 정말 귀찮게 구네."

욕설과 함께 장한이 험악하게 인상을 썼다. 하지만 그것은
그리 오래가지 못했다. 청명을 알아본 사람이 있었기 때문이
다.

"화산파의 도인께서 여기는 무슨 일입니까?"

움찔한 청명이 뒤를 돌아보았다.

천막 앞에서 표를 팔던 소년이 있었다.

'화산파의 도인이 아니라고 말했으면 그만한 이유가 있다는 것을 짐작해야 할 것이 아니야!'

멍청한 건지, 아니면 일부러 그런 것인지 모르겠지만 청명으로서는 그리 유쾌하지 않았다. 하지만 그것 때문에 특혜를 받을 수 있었다.

도인들의 도복은 무림인들이 아니라면 쉽게 구별해 내지 못한다. 관심이 없을뿐더러, 평민들에게는 어느 파의 도인이기보다는 다 싸잡아 도인일 뿐이기 때문이다.

하지만 이곳은 화산파.

유랑극단이니 소문에는 밝을 것이다.

화산파가 어떤 곳인지는 짐작하고 있을 터.

순간 장한이 얼굴을 굳히며 씁쓸한 표정을 지었다.

이곳 화음이 화산파의 영향력 아래 있다는 것은 유명한 일이니, 잘못 보였다가는 큰코다칠 수도 있는 것이다.

"화, 화산파의 도인이셨습니까요?"

금세 비굴한 작태가 드러났다. 하지만 청명은 관심없는 듯 다시 물었다.

"극단의 책임자를 만나볼 수 있겠습니까?"

"그, 그런데 그게 좀 규칙에 어긋난 일이라……."

그때였다.

작은 천막 안에서 여인의 음성이 들려왔다.

"들여보내, 천방!"

"……?!"

"화산파의 도인께서 찾아주셨는데 그냥 돌려보내서는 안 되지."

"알겠습니다."

장한은 대답과 함께 몸을 옆으로 피했다.

청명은 그 사이를 비집고 천막 안으로 들어갔다.

천막 안은 생각했던 것보다 더 지저분했다. 수십 개의 옷가지가 여기저기 널브러져 있고, 경극을 할 때 쓰는 도구들도 정리되지 못한 채 자리를 차지하고 있다.

여인은 구석진 자리에서 동경을 바라보고 있었다.

청명이 들어오는데도 그녀는 신경 쓰지 않고 화장을 하기에 바빴다. 다음 경극을 준비하는 모양이었다.

"화산파에서 무슨 일이신가요? 저희 극단이 혹여 심기를 건드리는 잘못이라도 했나요?"

"아, 아닙니다."

"그럼, 무슨 일이죠?"

청명은 힐끔 그녀를 바라보았다. 짙은 화장에 나이를 짐작할 수는 없었지만, 목소리로는 삼십대 중반을 훌쩍 넘겼을 거라 확신했다.

“물어볼 것이 있어서 이렇게 찾았습니다.”

“물어볼 것? 아까 밖에서 말한 작은 소리 때문인가요?”

청명이 고개를 끄덕였다.

“정확히 어떤 점이 궁금하신가요?”

물음과 함께 그녀가 동경을 통해 청명을 바라보았다.

그 눈빛이 왠지 깊어 보여 그는 시선을 피하며 의문을 드러냈다.

“다른 극단에서도 그런 소리를 내는지 궁금합니다.”

여인은 미소를 지으며 고개를 저었다.

“그렇지 않답니다. 저희 극단에서만 사용하는 비기이죠.”

“비기라 하심은……?”

“말 그대로랍니다. 어느 극단에서나 손님을 끄는 나름의 방법이 존재하니까요.”

“그렇군요. 그런데 소리의 의미에 대해서 좀 더 자세히 알 수 있을까요?”

“원래는 밖으로 새어나가면 안 되는 것이지만 화산의 어린 도장께서 궁금해하시니 말씀드릴게요.”

말과 함께 여인은 동경 옆에 놓인 작은 막대 하나를 집어 들었다. 손가락 두 개 정도의 길이인데, 끝 부분이 둘로 갈라져 있었다.

“이게 원인이랍니다.”

청명은 고개를 갸웃거렸다.

어딜 봐도 특이할 것이 없는, 그저 그런 나무토막에 지나지 않았다. 그 표정을 읽은 여인이 미소와 함께 설명했다. 동경을 보지 않고 돌아서면서였다.

"우선 앉으세요."

청명은 그녀 앞에 있는 의자에 마주 앉았다.

"끝이 갈라져 있죠?"

"네!"

그녀는 나무토막을 아래위로 한번 흔들었다. 그러자 갈라진 끝 부분이 부딪치며 '탁' 하는 작은 소리가 흘러나왔다.

"얇은 나뭇조각이 부딪치며 소리가 터지게 되죠? 유심히 듣지 않는다면 흘려 넘길 수 있는 소리지만 묘하게 진동이 강해서 아주 멀리 있는 사람들에게까지 전달된답니다."

"그것이 경극에 사람들을 빠져들게 하는 것과 무슨 상관입니까?"

여인은 행동으로 대답했다. 지속적으로 나무를 흔들기 시작했던 것이다.

탁 탁 탁—!

소리는 규칙적이었다. 작은 소리가 그리 느리지도 않게, 또 빠르지도 않게 천막 안을 계속 울렸다.

청명은 그것을 유심히 지켜보았다. 하지만 아직도 의문이었다.

'저 하찮은 소리에 무슨 묘용이 담겨 있을까?

그때 여인이 물었다.

"어떤가요?"

"……?"

"마음이 안정되죠?"

"……!"

대답없이 멀뚱멀뚱 막대만 쳐다보고 있던 청명이 번뜩 정신을 차렸다.

'마음이 안정돼?'

그러고 보니 그런 것 같기도 하고, 아닌 것 같기도 했다. 그런데 변화는 다음부터 일어났다.

탁탁탁탁탁—!

막대가 점점 흔들리는 속도를 빨리하더니 격동적으로 소리를 자아내기 시작했다.

심장이 두근거렸다. 막대의 소리에 따라 심장이 반응하는 것 같았다.

그리고 순간!

탁—!

마지막으로 아주 크게 울리는 소리는 청명의 심장을 덜컥 주저앉게 했다.

그것으로 끝이었다.

여인은 막대를 내려놓으며 청명을 향해 말했다.

"이것이 원인이랍니다."

청명은 자신도 모르게 고개를 끄덕였다. 정확히는 아니지만 대충 짐작할 수 있을 것 같았다.

"소리로써 사람을 홀리게 하는군요!"

"아니죠. 소리는 단지 도구일 뿐이에요. 정작 사람들의 반응을 극대로 끌어올리는 이유는 사람 자신에게 있답니다."

"사람에게?"

"그래요. 소리만으로는 사람의 정신을 온전히 끌어들일 수 없죠. 그렇지 않다면 왜 작은 소리를 내겠어요? 아주 큰 소리를 만들어 들려주었겠죠. 예를 들자면 사람들은 자신이 보고 싶은 걸 보고자 하는, 느끼고 싶은 걸 느끼고자 하는 심리가 있답니다. 경극을 보고 그 감동을 절실하게 느끼고픈 그런 감정이랄까요? 자신도 모르게 예민해지는 거죠. 소리는 그것을 더욱 키워주는 역할만 하는 것인데……."

여인은 말끝을 흐리며 가느다란 실을 집었다. 그리곤 그 끝에 둥근 장신구 하나를 묶기 시작했다.

청명은 그 모습도 유심히 관찰했다. 잠시 후, 여인이 실을 들자 귀걸이 하나가 대롱대롱 매달려 그의 눈앞에 놓였다.

"잘 보세요."

실이 흔들리기 시작했다.

"원하는 것이 뭐죠?"

"네?"

"하고 싶은 일, 혹은 원하는 일 등이 있을 것 아닌가요. 말씀해 보세요."

뜻밖의 질문에 청명은 자신도 모르게 창피한 말을 했다.

"극강의 고수가 되어 천하를 굽어보며 무림을 질타하고 싶습니다."

말을 하고도 창피한지 그는 고개를 숙였다. 붉어진 얼굴을 보이기 싫었기 때문이다.

하지만 여인이 강한 어조로 그의 행동을 막았다.

"숙이지 마세요."

청명은 고개를 다시 들었다.

인자한 여인의 목소리가 뒤를 이었다.

"자, 실에 달린 귀걸이를 보세요."

귀걸이가 흔들리고 있었다. 좌로 갔다가 우로 갔다가, 규칙적으로 흔들리고 있는데, 묘하게 기분이 안정되는 것을 느꼈다.

그렇게 반 각 정도의 시간이 지나게 되자 약간의 어지럼증이 밀려오기 시작했다.

'왜 이러지?

눈이 감길 것 같았다.

"감고 싶으면 감아도 돼요."

그러자 청명은 지시대로 눈을 감았다.

편안했다.

"편하죠?"

“네!”

“그럼 이제부터 당신이 원하는 세계로 빠져 보겠습니다.”

“내가 원하는……?”

“그래요. 무림 최고의 고수가 되어 강호를 질타하는 세계.”

“……!”

“그곳은 당신이 주인입니다. 당신이 중심이고, 당신을 위주로 움직이고 있어요.”

“……!”

“자! 뭐가 보이죠?”

놀라운 일이 벌어졌다.

청명은 분명히 눈을 감고 있었다. 어두컴컴한 색깔이 그렇게 편할 수가 없었다. 그런데 이건 뭔가?

그 앞에 서 있는 수많은 무림 군중. 족히 수만은 될 듯한 사람들이 드넓은 평지에 원을 그리듯 둘러서 있었다.

‘이들은 뭐지?

이유는 금세 알 수 있었다.

그들의 중심에 자신이 서 있었기 때문이다. 그리고 그와 마주 서 있는 노인!

“저, 저자는?’

경악에 물든 소리가 나오자 여인이 물었다.

“뭐죠? 뭐가 보이죠?”

“수많은 사람. 모두 강호인이에요. 그런데 그들이 나를 바라보고 있어요.”

“왜죠?”

청명의 목소리는 점점 잦아들고 있었다. 무엇엔가 홀린 목소리, 졸음 섞인 목소리였다.

“자세하지는 않지만 제 앞에 서 있는 자는 천하제일인인 것 같아요.”

“천하제일인은 누구죠?”

청명은 고개를 저었다.

“모르겠어요. 자세하진 않는데, 분명히 천하제일인이에요.”

“뭘 하고 있죠?”

“비무를, 저와 비무를 하려나 봐요.”

“그럼 싸우세요.”

“제가요?”

“네! 비무를 하기 위해 사람들 앞에 나선 것이 아닌가요?”

“그래도 제가 어찌······.”

“자! 그럼 처음으로 돌아갑니다. 제가 당신에게 힘을 드릴게요.”

“무슨 힘이죠?”

“천하를 무너뜨릴 힘이죠. 손짓 한 번으로 태산을 휩쓸고, 눈빛만으로도 뭇사람은 오금을 떨 그런 힘을 드리죠.”

“정말이요?”

“그렇답니다. 소리가 들리면 그 힘은 당신에게 전해질 거예요.”

말과 함께 그녀는 의자 팔걸이를 손가락으로 툭 쳤다.

“소리를 들으셨나요?”

“네!”

“그럼 됐답니다. 당신은 가장 강한 사람이 되었어요. 누구도 당신을 이길 수 없고, 누구도 무시할 수 없는 그런 강자가 되었답니다. 용기를 가지세요.”

청명은 고개를 끄덕였다.

“힘내보죠.”

순간 청명의 몸이 경직되어 갔다. 상당한 힘이 들었다는 증거였다. 그 반응을 살핀 여인이 차분한 목소리로 물었다.

“싸우고 있나요?”

“끝났어요.”

“벌써요?”

말을 하던 청명이 갑자기 배시시 웃기 시작했다.

“히히힛, 고마워요. 당신이 준 힘은 천하제일인도 한주먹거리밖에 안 되네요. 히히히히!”

갑자기 청명이 박장대소했다.

“으하하하하하!”

“왜 그렇게 웃죠? 기분 좋은 일이 있나요?”

“모두가 나에게 무릎을 꿇었소.”

말투가 바뀌어 있었다. 관조하는 입장이 아니라 이미 환상에 빠져 버린 탓이었다. 그는 이제 천하제일인의 풍모를 말투로서도 드러내고 있었다.

“그대 때문이오. 그대에게 천하의 절반을 주겠소. 하하하!”

“훗! 고맙군요. 하지만 이젠 떠나야 할 때가 되었어요.”

“어딜 떠난단 말이오?”

“이젠 현실로 돌아와야 해요.”

“천하가 내게 무릎을 꿇었는데, 누가 감히 날 보낸단 말이오?”

여인의 표정이 찡그려졌다.

청명이 환상에 빠져도 너무 깊이 빠져든 모양이었다.

“이젠 나오세요.”

“나에게 명령을 하는 게냐?”

“……?”

여인은 놀란 가슴을 진정시키며 재빨리 말했다.

“소리를 내겠습니다. 그러면 당신은 다시 순진한 어린 시절로 돌아올 겁니다.”

“닥쳐!”

여인은 급히 손을 아래로 내렸다. 팔걸이를 치기 위해서였다. 그런데 갑자기 청명의 손이 그녀의 팔을 잡았다.

팍!

여인이 기겁했다.

"왜, 왜 이러세요?"

"본좌를 음해하려는 죄, 죽음으로 대신하라!"

여인의 두 눈이 경악으로 물들었다. 청명의 몸이 붉어지기 시작하더니 희뿌연 빛이 퍼져 나왔던 것이다.

그것은 살기였다.

정말 죽이고자 하는 마음만으로 괴이한 힘을 몸 밖으로 뿜어내는 것이 분명했다.

"꺄아아악!"

여인의 비명이 천막 안을 울렸다.

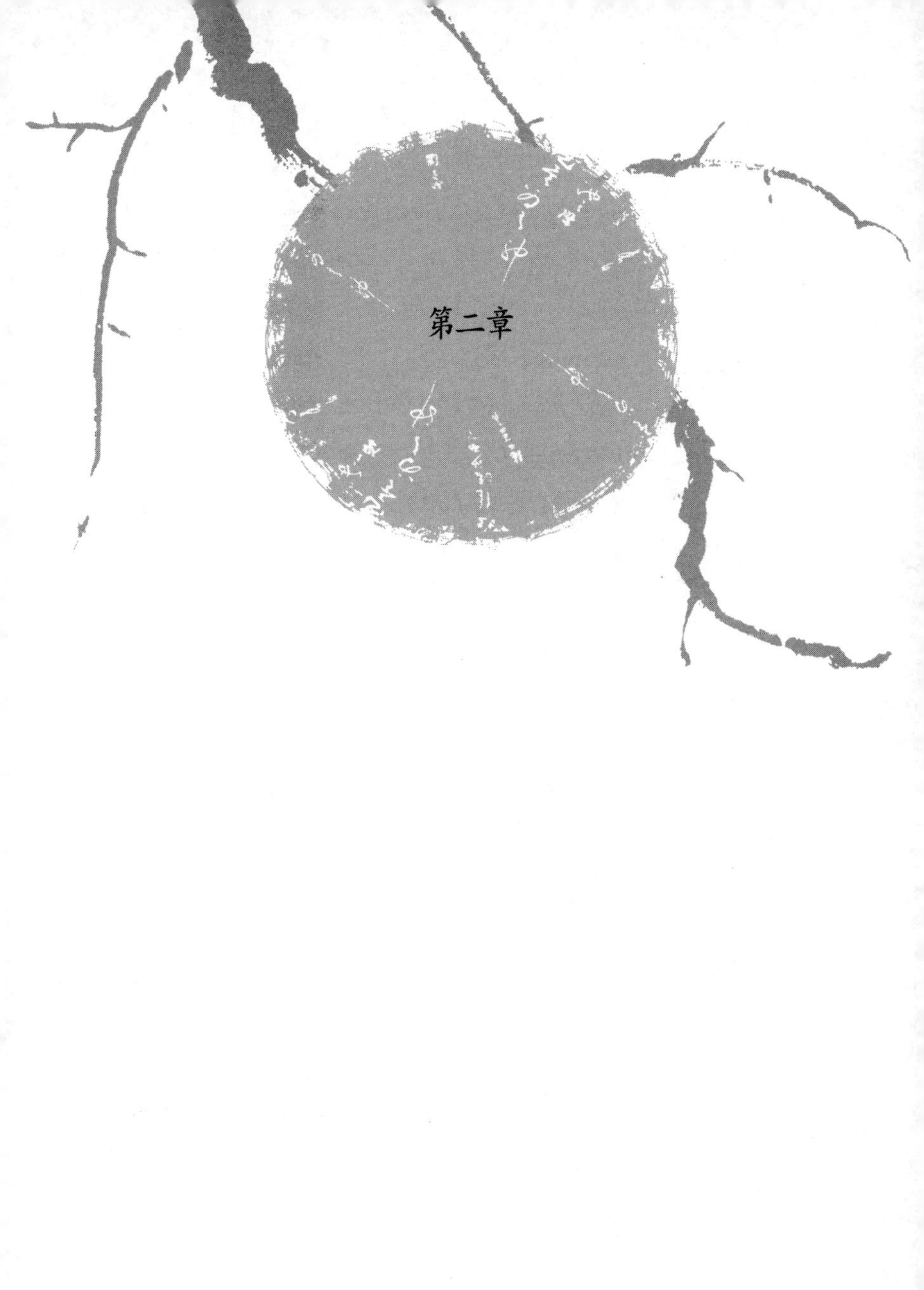
第二章

第二章
최면

펙―!

둔탁한 소음과 함께 몽둥이가 바닥에 떨어졌다.

밖을 지키던 천방이라 불린 장한은 진저리를 쳤다.

"뭐 이런 녀석이 다 있습니까?"

그는 쓰러진 청명을 바라보고 있었다.

갑자기 비명이 들려서 들어와 봤더니 기가 막혔다. 이 소년 도사가 그의 주인을 죽이려 하고 있었기 때문이다.

급히 밖에 있던 몽둥이를 들고 사정없이 두들겼다.

하지만 놀라운 것은 제대로 힘 한번 못 쓸 것 같은 계집 같은 녀석이 그의 몽둥이찜질을 맞고도 꿈쩍도 하지 않았다는 것이다.

결국 관자놀이를 힘껏 후려쳐 기절시킬 수는 있었지만 그 덕에 천막 안은 난장판이 되어 있었다.

"도대체 무슨 일이 일어난 겁니까?"

거듭된 물음에 여인이 진저리를 쳤다. 청명에게 잡혔던 손목이 아직도 아픈 듯 쓰다듬었다.

"환영에 관심이 있는 것 같기에 조금 보여준 것뿐인데……."

천방이 인상을 썼다.

"그걸 왜 이놈에게 가르쳐 준 겁니까? 대방 어르신께서 함구하라고 하셨던 걸 잊으셨습니까?"

"그게……. 잠깐!"

말을 하던 그녀가 급히 청명에게 달려들었다. 그리고 이내 한숨을 쉬었다.

"휴! 죽지 않았구나!"

화산파의 도인을 죽였다면 살아남지 못할 일인데 다행이었다. 숨이 고른 것이 큰 이상이 없는 것 같았다.

그제야 그녀는 아련한 눈빛으로 청명을 내려다보며 말을 이었다.

"상처 입은 사슴 같았어."

"무슨 뚱딴지같은 소립니까?"

"뭐랄까? 무언가에 억압받아 힘과 삶의 의미를 잃은…….

어릴 때 나를 보는 느낌이었달까?”

천방은 입을 다물어 버렸다.

분위기가 묘해졌다. 그러자 그녀가 밝게 미소 지으며 분위기를 바꿨다.

“기특하잖아! 아무도 알아채지 못했고, 관심도 없는 것을 물어왔으니까. 아무튼 큰일이다.”

“뭐가요?”

“화산의 도인을 이렇게 두들겨 놨으니 문제가 일어나지 않을지 걱정이 아니겠니?”

“그거야 이놈 잘못이죠. 혹시, 화산에서 문제를 걸어오면 솔직하게 말하면 그뿐 아닙니까.”

“그도 그렇네. 여하튼 깨워야겠다.”

여인은 청명을 깨우기 위해 목에 팔을 넣어 들어올렸다. 그러자 미처 관심을 주지 못했던 얼굴이 눈에 들어왔다.

“홋! 귀엽게 생겼네.”

그 말에 천방이 다시 퉁명스럽게 뱉었다.

“사내자식이 남자답게 생겨야지, 계집처럼 생겨서야 어디다 씁니까?”

“경극에는 이런 아이가 어울리지.”

딴에는 그랬다. 여자 역할을 여자가 하는 것도 매력이지만 남성이 하는 것이 더욱 좋은 것도 사실이었다.

그것은 목소리 때문이다. 여인의 경극은 목소리에 한계가 있다. 가는 목소리 때문에 멀리 퍼져 나가지 않기 때문이다.

하지만 남성은 의도적으로 가는 목소리를 낼 수 있으면서도 그 속에 깔린 저음이 먼 관객들에게까지 힘을 실어줄 수 있었다. 그래서 여자 아이같이 예쁘게 생긴 사내가 경극에서도 인기 만점일 수밖에 없었다.

"그럼, 납치해서 키우지 그러시오?"

여인이 눈을 흘겼다.

"쓴 소리 하지 마라."

말과 함께 그녀의 손이 청명의 뺨을 살짝 쳤다. 좀체 깨어나려 하지 않았고, 그렇게 십여 번 정도를 반복해서야 눈을 뜨게 할 수 있었다.

"으윽!"

"깨어나셨군요. 괜찮으시죠?"

"여, 여기가…….."

"기억이 안 나시나요?"

청명은 멀뚱멀뚱 여인과 장한을 바라보았다. 그리곤 나직한 탄성을 질렀다.

"아!"

그제야 생각이 살아났다.

순간 얼굴을 붉히는 그였다. 여인에게 했던 행동까지 기억해 냈던 것이다.

"미, 미안합니다."

급히 일어나 고개를 숙였다.

“무량수불, 빈도가 심마에 빠져 못할 짓을 했습니다.”

고맙게도 여인은 자애로운 미소를 지어 보였다.

“괘념치 마세요. 그보다 아프지는 않으신가요?”

“괜찮습니다.”

사실 괜찮지는 않았지만 창피함이 앞섰기에 빨리 이곳을 벗어나고 싶은 마음뿐이었다.

청명은 급히 주변을 두리번거리며 그의 짐을 챙겨 들었다.

“화산까지 바래다 드릴까요? 아플 텐데…….”

“정말 괜찮습니다. 그리고 신기한 것을 가르쳐 주어 감사합니다.”

급히 고개를 숙이고는 천막 문을 잡는데 그가 멈칫했다.

궁금증 하나가 발목을 붙잡았던 것이다.

“마지막으로 한 가지만 물어봐도 되겠습니까?”

“얼마든지요.”

“아까 보여주셨던 것을 뭐라고 부르는지요?”

“저는 환영이라고 하지만, 창안하셨던 분은 최면(催眠)이라고 명명하셨습니다.”

“최… 면……!”

“네!”

여기서 다시 궁금증이 일었다.

청명은 창피함을 무릅쓰고 다시 물었다.

"최면을 창안하신 분이 누구시죠?"

"대방이라는 분이셨는데, 이 년 전쯤에 돌아가셨습니다. 아주 오래전에 우연히 저희 극단에 들어오셨던 노인이지요."

"감사합니다."

말과 함께 그는 밖으로 걸음을 옮겼다. 그때 여인의 목소리가 메아리쳤다.

"얼마간 여기서 머물 테니, 언제든지 놀러 오세요."

"으음!"

머리가 아팠다.

산문에 가까워지자 청명은 신음과 함께 고개를 저었다. 그나마 다행인 것은, 조금 늦기는 했지만 크게 문제 될 것 같지 않다는 점이었다.

산문 앞 계단에 올라서자 여섯 명의 신형이 그의 앞을 가로막았다.

청명은 움찔거린 후, 부러운 시선을 담아 그들을 바라보았다.

화산의 정문을 지키는 도사들. 그중 가운데 선 자는 청명에겐 선망의 대상이었다.

매화꽃과 함께 검이 가슴에 새겨져 있는 도복, 바로 매화검수를 나타내는 표식이었기 때문이다.

화산의 도복에는 여러 가지가 있고, 옷마다 매화 문양이 가슴에 새겨져 있는데, 조금 다른 사람들이 있었다.

바로 매화검수였다.

매화 하나에 검 모양의 문양이 하나 더 새겨져 있는 것이다.

화산이 인정한 진정한 무인이자 창창한 앞날을 보장받은 화산의 주축이라 할 수 있었다.

장문인도 매화검수 중에 뽑힌다고 하니 더 이상 말할 필요가 없었다.

청명도 한때는 매화검수를 꿈꾼 적이 있었다. 매화정(梅花庭)을 통과해 무공을 인정받고, 매화장인들의 무공을 전수받아 더욱 강해진 후, 장문인에게 하사받는 매화검수복을 입는 것은 어린 그에게는 꼭 밟아야 할 계단이었다.

물론 내공을 모을 수 없는 체질이라는 것을 알게 된 후, 버려진 꿈이었지만.

"어딜 다녀오느냐?"

삼십대 중반의 매화검수가 물어왔다. 삼십대 중반이라지만 그 나이가 사십은 훌쩍 넘었다는 것을 청명은 알고 있었다. 배분으로 따지자면 청명과 같거나 조금 높을 것이다. 어쩌면 청명의 사제일 수도 있었다.

청명은 신경 쓰지 않았다. 화산에 수많은 도인들이 기거하고 있었고, 그들을 모두 알 수는 없는 일. 하지만 청명은 유명했다. 몇 년 전만 해도 모든 도인들의 관심을 한 몸에 받았던 탓이었다.

보자마자 하대를 해오는 것으로 보아 분명히 윗사람이라 단정 지었다.

"심부름 때문에 화음에 다녀오는 길입니다. 낮에 보고를 드렸습니다."

"낮에?"

매화검수는 옆의 도인을 힐끔 바라보았다. 낮부터 보초를 선 도인에게 확인 작업을 거치는 것이다.

그가 고개를 끄덕이자 매화검수가 헛기침을 흘렸다.

"흠흠, 그렇구나. 그런데 꼴이 그게 무엇이냐? 누구에게 맞기라도 했느냐?"

뜨끔한 청명이 고개를 저었다.

"오는 길에 넘어졌습니다."

"조심하지 않고. 알겠다. 들어가라!"

"무량수불! 수고하십시오!"

청명은 급히 정문을 통과해 보경당으로 향했다.

보경당에 도착하자 청속이 인상을 쓰며 달려들었다.

"놈! 뭘 하다가 이제 오는 게냐?"

"죄송합니다. 도중에 일이 생기는 바람에……. 혹시 저 때문에 문제가 생긴 것은……."

"됐다. 얼른 사숙께 가져가라."

"제가요?"

"아까 전부터 찾았단 말이다. 왜 네가 왔냐고 물어보면, 난 배가 안 좋아 측간에 갔다고 일러라. 그래서 네가 대신 왔다고 해야 한다. 알겠냐?"

"네!"

"혹시 왜 이리 오래 걸렸냐고도 물어보면, 내가 측간에서 볼일을 처리하지 못하고 있는데, 우연히 네가 그곳을 지나다가 부탁을 받아서 늦었다고 해라. 난 아직도 측간에 있는 거고."

"알겠습니다."

"얼른 들어가라!"

"네!"

대답과 함께 청명은 태진 사숙이 있는 곳으로 향했다. 그동안 안절부절못하고 있던 청속은 정말 시원한 배변이라도 본 듯 맑은 한숨을 토해냈다.

청속의 예상은 적중했다.

"왜 네가 오는고?"

근엄하게 생긴 태진 사숙의 물음에 청명은 고개를 조아렸다.

"청속 사형이 배가 아파 측간에 가 있는지라……. 도중에 측간을 지나던 제가 부탁을 받았습니다."

"쯧쯧!"

고개를 절레절레 흔든 태진은 보자기를 가리켰다.

"이리 가져오너라."

보자기를 탁자 위에 놓자 태진이 풀어보며 물었다.

"여기서 생활하며 힘든 점은 없느냐?"

돌연한 질문에 청명은 힐끔 그를 바라보았다.

여전히 근엄하면서도 차가운 인상이었다.

다른 사람도 그랬지만 태진도 청명에게는 껄끄러운 사람 중 한 명이었다.

보경당에 있다 하여 모두가 능력이 없는 것은 아닌데, 그 대표적인 예가 태진이었다. 한 당을 책임져야 하는 직책이니 그만한 무공 능력을 갖춘 도인이 맡는 것은 당연했다.

그래서 껄끄러웠다. 한때, 그도 청명을 제자로 받아들이기 위해 많은 노력을 기했기 때문이다. 하지만 그의 사형이자 화산에서 다섯 손가락 안에 드는 고수, 태청에게 빼앗겼고, 나중에는 그것이 다행이라는 듯 청명에게 은근히 돌려 말하곤 했다.

그때 자신의 제자가 되었다면 시간 낭비될 뻔했다는 식의 말이었다.

"없습니다."

"다행이구나! 차라리 처음부터 보경당으로 들어왔다면 사형제들을 대하는 데 편했을 것을……."

불쌍하다, 안됐다는 식의 동정 어린 시선이 청명에게 쏟아졌다.

역시 껄끄러웠다.

인자한 척, 생각 깊은 척하지만 청명은 그것이 가식적이라 판단했다.

더 듣기 싫어 청명이 선수를 쳤다.

"그럼 이만 나가보겠습니다."

"그러려무나. 잠깐!"

"네?"

"네게 한 말이 아니다. 나가보거라."

고개를 갸웃거린 청명은 뒷걸음질로 방을 빠져나가기 시작했다. 그때 태진의 뚱한 목소리가 들려왔다.

"오룡차가 비싸다는 것은 알고 있지만 너무하는구나! 그만한 돈을 줬는데도 이 정도 양이라니……."

속으로 뜨끔한 청명이었다.

한 줌밖에 빼지 않아 못 알아볼 거라 생각했는데…….

혹시나 물을까 싶어 그는 급히 방을 나와 문을 닫아버렸다.

그날 저녁, 청명은 식사를 마치고 그가 관할하는 보경당 제사관 이층으로 향했다. 역시 청속 사형은 기대를 저버리지 않았다.

몇 줄 끼적거린 흔적이 있기는 했는데, 영 마음에 들지 않아 지우고 다시 필사하기 시작했다.

하지만 좀체 집중을 할 수가 없었다.

'왜일까?'

할 일은 태산. 삼 일 안으로 필사를 마치고 태진 숙부에게 보고를 올릴 수 있게 해야 했고, 오늘 일과의 마무리로 경전도 정리해야 하는데…….

곰곰이 생각하자 이유는 그것밖에 없었다. 경극을 마치고 보았던 여인, 그리고 그녀가 펼쳐 보인 신기한 최면이었다. 정확히 그녀의 최면에 걸려 경험했던 달콤한 기억이라 할 수 있었다.

어릴 때부터 꾸었던 꿈!

천하에 다시없는 고수가 되어 강호를 질타하고 무림을 굽어보는, 무인이라면 누구나 꿀 수 있지만 이룰 수 없는 그런 꿈을 현실처럼 경험했다는 것이 그를 끊임없이 유혹하고 있었다.

아직도 생생했다. 뭇사람의 시선을 받으며, 그들이 떠받드는 천하제일인을 꺾어버리는 그 짜릿했던 경험이……. 꿈이라지만 한 번 더 빠져 보고 싶은 욕망이 그를 사로잡을 수밖에 없었다.

"휴!"

청명은 도리질을 치며 다시 붓을 들었다. 이룰 수 없는 꿈은 생각조차 하지 않는 것이 바람직할 것이다. 실망만 커질 테니까!

하지만 청명은 붓을 놓고 다시 생각에 잠겼다. 꿈은 날려 보냈지만 그것과는 달리 여인의 말이 떠올랐기 때문이다.

'사람의 무의식을 일깨워 준다? 원하는 대로 이끌어준다?

고개가 갸웃거려졌다.

믿어지지 않았다. 하지만 직접 경험을 했으니 믿지 않을 도리가 없었다.

장난기가 슬며시 발동했다.

청명은 급히 자리에서 일어나 밖으로 향했다.

"뭐냐?"

청속은 게슴츠레한 눈으로 청명을 바라보았다. 실 한 가닥에 달려 있는 작은 돌멩이, 그것을 바라보라는 요구가 황당할 수밖에 없다.

"잠시만요. 잠시만 이걸 보세요."

"다짜고짜 요상한 걸 들고 와서는 보라니? 무슨 짓이냐?"

"잠깐이면 됩니다."

"여인의 속곳을 들고 와도 볼까 말까인데……."

의미가 조금 이상하다고 생각했던지 청속은 급히 고개를 저었다. 그리고는 묻지 않은 것까지 말하고 나섰다.

"그렇다고 내가 그런 음심을 품고 있다는 것은 아니다. 험험! 단지 호기심이 있다는 거지. 암, 그렇고말고!"

"알겠어요. 아무튼 보세요."

　말과 함께 청명은 여인이 자신에게 했던 것처럼 돌멩이를 규칙적으로 흔들기 시작했다. 하지만 청속이 벌컥 성을 냈다.

　“아직 한다고 안 했다. 지금 나이 많은 사형을 놀리는 게냐?”

　“그, 그게 아니라…….”

　“아니면 뭐냐? 이상한 행동을 설명도 없이 지켜보라고? 바쁜 거 안 보이냐?”

　바쁘기야 했다. 꾸벅꾸벅 고개를 숙이며 꿈나라에 한 다리 걸쳐 놓느라 정신없었으니 말이다. 하지만 청명이 부탁을 해 온 것은 처음이었다.

　청속은 잠시 청명의 얼굴을 바라보았다.

　감히 사형에게 장난치려는 빛은 아니다. 진지하면서도 호기심 가득한 표정인데, 청속은 왠지 호기심이 드는 것을 느꼈다.

　“설명이나 들어보자. 그걸 내가 왜 봐야 하느냐?”

　그러자 청명은 낮에 있었던 일을 설명했다. 물론, 절대 함구해 달라는 부탁을 했고, 청속은 받아들였다. 사실 그것이 알려지면 청속도 곤란해질 일이었다.

　청속이 믿지 못하겠다는 표정을 지었다.

　“그래서? 그걸 지금 나에게 실험해 보겠다고?”

　“네!”

　“놈! 내가 무슨 나무토막이더냐? 어디 감히 사형에게 되지도 않는 걸 실험한다는 말이냐?"

"부탁입니다."

"……."

청속은 대답없이 생각에 잠겼다. 사실, 듣고 보면 그리 대단한 것도 아니었다. 게다가 청명이 성공한다는 보장도 없었고, 성공한다고 해도 위험하지는 않았다.

더욱이 처음 해오는 부탁이라 마음이 흔들리는 것도 사실. 은근히 피해 다니는 다른 녀석들과는 달리 선뜻 심부름을 해주는 청명이라서 좀 더 흔들렸다.

하지만 그냥 허락할 그는 아니다.

"좋다!"

청명의 얼굴이 밝아졌다.

"단!"

"……?"

"앞으로 내가 할 심부름 세 개를 해줘야겠다."

'역시!'

부탁할 사람이 그 외에는 없다는 것이 청명은 내심 불만이었다.

하지만 궁금증을 풀 수 있으니 그것으로 만족이기도 했다.

"알겠어요."

"거래 성립! 자, 어떻게 하면 되냐?"

"이 추를 유심히 바라보세요."

　말과 함께 청명은 다시 돌멩이를 흔들기 시작했다. 기억을 살려 여인이 했던 것과 동일하게였다.
　"이렇게?"
　청속은 두 눈을 부릅떴다.
　"아니요. 그렇게 긴장하실 필요 없어요. 마음을 편하게 하시고, 시선도 편하게 가지시면 돼요."
　"이렇게?"
　"네!"
　"어렵구나! 어려워!"
　그렇게 생색을 내고 싶었던 모양이다.

第二章
첫 시도

"뭐가 보입니까?"

"아무것도 안 보이는데?"

반 각 후!

"뭔가 보이지 않습니까?"

"도대체 뭐가 보인다는 게냐?"

다시 반 각 후가 지났다.

청속의 표정이 점점 뒤틀리기 시작했다.

급기야 눈앞에서 왔다 갔다 하는 돌멩이를 잡아 들었다.

"녀석아! 눈깔 빠지겠다."

말과 함께 그가 눈을 비볐다. 말대로 충혈되어 있는 것이

상당히 피로하다는 것을 알 수 있었다. 그것을 바라보던 청명은 의문에 휩싸였다.

'이상하다.'

분명히 똑같이 했던 것 같은데 왜 청속은 최면에 빠져들지 않는 걸까?

그는 다시 기억을 되짚었다. 그녀와 했던 대화와 행동을 일일이 짚어내며 문제점을 찾기 시작했다. 하지만 특별히 지금 하고 있는 행동과 다른 점이 없는 것 같았다.

"흐음!"

골똘히 생각에 잠겨 있던 그를 청속이 일깨웠다.

"그럼 약조한 대로 앞으로 내가 시키는 걸 세 가지 해줘야 한다."

그때였다.

"아!"

청명의 탄성에 청속이 의아한 표정을 지었다.

"왜 그러냐?"

"한 번만이요."

"뭐?"

"한 번만 더 해봐요."

"하고 싶어도 눈이 아파서 못하겠다."

"부탁입니다, 사형!"

"끄응!"

괴이한 신음과 함께 청속은 어쩔 수 없이 고개를 끄덕였다. 청명이 보경당에 들어와서 이렇게 뭔가에 매달리는 것을 본 적이 없었던 까닭이다.

"대신 이번 한 번이다."

"네!"

다시 돌멩이가 움직이기 시작했다. 전과 다른 점이 없었다. 하지만 다음에 변화가 생겼다.

"원하는 것을 생각하세요. 편하게……. 아니, 그냥 마음 가는 대로 몸을 맡기세요."

"흐음!"

윙윙! 윙윙!

눈앞을 왔다 갔다 하는 돌멩이의 폭이 점점 커지기 시작했다.

청명이 다시 나직이 말했다.

"굳이 추의 움직임을 의식하지 않으셔도 돼요. 의식하지 마시고 그냥 움직이고 있다고만 생각하세요. 마음은 원하는 것을 생각하시고요."

윙윙! 윙윙!

약간의 변화가 생겼다.

청명의 눈이 빛을 띠었다. 청속의 눈이 흐리멍덩해지고 있었던 것이다.

'됐다!'

“지금 사형은 원하시는 걸 모두 할 수 있는 상태입니다.”

주문처럼 중얼거리는 말에 청속이 스르륵 눈을 감았다.

‘이거였구나!’

머리가 맑아지는 느낌이었다.

해답은 거기에 있었다.

“소리는 단지 도구일 뿐이에요. 정작 사람들의 반응을 극대로 끌어올리는 이유는 사람 자신에게 있답니다.”

“소리만으로는 사람의 정신을 온전히 끌어들일 수 없죠. 그렇지 않다면 왜 작은 소리를 내겠어요? 아주 큰 소리를 만들어 들려주었겠죠. 예를 들자면 사람들은 자신의 보고 싶은 걸 보고자 하는, 느끼고 싶은 걸 느끼고자 하는 심리가 있답니다.”

‘그래. 그걸 이끌어주기만 하면 되는 거야. 이 돌멩이는 사실 아무런 상관도 없었어.’

청명은 답답했던 가슴이 한 번에 뚫리는 기분이었다.

심리!

그것을 끌어주기만 하면 되는 것이라 확신을 할 수 있었다.

그는 급히 청속을 살피며 말을 이었다.

“무엇이 보이나요? 하고자 하는 모든 것을 해보세요. 모든 것이 가능하니까요.”

“흐음…….”

끈적끈적한 신음이 이럴까?

청속은 신음하며 입을 헤벌렸다.

"여기가 어디냐?"

"네?"

"지상 낙원이 아니더냐?"

청명은 귀를 쫑긋 세웠다. 무슨 소린지 알다가도 모를 일이었다.

그래서 좀 더 자세히 캐묻기로 했다.

"정확히 말씀해 보세요. 뭐가 보입니까?"

"혜란, 청해, 귀향이가 보인다!"

"그게 누군데요?"

"놈! 어찌 화음 최고의 기녀들을 모른단 말이냐?"

"……."

졸음 섞인 말이었지만 그 의미는 청명에게 충격으로 다가왔다.

"기, 기녀라고요?"

"어허허허허! 이것들, 아주 앙칼이 심하구나!"

"……."

청명의 표정이 핼쑥해졌다.

뭔가? 어찌 화산의 도인이 기녀를…….

원하는 것을 보라고 했더니, 이건 앞질러 가도 너무 앞질러 가고 있었다.

더 이상 진행하면 안 될 것 같은 마음에 그가 급히 말했다.

"셋을 세겠습니다. 그 후 소리가 나면 저절로 돌아오실 겁니다."

그때 청속이 놀라운 말을 했다.

"안 된다, 이놈아! 어찌 저것들을 두고 떠나란 말이냐? 너는 저 야실야실한 속살이 안 보인다는 게냐? 어이쿠! 귀향이 가슴이 젤 크구나!"

"사, 사형!"

땀줄기 하나가 청명의 머리끝을 타고 흘러내렸다.

그는 급히 수를 셌다. 그리고 마지막으로 손가락을 튕겼다.

탁―!

"이제 눈을 뜨십시오."

순간 청속이 힘 빠지는 신음을 흘렸다. 그리고는 멀뚱멀뚱 청명을 바라보더니…….

"놈!"

벽력같은 고함이 실내를 울렸다.

"감히, 사형의 주지육림을 방해하고도……."

말이 끊어졌다.

스스로도 놀란 듯 청속은 주위를 두리번거렸다.

벌떡!

급기야 자리에서 일어나 창가로 걸어가더니 창문을 열어

젖히는데, 시원한 밤공기가 실내로 불어닥쳤다.

그의 눈은 아련한 그것이 되어 밤하늘을 올려다보고 있었다.

"청명아—!"

"네!"

"조금 전에 있었던 일이 무엇이더냐?"

"제가 오늘 낮에 배웠던 것을 사형에게……."

"무슨 소리를 하는 게냐?"

"……?"

잠시 침묵이 감돌았다.

청속은 여전히 밤하늘을 올려다보았다. 그리고는 나직하지만 친근한 목소리로 말을 이었다.

"없었던 일로 하자!"

뒷모습이었지만 청명은 사형의 얼굴이 분명히 붉어져 있을 거라고 생각했다.

절로 미소가 지어졌다.

"알겠습니다."

하지만 분명히 짚고 넘어가야 할 것이 있다.

"그럼 세 가지 부탁은……."

"놈!"

"……?!"

"무슨 일이 있었던고?"

태진 사숙의 말투였다.

평소에 태진 사숙을 존경했거나, 그 근엄한 말투가 인상 깊었던 모양이다. 눈빛 또한 태진 사숙처럼 근엄함을 드러내며 청명을 바라보고 있었다.

청명이 피식 웃었다.

"없었습니다. 궁금한 것이 있어 사형을 찾아왔고, 답을 얻었습니다."

청속이 고개를 끄덕였다.

"사제에게 도움을 줄 수 있어 나도 기쁘구나!"

그의 시선이 다시 창밖으로 향했다.

"달 한번 참 밝다!"

청명의 시선도 따라갔다.

우루중충하니 비가 올 것만 같았다.

쏴아―!

청명의 예상대로 새벽부터 비가 내리더니 아침이 되자 화산에 무지개가 피어올랐다.

아침 일찍 자리를 개고 일어난 청명은 식사도 거른 채 보경당 제일관으로 향했다.

첫 번째 방으로 들어가자 사형 청원(淸源)이 자리에 앉아 있었다.

"네가 여기는 어쩐 일이냐?"

곱지 못한 시선이 청명을 맞이했다.

그럴 만도 했다. 다른 곳에서 괄시받던 녀석이 재능은 출중했기 때문이다. 당연히 시기와 질투가 남아 있을 수밖에 없었다. 무엇이든 한 번 보면 외워 버리는 그 집중력이 곱게만 보일 리가 없었던 것이다.

그래도 청원은 조금 나은 편이다. 청명의 생각으론 그는 순진한 사람이었다.

분위기에 잘 휩쓸린다고나 할까?

남들이 싫어하니 그도 청명을 싫어해야 한다는 의무감에 불타는 쪽임이 분명했다.

한편으로 말하면 줏대가 없는 것이고, 한편으론 귀가 얇다고도 할 수 있을 것이다. 장점은 도인으로서의 꿈이 크다는 것. 무공의 재능이 떨어지기는 했지만 그도 보경당에서의 능력은 출중하다는 것이었다. 그래서 청속을 제치고 보경당 인원의 일과를 총관리 감독하는 역할을 맡고 있었다.

"오늘 할 일이 많이 남아 있어 제 관할에서 밤을 새워야 할 것 같습니다."

"할 일?"

"네. 전에 보고드렸던 책을 필사해야 하는데, 아직 많이 남아 있는 관계로……."

청원이 심드렁한 표정을 지었다.

"네 능력으로도 안 되는 일이 있었더냐?"

다분히 비꼬는 어조, 하지만 청명은 쉽게 받아 흘렸다. 처음 보경당에 왔을 때는 여전히 우월주의가 남아 있어 사람들의 무시와 괄시가 힘이 들었지만 이 년이 지난 지금은 익숙해진 탓이었다.

"분량이 꽤 많습니다."

"그래? 게으른 것은 아니고?"

청명은 말없이 그를 바라보았다.

여전히 심드렁한 표정이었다. 그런데 잠시 후, 그 표정에 비소가 걸리기 시작했다.

"그런데, 너에게 시킬 일이 있는데 어쩌지?"

"시키실 일이라니요?"

"오늘 미시(未時)에 보경당에 중요한 손님이 오기로 했다. 그래서 그전에 그들을 마중하러 가야 하는데……."

바쁘다는데도 그런 일을 언급하는 걸 보면 계획적인 것이 분명했다.

'순진한 사람이 더욱 무섭다더니…….'

하지만 누구 말이라고 거역하랴.

"언제 가면 되겠습니까?"

"오시초(午時初)에 화산 초입에 도착할 수 있게 해라."

청명의 인상이 굳어졌다. 오시초부터라면 주당에 물을 대기 위해 한창 우물에서 일할 시간이었다.

"주당에 물을……."

청원이 손을 휘휘 저었다.

"지금 가서 하면 되지 않느냐!"

"지금이요?"

오전 일과를 모두 버리라는 것과 진배없었다.

순간 후회가 밀려왔다. 차라리 바쁘다고 하지 않았다면 시키지 않았을 거라는 생각이 들었다.

하지만 아니꼽고 화가 치밀어도 어쩔 수 없었다. 최대한 표정 관리를 하며 부탁하는 수밖에!

"그럼, 내일도 제 관할에서 밤을 새우겠습니다. 위에다 보고를 드려주십시오."

"그렇게 해주마. 이만 가보거라."

무슨 큰 선심이라도 쓰는 듯 청원의 고개가 끄덕여지자 청명은 고개 숙여 방을 빠져나왔다.

"휴!"

밖으로 나오자 절로 한숨이 새어 나왔다. 갈수록 태산이라더니 세월이 흘러갈수록 더욱 힘들어지고 있는 자신의 신세가 불쌍하게 느껴졌다.

어릴 때라면 이해를 할 수도 있었다. 한참 기고만장했기에 누구도 눈에 들어오지 않았을 때였으니까.

내공이 없다는 사실이 알려지고 그로 인해 눈총과 무시를 당했어도 그때는 아무것도 보이지 않았다. 무시하면 같이 무시하고, 시비를 걸면 맞서 싸웠던 청명이었다. 내공이 없다는 사실을 인정하기 싫었고, 자신보다 못한 자들이 무시하는 것이 분한 마음 때문이었다.

그때라면 이런 대접도 당연했다.

하지만 지금은 세월을 무시하지 못하고 그때의 감정을 모두 내면에 잠재워 버리지 않았던가!

스스로 그저 그런 도인이라 생각하며 최대한 겸손해하려고 노력하고 있는데……. 아무도 그런 그의 마음을 알아주지 않아 속상했다.

'어쩔 수 없는 일.'

사실, 인과응보나 다름없었다.

일찍 일을 끝내고 밤에는 몰래 최면에 대해서 연구 좀 해보려고 했던 것이 잘못이라면 잘못이었으니 말이다.

생각과 함께 그는 급히 주당으로 향했다.

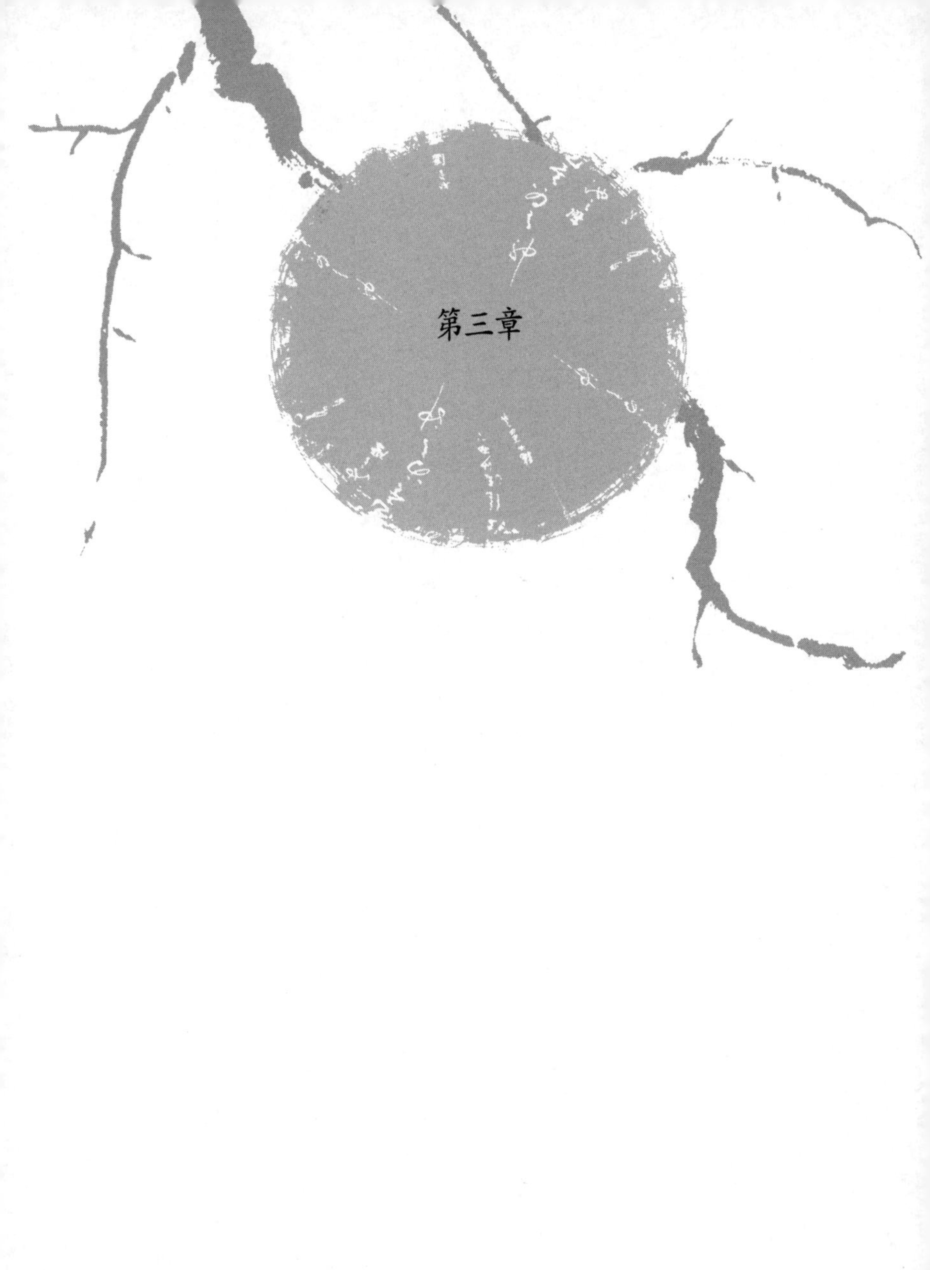

第三章

第三章
터질 것 같은 가슴이여

한낮에도 빛이 통하지 않는 어둠은 있다.

"결과는?"

어두컴컴한 밀실 맞은편에서, 역시 어둠에 가린 인영이 입을 열었다. 어두워서 형체를 가늠할 수는 없지만 괴이하게 흘러나오는 기운은 평범한 사람이 아님을 드러내고 있었다.

어둠의 목소리에 그 앞에 기립해 있던 사내가 껄끄러운 목소리를 퍼뜨렸다.

"관심을 보였습니다."

“관심? 그뿐인가?”

“좀 더 신중히 생각해 봐야 할 것 같답니다.”

“강남 패권의 삼분지 일을 준다는데도?”

“그들은 일월맹의 대표가 아니니까요. 아시지 않습니까? 일월맹은 정파와의 싸움에서만 발동 걸리는 사파의 마지막 보루뿐이라는 것을. 그들의 힘만으로 사파 전체를 선동해 일월맹을 규합하는 것도 힘들지만, 설령 가능하다 해도 그들 자신의 의지만으론 일월맹을 움직이기는 무리라고 판단했을 겁니다.”

“욕심이 없는 것인가?”

“욕심보다는 지금의 상태에 만족해하는 듯 보였습니다. 장강을 틀어쥐고 있으니까요.”

순간 어둠의 목소리가 조소 섞여 실내를 흔들었다.

그리고 잠시 후, 말을 이었다.

“우두머리 된 자의 만족은 수하들의 불만족을 부르는 법이다.”

“그 말씀은……”

“부릴 수 없다면, 부릴 수 있는 놈으로 바꾸면 되겠지.”

기립해 있던 사내가 고개를 꾸뻑 숙였다.

“시행해 보겠습니다.”

“관심이 가는 자가 있나?”

“타주의 그늘에 가려 있지만 야망이 큰 자를 알고 있습니다. 그를 이용해 장강을 점령해 보겠습니다.”

대답과 함께 기립해 있던 사내의 신형이 사라져 버렸다. 하지만 그 놀라운 신법에도 어둠 속의 사내는 심드렁하기만 했다.

“이랑(理狼)!”

또 다른 사내가 어둠 속에서 모습을 드러냈다.

“부르셨습니까, 청마(靑魔) 장로님?”

“태인(太人)에게서의 움직임은 없더냐?”

“지금 확보에 만전을 기하시고 있는 것으로 알고 있습니다.”

“그 정도로 바닥인가?”

“여러 가지 일을 벌이신 데다, 십여 년간 본 교에 대한 투자 때문에 상당한 압박을 받고 계실 겁니다. 예상이기는 하지만 아마 그곳을 건드리지 않을까 생각해 봅니다.”

“그곳?”

“중원에서 가장 많은 돈을 움직이는 곳이지요!”

그 말에 음침한 웃음소리가 터져 나왔다.

“흐흐흐! 호랑이에 날개를 다는 격이로구나! 하지만 쉽지는 않을 것이다.”

“본 교에 도움을 요청해 올 수도 있을 겁니다.”

“두고 보면 알겠지!”

*　　　*　　　*

"안녕하십니까, 화산에서 마중하러 왔습니다."

청명은 인사와 함께 힐끔거리며 화산을 찾은 손님들을 바라보았다. 사십대의 여인과 이제 십오육 세 정도 되어 보이는 소녀, 그리고 노인 두 명이었다.

"어린 도장께서 우리 길 안내를 맡으셨소?"

노인 한 명의 물음에 청명은 고개를 끄덕였다.

"그렇습니다. 보경당으로 안내하라는 지시를 받았습니다."

그때 소녀가 청명에게 관심을 드러냈다.

주당에 물을 대느라 옷도 갈아입지 못한 청명이었지만 귀엽게 생긴 외모에 끌렸던 모양이다.

"도명이 어떻게 되세요?"

"청명이라고 합니다."

중년 여인이 고개를 갸웃거렸다.

"청명?"

"그렇습니다."

"화산의 '청' 자 진인들은 이대제자인 것으로 알고 있는데……"

"아! 제 사부님이 장문 사백님과 사형제지간이라 그렇게 되었습니다. 사부님의 도호는 태청이십니다."

그 말에 중년 여인과 두 노인이 놀라운 빛을 띠었다. 그중 키가 작고 땅딸한 노인이 만면에 미소를 지어 보였다.

"허허, 어린 도장께서 실력이 출중한 모양인가 보오? 그 나이에 태청 진인의 제자가 되었으니!"

청명은 왠지 기분이 좋아지는 것을 느끼며 머리를 긁적였다. 이럴 때는 겸양이 미덕이라는 것을 그는 알고 있었고, 실천에 옮겼다.

"아, 아닙니다. 운이 좋아 사부님의 눈에 띄었을 뿐입니다."

"허허, 아무리 운이 좋아도 그렇지……. 이거 화산에서 대단한 후기지수를 보내어 황송할 따름이오!"

청명은 쑥스러운 미소만 지을 뿐, 대답하지 않았다. 시시콜콜한 과거 이야기를 해봐야 웃음거리만 될 것이 분명했기 때문이다. 이럴 때면 자신의 소문이 구파일방에만 잠시 알려졌을 뿐, 그 이후에는 화산에서 쉬쉬했기에 다행이라는 생각이 들었다.

하지만 화산으로 향하던 중에 소녀가 자꾸 그에 대해서 물어와 꽤 난감할 수밖에 없었다. 생각 같아서는 한때 대단했었노라고 자랑도 하고 싶었지만, 그렇게 되면 지금 보경당에 지내는 것까지 말해야 할 것 같아 참아야 했다.

그래도 기분이 그리 나쁘지만은 않았다.

사람들의 관심을 받아 우쭐해 본 적이 얼마 만인지 모를 일인데, 그것이 지금 살아나고 있었던 것이다.

하지만 좋은 시간은 빨리 가는 법. 이런저런 대화가 얼마 지속되지 않은 것 같은데 벌써 화산파의 산문에 도착해 있었다.

그들을 데리고 보경당으로 안내하자 놀랍게도 정문 앞에 보경당의 당주인 태진은 물론이고, 장문인과 청명의 사부인 태청까지 마중 나와 있었다.

순간 청명은 손님들의 정체가 궁금해졌다. 장문인까지 손님을 마중 나온다는 것은 흔치 않은 일이기 때문이다. 하지만 복색만으로는 뚜렷이 어떤 문파 소속인지 알아낼 방도는 없었다. 평범함 무사 복장을 하고 있다는 것이 이유였다.

'신분을 숨겨야 할 사정이 있나 보구나! 하지만 그런 손님이 왜 보경당에 초대되었지?'

화산에서 손님을 맞이하는 곳이 따로 있었기에 보경당에 손님을, 그것도 중요한 손님을 끌어들인 예는 청명이 화산에 온 이후로는 없던 일이었다.

'한 가지는 확실하네.'

은밀한 밀담을 원하고 있다는 것이었다.

청명은 그렇게 확신하며 슬며시 자리를 피하려 했다. 그때 태청이 그의 걸음을 붙잡았다.

"청명!"

청명은 움찔하며 태청을 바라보았다.

달랐다.

예전에는 그렇게 온화하고 인자하더니, 내공이 없다는 사실을 안 이후로는 실망한 기색을, 보경당으로 보내진 이후부터는 누구보다 냉정하게 청명을 대했다.

하기야 그의 제자들 모두 뛰어난 실력을 인정받아 화산의 기대를 모으고 있는 반면, 청명만이 그렇지 못했으니 그럴 만도 했다. 완벽주의에 가깝던 성격에 힘입어 완벽했던 무인의 길을 걸어왔던 태청. 그런 그에게 첫 실패작이 청명이었던 것이다.

청명은 괜스레 죄지은 느낌이 들어 얼굴을 마주하면서도 시선은 아래로 돌렸다.

"수련은 열심히 하고 있느냐?"

그래도 제자라 던진 물음이었지만 청명은 감히 대답도 하지 못했다.

태청의 눈빛이 날카로워졌다.

사실, 대답을 기다린 것도 아니었다.

그의 손이 한번 휘저어졌다. 가서 일 보라는 뜻이었다.

청명으로서는 다행이었다. 사부를 대하기가 여간 껄끄러운 것이 아니었던 것이다. 그런데 막 자리를 피하려는 청명을 이번에는 장문인이 붙들었다.

"청명!"

"네, 장문 사백님!"

“이 어린 여시주에게 화산파 구경을 시켜주어라. 이야기가 길어질지도 모르겠다.”

청명은 소녀를 힐끔 바라보았다. 소녀가 마주 보며 미소 짓는 표정이 눈에 들어왔다.

“명에 따르겠습니다. 따라오십시오.”

청명이 그녀를 데리고 사라지자 그제야 장문인이 세 명의 손님을 이끌고 보경당 안으로 들어갔다.

서로 자리를 잡자 장문인이 궁금증을 드러냈다.

“맹에서는 어찌하여 우리 화산에 밀담을 신청하신 것이오?”

그 말에 두 노인이 중년 여인을 바라보았고, 여인이 고개를 끄덕이며 대답했다.

“중요한 계획이 있어 부탁을 하러 왔습니다.”

“부탁?”

“그렇습니다.”

“무엇이오?”

“혹시, 혈음나찰(血陰羅刹)을 아십니까?”

“혈음나찰이라면 중원 각지를 떠돌아다니며 악행을 저지르는 마인이 아니오?”

“그렇습니다. 하면, 그에게 배후가 있다는 사실도 아십니까?”

처음 들어보는 말이라 장문인은 태청을 바라보았다.

태청 역시 고개를 저었다.

"그의 뒤를 봐주는 배후가 있었소? 홀로 떠돌아다니는 줄로만 알고 있었는데……."

"숨겨진 사실이지요. 이것은 우연히 맹에서 알아낸 것입니다."

그 말에 태청이 의문을 제기했다.

"그런데 그것이 우리 화산과 무슨 상관입니까?"

이번에는 백발에 흰 수염을 단정하게 기른 노인이 대답했다.

"맹에서 그를 잡기 위해 그물을 쳐놓는 작업을 하고 있습니다. 조만간 그의 신변을 확보할 것으로 예상합니다."

"하면……."

백발노인이 고개를 끄덕였다.

"화산에서 그의 신변을 맡아주었으면 합니다."

"그런 일이라면 맹의 뇌옥이나 소림의 참회동이 낫지 않겠소?"

"혹시 그 배후가 움직일지도 몰라 은밀하게 가둬야 합니다. 그래서 화산이 적합하다고 생각한 것이지요."

하지만 장문인과 태청은 여전히 의문이었다. 은밀히 하는 일이라지만 그만한 부탁을 하기 위해 밀담을 신청하려 했다는 것이 선뜻 이해가 가지 않았던 것이다.

장문인이 시간을 두기 위해 찻잔을 들어 차를 한번 홀짝인 후 물었다.

“그 배후가 어디오?”

그러자 땅딸막한 노인이 여인과 백발노인에게 시선을 주더니 또렷이, 하지만 은밀하게 입을 열었다.

“놀라지 마십시오. 우리가 조사한 바론, 그의 배후에 천신교가 있습니다.”

순간 장문인의 손에 들린 찻잔이 흔들리기 시작했다.

태청 역시 경악한 표정이 되었다.

“처, 천신교?”

천신교!

그들은 잊지 않고 있었다.

십여 년 전, 정사를 막론하고 강호를 피로 물들인 장본인들을!

잊으려야 잊을 수가 없었다. 그들 때문에 화산도 무림맹의 기치 아래 싸움에 휘말렸고, 상당한 고수들이 피를 뿌렸던 것이다.

태청이 조급히 물었다.

“천신교가 움직이기 시작했습니까?”

다행히 세 명의 손님은 고개를 저었다.

그중 여인이 대답했다.

“아닙니다. 모두 아시다시피, 천신교의 마천대제(魔天大帝)가 당시 삼십오대 맹주와의 비무로 힘을 상실한 후, 급격히 세력이 쇠퇴했죠. 이듬해에 녹산전투에서 크게 패한 후 사라져 버렸습니다, 마천대제가 힘을 찾게 되면 다시 무림을 정복하겠노라고 외치면서. 그런데 이제 십 년입니다. 그 기간에 예전의 힘을 찾았을 리 만무합니다. 우선 그만한 세력을 만들려면 상당한 자금이 필요한데, 당시 그들에게는 힘을 유지할 만한 자금도 없었을 거라 추정됩니다. 게다가 정사가 협동으로 그들의 뿌리를 자르려고 혈안이 되었으니 숨는 것만으로도 벅찼겠죠."

"하지만 완벽히 자취를 감췄지 않소."

"그렇습니다. 그래서 혈음나찰의 일을 추진하려는 것입니다."

"그 내면에 우리가 모르는 다른 계획이 있는 것이오?"

여인은 고개를 끄덕였다.

"천신교를 이번 기회에 멸할 생각입니다. 물론, 이번 일이 성공해야 가능한 것이겠지만……."

"그 계획을 알 수 있겠소?"

여인은 두 노인을 바라보았다. 독단으로 결정할 수 없는 문제였기 때문이다.

두 노인도 잠시 고심하는 듯했다. 하지만 부탁하러 온 처지니 함구하고 있을 수만은 없었다.

"두 분만 알고 계신다는 조건에서 말씀해 드리겠습니다. 일이 마무리 지어질 때까지 철저히 비밀이 유지되어야 할 것입니다."

장문인과 태청은 약속이라도 한 듯 동시에 고개를 끄덕였다. 그러자 땅딸한 노인이 한 번 더 확답을 받은 후 입을 열었다.

"우선 혈음나찰을 가둬서 무엇을 하려는 것인지 말씀해 드리겠습니다. 사실은……."

"생각했던 것보다 화산파가 훨씬 크네요."

화산파를 다 돌아본 후 보경당으로 향하던 소녀는 그렇게 감탄했다.

청명은 대답없이 미소를 지어 보였다. 그때 그녀가 걸음을 뚝 멈추더니 대답하기 곤란한 것을 물어왔다.

"화산파에 뛰어난 검법이 많다고 하던데, 어떤 것들을 익혔죠?"

청명은 잠시 고민했다.

익힌 검법이야 헤아릴 수 없었다. 하지만 그것은 겉핥기일 뿐, 제대로 익혔다고 말할 수가 없다.

그는 적절한 시기를 잡아 슬며시 화제를 돌렸다.

"아! 그런데 시주의 성함을 듣지 못했군요."

"화진녀(和璡女)예요. 대부분 아진(兒璡)이라고 부르죠."

"이름이 예쁘군요."

그녀가 슬쩍 눈을 흘겼다.

청명은 그 모습이 상당히 귀엽다는 생각이 들었다. 하지만 집요한 귀여움이었다. 그의 의도를 정확하게 파악하고 있었던 것이다.

"왜 말을 돌리죠? 가르쳐 주세요."

"그, 그게……."

"혹시, 외인에게 가르쳐 주면 안 되는 것인가요?"

"그런 것은 아니지만……."

난감할 수밖에 없었다. 하지만 문득 다른 생각도 들었다. 그녀에게 말한다고 창피해질 일이 없다는 것이었다. 그녀가 청명의 과거를 어찌 알까!

'그래, 솔직하게 말하자!'

생각과 함께 청명은 그녀의 눈치를 살피며 대답했다.

"익힌 것이 많지만 제대로 펼칠 수 있는 것은 없습니다."

겸손하면서도 자신을 드러내지 않는 대답이었기에 그는 흡족함을 느꼈다. 그런데 아진의 집요함은 그를 끝까지 물고 늘어졌다.

"그럼, 그중 가장 자신있는 것은 뭐죠?"

"……."

"한 번만 보여주세요."

식은땀이 삐질삐질 흐르기 시작했다.

'자신있는 것?'

있을 리 없었다. 예전에는 모든 것이 자신있었지만 이제는 어떤 무공이든 자신이 없었다. 게다가 보여달라니…….

한참을 머뭇거리던 청명은 어떻게 말해야 할지 고민하기 시작했다. 그런데 다행히 도움의 손길이 다가오고 있었다. 인기척이 들렸던 것이다.

청명은 다시 화제를 돌렸다.

"이 시간에 여기에 올 사람이 없는데……."

청명과 소녀의 시선이 인기척을 쫓아갔다.

순간 청명의 인상이 구겨졌다.

'정숙?

건물 하나를 돌아 네 명의 도인이 모습을 드러냈는데, 그중 정숙이 끼어 있었다.

청명이 급히 아진에게 말했다.

"장문인께서 기다리고 계실지도 모릅니다. 어서 가죠."

그때였다.

"청명 사숙!"

끌다시피 그녀를 이끌던 청명을 부르는 소리가 들려왔다.

그는 이러지도 저러지도 못해 엉거주춤한 상태가 되었다. 때를 놓치지 않은 정숙이 미소를 지으며 다가왔다.

"이 시간에 여기엔 어쩐 일이십니까?"

그제야 소녀가 눈에 들어온 모양이었다.

정숙의 미소가 의미심장해졌다.

"누구신지……."

"화진녀라고, 보경당의 손님이시다."

그녀가 재빨리 토를 달았다.

"아진이라고 합니다."

"아! 화산에 손님이 찾아오셨군요. 한데, 여기서 무엇을 하고 계셨습니까?"

"화산파를 구경시켜 주는 중이었으니 나중에 보자."

청명은 자리를 피하기 위해 급히 걸음을 옮겼다. 하지만 그녀는 끈질겼다.

"검법은 안 보여주실 건가요?"

"검법?"

네 명의 도인이 의아함을 드러냈다. 그러자 아진이 설명했다.

"청명 진인께 화산의 검법을 보여달라 부탁하는 중이었습니다. 실력이 출중하다 하셔서요."

"청명 사숙이요?"

순간 정숙뿐만 아니라 남은 세 명의 도인이 키득거리기 시작했다. 노골적으로 비웃는 빛인데, 이유를 모르는 아진은 고개를 갸웃거렸다. 자신을 비웃는 줄 알았던지 기분 나쁜 기색까지 드러냈다.

그것을 알아본 정숙이 하하거리며 손을 저었다.

"시주 때문에 웃는 것이 아니니 신경 쓰지 마십시오. 저희는 다만 부러워서 그랬습니다."

"부럽다니요?"

"그렇지 않습니까? 청명 사숙이야 우리 화산에서 유명하니까요. 당연히 그의 검법을 구경할 수 있다는 게 부러울 수밖에 없죠."

아진의 시선이 청명에게 향했다. 다시 봤다는 듯한 의미와 부러움이 뒤섞인 시선이었다. 그 때문에 정숙 등은 또 한 번 키득거렸다.

청명의 얼굴이 붉어졌다. 외인이 있는 데서까지 이렇게 노골적으로 창피를 주려는 것은 참기 어려운 일이었다.

"그만 해라!"

나직한, 하지만 힘이 실린 목소리가 청명의 입에서 터져 나왔다. 나이 어린 사숙도 엄연한 어른이고, 존경받아야 마땅하다. 하물며 타 문파의 사람들이 있는 곳에서 화산의 위계질서를 욕되게 할 수는 없었다.

억눌린 명에 잠시 침묵이 감돌았다. 동시에 아진의 시선을 느낀 정숙의 표정도 심상치 않게 변하고 있었다.

"장난 한번 친 걸 가지고 왜 그러십니까, 무안하게!"

"장난? 화산에서 사숙에게 장난을 치라고 배웠냐? 누가 그렇게 가르쳤나?"

정숙의 표정이 굳기 시작했다. 하지만 청명은 멈추지 않았다. 가슴에서 울컥거리는 분통이 말로 한번 터지자 멈추지 않고 튀어나오기 시작했던 것이다. 아진이 보고 있어서일지도 모르지만 그것만은 아니었다.

"이름을 대라. 네 사부가 그렇게 가르쳤느냐? 그렇다면 내가 가서 따지겠다. 실력 좀 인정받는다고 사숙을 몰라보고 다른 외인이 있는 곳에서 화산의 질서에 먹칠하느냐고 내가 가서 따져야겠단 말이다. 누구냐? 너에게 그따위로 가르친 작자가!"

"말씀 가려서 하십시오."

정숙이 나직이 으르렁거렸다.

분위기가 묘하게 흘러가기 시작했다.

"사숙이 그런 말 할 자격이나 됩니까?"

"자격?"

청명은 두 주먹을 불끈 쥐었다. 하지만 아진을 의식하지 않을 수 없었다.

"잠시 자리를 피해주십시오."

괴이한 분위기, 왠지 봐서는 안 될 것 같은 상황에 놓인 아진은 본능적으로 고개를 끄덕이고는 오른쪽 건물로 걸음을 옮겼다.

"이야기가 끝나시면 부르세요. 저기에서 기다릴게요."

괜스레 무공을 보여달라는 말을 했다고 생각한 그녀는 미안한 마음에 재빨리 사라져 버렸다.

그녀가 사라지자 청명이 바로 손을 날렸다. 부지불식간이라 정숙이 피할 사이도 없었다.

짝—!

정숙의 고개가 획 하니 옆으로 돌아갔다.

"다시 한 번 말해봐라. 자격? 사숙에게 자격 운운했느냐?"

정숙은 이를 갈았다.

"그렇습니다. 그럴 자격이 되느냐고 했습니다."

다시 손이 움직였다.

짝—!

"다시 말해봐라."

"사숙에게 그런 자격이……."

짝—!

"다시 말해봐!"

정숙의 눈에 살기가 일기 시작했다.

그는 지지 않고 다시 입을 열었다.

"사숙이 그런 자격이!"

쉬익!

역시 청명의 손이 바람을 가르고 정숙의 뺨으로 날아들었다. 하지만 이번에는 때릴 수가 없었다.

탁!

정숙이 청명의 손을 막았다.

"그만 하십시오. 저도 더 이상은 참기 힘듭니다."

"네, 네가 참지 못하면 어떻게 하겠다는 거냐?"

청명은 가슴이 떨리는 기분을 맛보았다.

심장이 떨려오고 온몸이 붉게 달아오르는 것만 같았다. 지금 정숙은 무시와 괄시의 선을 넘어 사숙 위에 올라서려는 것이 분명했다.

정숙의 주먹이 슬며시 쥐어졌다.

하지만 그도 바보는 아니다. 어린 때라면 모르겠지만 지금 청명과 싸워서는 청명도 그도 중벌을 면키 어려웠다. 청명은 모르겠지만 자신이 중벌을 받고 싶지는 않았다.

생각과 함께 정숙은 휙 하니 고개를 돌렸다.

"됐습니다. 그만 일 보십시오."

그 말이 더욱 청명의 가슴에 불을 질렀다.

"그 주먹은 뭐냐?"

"됐습니다. 힘없는 사숙과 싸우는 나쁜 놈은 되기 싫으니, 그만 가서 잘난 척이나 실컷 하십시오."

짜악—!

청명의 반대 손이 다시 정숙의 뺨을 갈겼다. 동시에 몸을 돌렸다.

참을 수가 없었다.

어떡해서든 정숙의 콧대를 꺾고 싶었다.

"따라와라. 너에게 기회를 줄 테니까."

"……?"

씩씩거리고만 있는 정숙을 향해 청명이 다시 외쳤다.

"배분을 버리고 정식 비무를 해주마. 어디 그렇게 업신여기던 사숙을 이겨봐라. 할 수만 있다면……."

순간 정숙의 두 눈이 번뜩였다. 일이 커질 것 같자 남은 세 명의 도인이 말리기 시작했다.

"정숙, 그만 해라."

"그래! 소문나면 두 사람 다 벌을 받을 거다."

하지만 정숙을 설득할 수는 없었다.

"사숙이 신청한 정식 비무일 뿐이야."

말과 함께 동료를 뿌리친 그는 청명을 향해 분을 풀겠다는 듯 따라나섰다.

第三章
검이여, 잘 가거라

내려다보는 듯한 시선.

비릿한 미소.

모든 것이 청명의 분노를 불러일으켰다.

목검을 들어올려 자세를 잡은 그는 입술을 깨물며 정숙을 노려보았다.

"선수를 양보하죠."

비무에서는 윗사람이 선수를 양보하는 것이 예다. 청명으로서는 치욕적인 제안이었다.

하지만 그는 마다하지 않았다.

이기고 싶었다.

어떤 방법을 쓰든 정숙을 쓰러뜨려 사숙으로서의 위엄을 살리고 싶었고, 그간의 분노를 터뜨리고 싶었다. 하고 싶었던 말을 쏟아내고 내가 사숙이노라 외치고 싶었다.

그런데…….

한 걸음을 앞으로 내디디며 매화삼검(梅花三劍)의 기수식을 펼치려는데 공격할 수가 없었다.

거대한 태산!

그 단어가 머릿속을 스쳐 지나갔다.

가만히 목검을 늘어뜨리고 있는 정숙이 넘을 수 없는 벽처럼 보이기 시작했던 것이다.

순간 청명의 몸이 부들부들 떨렸다.

요 몇 년 동안 이렇게 차이가 날 줄은 몰랐다.

넘어야 하지만 넘을 수 없는 벽을 보는 절망감은 그를 좌절의 나락으로 떨어뜨렸다.

정숙은 여전히 조소를 머금고 있었다.

"왜 그러십니까? 발이 땅에 붙기라도 했습니까?"

"난… 난……."

뭔가 말을 해야 하는데 선뜻 떠오르지 않는다. 동시에 두려움까지 일기 시작했다. 정숙의 여유로운 자세에 이길 수 없다는 확신이 그를 얼어붙게 만들었던 것이다.

"지금이라도 그만두시겠다면 없던 것으로 하겠습니다, 청명 사숙!"

마지막 말이 묘하게 강조되었다. 그 때문에 청명은 몸에 힘을 줄 수 있었다. 다시 분노가 살아나고 있었던 탓이다.

뿌드득!

양손이 검을 소리나게 잡았다.

실수라 할 수 있었다.

검법은 대체로 한 손으로 사용한다. 두 손으로 사용하는 검법이 있기는 하지만 화산에는 없었다. 힘보다는 정교함을 중요시하기 때문이다.

청명이 두 손으로 검을 잡는 것을 본 정숙은 피식 웃음을 흘렸다.

'얼었구나!'

그는 확신할 수 있었다. 청명은 그간 익혔던 모든 검법을 잊고 있음이 분명했다. 오로지 정숙 자신을 혼내주기 위한 마음만 앞서 있으리란 생각이었다.

그렇다면 승패는 이미 갈린 것이나 다름없다.

사실, 그렇지 않다 하더라도 정숙의 승리는 정해져 있는 것이었다. 내공이 없는 자와 있는 자의 차이는 그 움직임부터가 다르고 기도부터가 다른 법이었으니까. 하물며 그는 화산의 같은 또래 중에서도 최고가 아닌가!

정숙이 두 눈을 빛냈다.

'이번 기회에 다시는 기어오르지 못하게 해주마!'

불순한 마음을 품자 말투에도 그대로 전달되었다.

“검을 들었다고 다 무인이 아닙니다. 마음이 있다면 공격을 해야지요. 자신과의 싸움에서도 사숙은 지고 있습니다.”

“…….”

“그래서야 어디 화산의 제자라 할 수 있겠습니까? 당당히 화산인이라고 외칠 수 있겠습니까?”

사숙에게 가르침까지 내리는 그였다.

청명의 입에서 소리가 들리기 시작했다. 이를 갈고 있는 소리였다.

하지만 정숙은 개의치 않고 손가락을 까딱거렸다.

“덤벼보십시오. 아니면 제가 갈까요?”

순간 일갈이 터져 나왔다.

“얍!”

청명이었다.

그는 앞뒤 가리지 않고 검을 휘두르며 달려들었다. 정숙의 말 때문에 분노가 극에 달했고, 눈앞이 캄캄해졌던 것이다.

제대로 상대해도 이길 수 없는데, 그런 식이라면 결과는 뻔했다.

타닥!

목검과 목검이 두 번 부딪치며 청명의 빈손이 허공을 허우적거리기 시작했다. 충격을 이기지 못하고 목검을 떨어뜨린 결과였다. 하지만 그는 검을 놓쳤다는 것조차 인지하지 못하고 있었다. 끊임없이 손을 휘두르며 정숙에게 달려들었다.

정숙으로서는 되지도 않을 공격이었다.

퍽!

복부에 심한 고통이 일어났다. 자연히 몸이 숙여질 수밖에 없는데, 고통은 멈추지 않았다. 연이어 턱에 정숙의 무릎이 다가왔기 때문이다.

퍽—!

"크윽!"

억눌린 비명과 함께 청명이 뒤로 나뒹굴었다.

꼴사나운 자세, 대(大) 자로 뻗은 청명을 향해 정숙이 경멸의 시선을 던졌다.

"사숙입네 뻐기지 말란 말입니다. 운 좋아서 사숙이 된 게 벼슬이 아니라는 말입니다. 실전에서 아무런 쓸모 없는 초식을 수십, 수백 개를 안다 하여 잘난 체하는 모습."

청명의 눈가가 촉촉이 젖기 시작했다.

정숙이 강조하듯 덧붙였다.

"앞으로 보이지 마시길."

말과 함께 그는 장내를 벗어나 버렸다.

홀로 남겨진 청명은 그제야 울음을 터뜨렸다. 서럽게, 화산이 떠나갈 듯 울어 젖혔다.

절뚝절뚝 걸어오는 청명을 보며 아진은 경악했다.

"왜, 왜 그러세요?"

그녀는 급히 청명을 부축했다. 입가에 선혈 한줄기를 흘리고 있는 모습이 누군가와 싸웠다는 것을 증명하고 있었다.

짐작이 가는 바가 있었다. 하지만 그녀는 모른 척 재차 물었다. 알아도 모른 척, 보아도 못 본 척해야 할 경우가 때론 있었고, 지금이 그런 경우라고 판단했던 것이다.

청명이 뭔가 변명을 하면 '아! 그랬군요' 라고 은근슬쩍 넘어갈 요량이었다.

다행히 청명은 그녀의 계획대로 움직여 주었다.

활짝 웃으며 머리를 긁적였던 것이다.

"넘어졌습니다."

"아! 그랬군요."

"……."

"……."

잠시 침묵이 감돌았다. 청명도 그녀가 무슨 생각을 하고 있는지 알고 있었다. 하지만 지금은 알아도 모른 척 넘어가고 싶었고, 그녀도 그러길 바랐다.

잠시 후, 청명이 해를 바라보며 침묵을 깼다.

"많이 늦었네요. 이만 가죠."

"그, 그래요."

어색해하던 그들은 급히 보경당으로 향했다.

보경당에 도착하자 때맞춰 손님 셋과 장문인, 태청 진인이 건물 밖으로 나오고 있었다. 대화에 참가하지 않은 태진의 배웅을 받으며 나오는데, 청명은 먼발치에서 아진에게 고개 숙여 반장했다.

"짧은 만남이었지만 즐거웠습니다, 무량수불!"

어색했던 차에 말을 걸어오자 아진도 미소를 지으며 고개를 숙였다.

"구경시켜 주서서 고맙습니다. 혹시, 산동성 곡부(曲阜)에 오실 일이 있으면 청화문(靑花門)에 한번 들러주세요."

"신경 써주서서 감사합니다."

대답과 함께 그녀는 중년 여인이 있는 곳으로 걸어갔다. 그러자 청명도 자신의 관할로 향했다.

"시주께서는 화산파 구경을 다 하셨소?"

장문인의 물음에 아진이 미소를 지으며 고개를 끄덕였다. 그러자 장문인이 의아함을 드러냈다.

"한데, 청명은 어디 간 것이오?"

"바쁜 볼일이 있는지 저를 데려다주고 급히 가셨어요."

"녀석! 고생이나 시키지 않았는지……."

"아니에요. 친절하게 신경 써주셨어요."

"그렇다면 다행이구려. 그럼, 이만 갑시다."

말과 함께 그는 산문까지 손님을 안내한 후, 마지막으로 당부의 말을 했다.

"그의 신변을 확보하게 되면 미리 연락을 주시오. 우리 화산도 준비에 들어가겠소."

그러자 중년 여인과 두 노인이 고개를 끄덕였다.

"걱정하지 마시고 이만 들어가십시오."

"먼저 가시오."

"알겠습니다. 그럼 이만!"

그들은 왔던 길을 되밟아 화산을 떠나기 시작했다. 멀어지는 그들을 보며 태청이 걱정을 드러냈다.

"장문 사형, 괜찮겠습니까?"

"특별한 일이 없는데 무슨 걱정이겠느냐?"

"하지만 누구에게 그 일을 시키실 건지⋯⋯."

"글쎄다⋯⋯."

잠시 침묵이 이어졌다.

"그 아이는 어떻겠느냐?"

"누구를 말씀하시는 겁니까?"

"청명 말이다."

순간 태청의 아미가 살짝 찡그려졌다.

"제대로 무공도 펼칠 수 없는 아이입니다."

그의 자존심 상한 표정을 보며 장문인은 피식 미소를 지었다.

"그게 아직도 마음이 쓰이느냐?"

"최초의 실패작이니⋯⋯."

"됐다. 그래도 네 제자가 아니더냐."

태청은 뚱한 표정으로 입을 다물어 버렸다. 그러자 장문인이 화제를 돌렸다.

"여하튼 무공이 없는 것이 더 일을 꾀하기 쉬울 게다."

"하지만 무공을 익힌 제자가 하기에도 위험한 일입니다. 하물며 그 녀석이라면……. 잘못되면 목숨이 위험할 수도 있습니다."

장문인은 대답없이 먼 산을 바라보았다. 그리고는 한숨을 쉬며 중얼거렸다.

"팔자려니 해야겠지. 화산과 강호의 평안을 위한 일이니……. 무량수불!"

잠시 생각하던 태청도 고개를 끄덕였다.

'무공으로 화산을 빛낼 수 없다면 그런 식으로라도 괜찮겠지!'

둘은 말없이 그렇게 합의를 보았다.

팍—!

곡괭이가 땅을 파고들었다. 이어 비스듬하게 뽑아내자 흙이 튀며 작은 구멍이 만들어졌다.

청명은 그 구멍을 보며 다시 곡괭이를 땅에 박아 넣었다. 그렇게 이십여 번이나 반복하자 그리 깊지도, 얕지도 않은 구멍이 만들어졌다.

힘든 작업은 아니었지만 하늘을 보며 한숨을 흘렸다.

차가운 밤공기가 가슴속으로 들어왔다가 나가는 것이 후련한 기분이었다.

문득 달빛이 아름답다는 생각이 들었다. 평소에 자세히 보지 않던 달이었지만 오늘따라 왠지 외로워 보이기도 했다.

'이젠…….'

손을 허리춤으로 옮겼다. 그리고 삼 척이 좀 안 되는 목검을 뽑아내 달빛에 비췄다. 거기엔 이렇게 음각되어 있었다.

靑雲劍(청운검).

화산으로 온 이후 처음 사부에게 하사받았던 목검. 아직 진검을 받지 못한 그에게는 가장 가까운 친구라 할 수 있었다.

얼마나 잡았는지 빛바랜 손잡이와 수년간 바람에 쓸려 얇아진 듯한 검신이 그의 마음을 착잡하게 만들었다. 벗겨진 나뭇결만큼의 우정, 하지만 이젠 작별을 해야 했던 것이다.

쉬익―!

순간 검을 앞으로 뻗었다.

"월화난무(月華亂舞)!"

낭랑한 목소리가 터져 나오고, 초식에 따라 사방으로 검이 휘날렸다.

느릿느릿한 검법. 하지만 힘이 있고, 느림 속에 강함이 배어나는 검초였다.

다시 터지는 목소리!

"유운심해(流雲深海)!"

잔잔한, 그래서 고요해 보이는 검로가 청명의 손에서 펼쳐졌다.

"신룡천하(神龍天下)!"

일순 검로가 거칠어지더니 질풍과 같이 움직이기 시작했다.

"야화야로(野花夜路)!"

"청청백로(靑靑白露)!"

청명은 속에 담은 것을 토해내듯 연신 초식을 외쳤다. 그간 풀지 못했던 것을 이 검무로 해소하려는 듯 미친 듯이 검무를 펼쳤다.

부엉부엉!

부엉이 소리가 아련히 들리기 시작했다.

동시에 청명은 자연과 동화되어 가고 있었다. 풀벌레 울음소리, 바람을 타고 흐르는 풀 냄새에도 민감하게 반응했다.

그리고 잠시 후, 그의 입에서 노랫가락이 흘러나왔다.

산이 뒤집히고, 강이 역류하는데, 무엇 하여 숨바꼭질을 하는가!

세상의 중심이 그대이거늘, 잠룡이여! 무거운 잠에 깨어 하늘을 거닐어보지 않겠는가!

나직한 음률은 그의 움직임을 느리게 만들었다.

이젠 초식도 벗어나 있었다.

그간 배우고 익혔던 모든 것을 벗어던지고 몸이 가는 대로 목검이 움직이고 시선이 따랐던 것이다.

스스로 한 마리의 나비가 되어가고 있었고, 반대로 그는 그 것도 알지 못하고 미친 듯이 검무를 췄다.

그리고 어느 순간!

숨이 턱 앞까지 차 올라 얼굴이 붉어졌다. 그와 함께 덩실덩실 뛰어오르던 발걸음이 매섭게 땅을 박차더니 하늘로 솟구쳤다.

휘이익!

횡으로 갈리는 검은 바람을 끌어 소리를 자아냈다. 목검이라지만 그 순간 빛이 나는 듯 주위가 밝아졌다. 청명은 그것이 달빛 때문이라고 생각했다.

하지만 상관없다.

달빛이면 어떻고, 다른 것이면 어떠랴!

이 순간 깨달음을 얻었으면 어떻고, 그렇지 않았으면 어떠랴!

청명은 검을 가름과 동시에 손을 놓았다. 그러자 검은 그대로 날아가 좀 전에 파놓았던 구덩이에 떨어져 내렸다.

"잘 가라, 청운아!"

그는 청운검을 흙으로 덮곤 미련없이 몸을 돌렸다.

마지막으로 취한 검무의 여운이 채 가시지도 않았지만, 이젠 필요없는 것이었다.

그는 검을 버린 것이 아니라 화산의 세월을, 그리고 그와 함께했던 자신을 버렸기 때문이다.

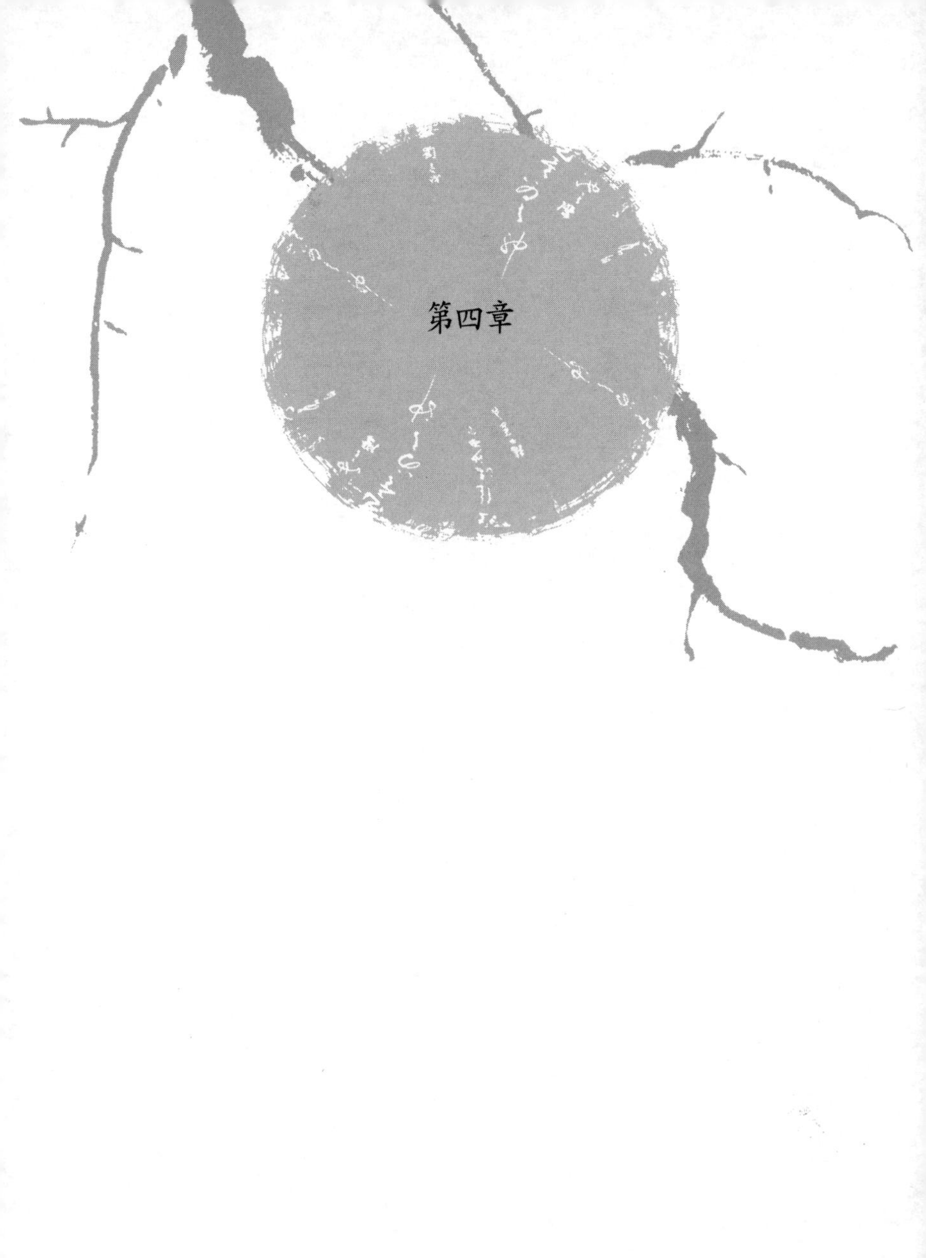

第四章

第四章

최면술록(催眠術錄)

　다음날 청명은 평범한 일상으로 돌아왔다. 달라진 점 없이
예전 생활 그대로였다. 오전엔 관할에서 경전을 정리하고, 주
당에 물을 날랐으며, 오후 역시 마찬가지였다.

　하지만 약간의 변화는 있었다.

　바로 최면 때문이었다.

　쓰윽!

　늦은 시각까지 관할에서 필사를 하던 청명은 종이 하나를
꺼내 들었다. 조금만 더 하면 필사가 끝날 것 같았기에 최면
에 대해 연구를 해볼 생각이었던 것이다.

　우선 그는 청속에게 실험했던 것을 떠올리며 그때 깨달은

것을 정리하기 시작했다.

심리(心理)!

인간은 누구나 이성 이외에 또 다른 감각을 가지고 있다. 그것을 잘 조절하면 현실에서 벗어나 또 다른 세계를 경험할 수 있게 되며, 그 방향 제시를 하는 것이 최면이다.

방법!

심리를 조절해 최면 상태에 빠지게 하기 위해서는 최대한 현실에서 느끼는 모든 감정을 잊게 만들어줘야 한다. 기본적으로 몸을 이완시켜 편안한 상태가 되게 해야 하며, 그 방법으로는 규칙적인 움직임이나 소리 등을 사용할 수 있다.

결과!

현실에서 벗어나 모든 감각이 새로운 것을 받아들이는 상태가 되며, 원하는 것을 유도해 환상을 보게 하는 것이 가능하다.

청명은 그렇게 정리를 내리고는 다시 곰곰이 생각에 잠겼다. 제대로 최면에 대한 정리가 되었는지 아닌지 아직 미지수였기 때문이다. 혹여, 빠뜨린 부분이나 더 많은 방법과 영향이 있을지도 모를 일이었다.

하지만 아무리 생각해도 달리 떠오르는 것은 없었다. 아무것도 모르는 상태에서 얄팍한 경험만으로 정리해야 했으니 당연한 일일 것이다.

‘한번 찾아가 볼까?’

그는 화음의 유랑극단을 생각해 냈다. 그때 그 여인이라면 왠지 더 많은 지식과 그가 생각하지 못했던 부분까지 알고 있을 것이라 생각했기 때문이다.

‘한동안 화음에 머물 거라 했지?’

청명은 그때부터 화음에 갈 핑곗거리를 생각하기 시작했다. 그리고 다음날부터 청속 주위를 맴돌기 시작했다. 혹시, 화음에 갈 심부름을 시킬까 해서였다.

하지만 좀체 그런 기미는 없었고, 근 나흘간이나 딴 심부름만 잔뜩 해야만 했다. 그래도 지성이면 감천이라 했다.

“청명아!”

그날도 일을 일찍 마쳐 놓고 청속 주변을 맴도는데, 그가 불렀다.

“네, 사형!”

대답과 함께 달려가자 아니나 다를까!

“심부름 좀 해줘야겠다.”

청명은 기다리지 않고 급히 물었다.

“뭔데요, 사형?”

“녀석! 왜 이렇게 귀엽누!”

매일같이 잔심부름을 도맡아 해주는 청명이 귀여운지 청속이 그의 볼을 꼬집으며 흔들었다.

“내일 화음 좀 다녀와라.”

“화음이요?”

청명은 조금 놀란 표정을 지었다. 속으로는 쾌재를 불렀지만…….

하지만 그 모습이 싫은 기색으로 비쳤는지 청속이 약간의 눈치를 살폈다.

“그래. 뭐 싫으면 말고.”

청명은 급히 고개를 저었다.

“싫을 리가 있겠습니까! 사형이 시키시는 일인데요.”

“역시, 너밖에 없다. 사실 이 나이에 화음까지 가는 일은 너무 귀찮았거든. 허리도 아프고, 다리도 저리고…….”

예의 핑곗거리가 줄줄이 늘어지기 시작하자 청명이 말을 끊으며 물었다.

“무슨 일인데요?”

“험험! 보경당에 종이가 거의 다 떨어져 간다더구나. 오후에 포목점에 가서 종이 좀 사와야겠다.”

청명은 흔쾌히 허락했다. 청속에게 ‘역시 날 생각해 주는 건 너밖에 없다’라는 말을 들었지만 신경 쓰지 않았다.

다음날 화음에 도착한 그는 심부름을 끝내고 급히 사애 극단으로 향했다. 곧바로 경극을 하는 천막 뒤로 돌아가자 천방이라 불리던 장한이 지키고 서 있는 것이 눈에 들어왔다.

청명은 주춤거리며 그에게 다가갔다. 그러자 그를 알아본 청방이 게슴츠레한 눈빛을 지으며 물었다.

"어! 이게 누구요? 그때 그 도장 아니시오?"

"마, 맞습니다."

"또 웬일이오?"

"그게 저……. 전에 여시주께서 와도 된다고 해서……."

그러자 천방이 품속에서 종이 하나를 꺼내더니 귀찮은 표정을 노골적으로 드러내며 내밀었다.

"옜소!"

얼떨결에 종이를 받아 쥔 청명이 얼굴을 붉혔다. 경극 입장표였기 때문이다.

"아니, 그게 아니라……."

"그럼 뭐요? 조금 있으면 경극을 시작할 시간이니 빨랑 용건이나 말하쇼."

"그때 그분을 만나뵙고 싶어서……."

천방의 인상이 찡그려졌다.

"또 행패 부리려고?"

화들짝 놀란 청명이 손사래를 쳤다.

"절대 아닙니다. 단지 물어볼 것이 좀 더 있어서 이렇게 염치 불구하고 찾았습니다."

그 말에 천방은 청명을 아래위로 훑었다. 그러더니 몸을 돌렸다.

“잠시만 기다리쇼.”

말대로 잠시 후에 천방이 다가오더니 손짓했다.

“들어가 보시오.”

청명은 고개를 꾸뻑 숙이고는 급히 천막 안으로 들어갔다. 그러자 전에 보았던 여인이 앉아 있었다.

활짝 미소를 지으며 청명을 반기는데, 청명은 잠시 놀랐다. 예상했던 것보다 훨씬 젊고 아름다웠기 때문이다. 서른 중반은 훌쩍 넘겼을 것이라 생각했는데, 자세히 보니 서른이 안 돼 보였다.

그가 잠시 머뭇거리자 여인이 손짓하며 의자를 가리켰다.

“앉으세요. 그런데 무슨 일이죠?”

“구, 궁금한 게 있어서 찾아왔습니다.”

여인이 고개를 갸웃거렸다.

하지만 짐작 가는 바가 있었다.

“혹시 최면 때문인가요?”

청명은 그렇다고 대답했다. 그러자 여인이 고개를 저었다.

“흐음! 어쩌죠?”

“네?”

“사실 저도 최면에 대해서는 자세히 알지 못해요.”

순간 그의 얼굴에 실망의 기색이 스쳐 지나갔다. 하지만 여인이 의외의 말을 해 그에게 기대를 안겨주었다.

"하지만 대방 어르신께서 최면에 대해 기록해 놓은 책자가 있기는 하죠."

"정말입니까?"

"네. 평생 그것을 연구하셨던 모양이에요. 죽기 전에 연구했던 것을 기록해 놓은 책자가 있죠."

청명이 다급히 물었다.

"볼 수 있을까요?"

하지만 여인의 대답은 실망스러웠다.

"함부로 보여 드릴 수는 없어요."

청명은 속으로 투덜댔다. 왜 말을 꺼내 기대하게 만들었느냐는 생각이었기 때문이다. 그 표정을 읽은 여인이 미소를 지어 보였다.

"꼭 보고 싶으세요?"

청명은 연신 고개를 끄덕여 의지를 표현했다. 궁금한 것은 꼭 알고 넘어가고 싶었던 것이다. 그러자 여인이 자리에서 일어나 천막을 나가더니 작은 책자 하나를 들고 들어왔다.

표지에는 '최면술록(催眠術錄)'이라 적혀 있었다.

꿀꺽!

청명은 마른침을 삼키며 손을 내밀었다. 그때 그녀가 눈을 흘겼다.

"아직 드린다는 말은 하지 않았어요."

"그, 그럼……."

“조건이 있어요.”

긴장한 청명이 물었다.

“무엇입니까?”

“첫째! 여기서만 봐야 하고, 한 번의 기회밖에 드릴 수 없습니다. 대방 어르신의 유언도 있었고, 그분의 마지막 남은 물품이라 함부로 남에게 보여줄 수는 없다고 생각하거든요. 하지만 사실, 저도 봤지만 황당한 이야기들이 많은지라 크게 눈여겨볼 만한 것은 없을 거예요.”

그 정도의 조건이라면 청명도 이해할 수 있었다. 하지만 내심 실망이 되기도 했다. 여인의 말 중에 ‘황당한 이야기들’ 이라는 부분이 마음에 걸렸기 때문이다. 정말 그녀의 말대로 황당한 것이라면 볼 필요가 없을지도 몰랐다.

하지만 조건은 그것만이 아니었다.

“두 번째는 혹시 이 책을 보고 깨닫는 바가 있다면 언제든지 제게 알려줘야 한다는 것. 그리고 세 번째는, 훗!”

말을 하던 여인이 갑자기 웃음을 흘렸다.

“경극 분장을 한 번 해주세요.”

청명이 입을 벌렸다.

“네?”

여인은 여전히 미소를 지우지 못했다. 키득거리며 재밌다는 듯 청명을 바라보고는 정확히 설명하기 시작했다.

“궁금해서 그래요. 경극에 상당히 잘 어울리는 외모거든요. 한번 경극 분장을 시켜보고 싶어서 그래요.”

땀이 삐질삐질 흘러나오는 것을 막을 수 없었다.

경극 분장이라니……!

“하하, 시주께서는 장난이 심하시군요.”

“왜요? 싫은가요?”

“그게…….”

“그럼 됐어요.”

말과 함께 그녀가 책자를 갈무리하더니 몸을 돌렸다.

순간 청명이 나가려는 그녀를 불러 세웠다.

“자, 잠깐만요.”

“들어주실 건가요?”

“꼭 해야 하나요?”

“그럼요.”

청명은 한숨을 내뱉었다.

“휴!”

화산의 도인들이 보면 뭐라고 할까?

하지만 궁금증은 풀고 싶었다. 혹시 생각지도 못했던 것을
건질 수도 있다는 기대감이 있었던 것이다.

“알겠습니다.”

청명의 고개가 끄덕여졌다, 도살장에 끌려가는 소처럼 힘
없이.

하지만 여인은 정반대의 표정이었다.

"잘 생각하셨어요. 아주 잘 어울리실 거예요."

그녀는 기분이 좋은 듯 웃더니 책자를 넘겨주었다.

"지금 보세요."

청명은 책자를 받아 쥐고는 표지를 멍하니 바라보았다.

가치가 있을까?

굳이 경극 분장을 하면서까지 봐야 할 가치가 있는지 아직도 모를 일이었다. 그러나 칼은 이미 뽑은 상태였다.

'그래. 보자!'

생각과 함께 그는 급히 책자를 펼쳤다.

첫 장을 넘기자 최면에 대한 기초적인 정의가 빼곡히 적혀 있었다. 그런데 그중에 눈을 끄는 문장이 들어왔다.

스스로를 바꾸고자 함은 모든 인간의 욕망. 최면은 그것을 가능케 할 수 있으며 무에서 유를 창조하는 괴차원(怪次元)적인 방법이면서도 잘만 사용하면 현실에서 가능하지 못한 모든 것이 가능한… (중략)……

'스스로를 바꿔?'

청명은 의아함에 처음부터 자세히 읽어 내려가기 시작했다. 그렇게 장을 하나 넘기자 큰 여백 중앙에 이렇게 적혀 있었다.

상대최면(相對催眠)!

그는 신경 쓰지 않고 다음 장을 다시 넘겼다. 그러자 본격적인 최면에 대해서 기술하고 있었다.

그는 집중해서 읽어 내려가기 시작했다. 한데 읽으면 읽을수록 여인의 말대로 황당 그 자체임을 알 수 있었다. 최면의 여러 가지 방법과 그 효능 등이 써져 있는데, 최면술이 극에 닿으면 순간적으로 최면을 걸 수 있고, 시전자의 마음대로 환상을 만들어 피시전자를 지배할 수 있다는 내용까지 담고 있었다.

다채로운 방법까지 예를 들어 기록해 놨는데, 믿어지지 않는 것들이 대부분이었다.

'이게 가능한 건가?'

믿어지지 않는 듯 읽고 장을 넘기고 다시 읽었다. 그러자 어느 순간 백지가 보였다.

다음 장을 넘기자 이렇게 적혀 있었다.

자의최면(自意催眠)!

'자의최면?'

순간 첫 장에 눈여겨보았던 문장이 떠올랐다. 무에서 유를 창조하는 괴차원적인 방법이었다.

‘이게 스스로에게 최면을 거는 방법인 건가?

생각과 함께 청명은 그 또한 자세히 읽어 내려갔다. 하지만 이 역시 황당한 것들뿐이었다. 자신에게 최면을 걸어 환상에 빠지기도 하고, 의지를 살리기도 하며, 신비로운 능력을 발휘하는 것들이었다.

하지만 황당함과는 달리 관심을 끌기에는 충분한 내용이었고, 그래서 그는 글자 하나 놓치지 않고 계속 이어나갔다. 한데, 몇 장 남지 않은 곳에서 다시 그의 눈길을 끄는 것이 있었다.

자의최면은 스스로의 몸 상태를 변형시킬 수도 있으며 폭발적인 힘을 끌어낼 수도 있다. 일례로 길가에서 마차에 깔린 아이를 보고 놀란 어머니가 마차를 번쩍 들어올리는 것을 목격한 적이 있다. 난 그것이 의지의 힘이 극에 올라 스스로에게 최면을 걸어 아이를 구한 것이라 본다. 자의최면은 그렇게 의지를 극대화시켜 인간의 한계를 벗어날 수 있는 방향을 제시하기도 한다. 그리고 그 반대로 자기 자신과의 싸움이라고도 정의하고 싶다. 우선 자의최면의 방법으로는… (중략)…….

청명은 그 부분을 다시 읽었다. 그리고는 여인과 처음 만났을 때를 생각했다.

“저기, 한 가지 물어봐도 될까요?”

갑작스런 말이었지만 여인이 고개를 끄덕였다.

"뭐죠?"

"전에 제가 최면에 빠졌을 때, 어땠습니까?"

"글쎄요! 뭔가 빛이 나는 것 같기도 한 것 같은데……. 무서웠다고 할까요?"

"그럼 혹시 변화는 없었나요? 힘이 세졌다던가, 그런……."

"아! 그러고 보니 그랬던 것 같군요. 손을 뿌리치려는데 그럴 수가 없었거든요."

"감사합니다."

대답과 함께 그는 다시 책자를 읽어 내려갔다. 약간이기는 하지만 그저 황당하기만 한 책은 아니라는 확신을 할 수 있었다.

마지막은 이렇게 마무리 짓고 있었다.

상대와 자의가 맞물리는 곳에서 마음이 이끄는 모든 것이 가능해지리라.

뭔가 의미심장하면서도, 한편으로는 최면을 추켜세우기 위한 말처럼도 보였다.

탁—!

청명은 책을 덮고 눈을 감았다.

전체적으로 산만한 글이었지만 그간 가졌던 궁금증을 풀 수 있었고, 생각 외로 많은 소득을 얻을 수 있었기에 만족했다. 그래서 그는 그것을 외우려 하고 있었다.

물론, 한 번 읽은 후에 토시 하나 틀리지 않을 자신은 없다. 하지만, 이 최면술록이라는 것이 무공 비급처럼 구결이나 의미를 담은 것이 아니라 자세히 풀어놓은 것이었기에 외우는 것은 그리 어렵지 않았다.

이해만 하면 됐던 것이다.

대충 머릿속에 정리가 되자 눈을 떴다.

여인이 미소를 지으며 물었다.

"궁금한 것은 풀렸나요?"

"네. 기회를 주셔서 감사합니다."

"그럼, 최면에 대한 깨달음 같은 건 없었나요?"

"조금 황당하기는 하지만 이해되는 부분도 있었습니다. 그런데, 뚜렷이 이거다라고 말하기는 힘든지라……."

"역시 그렇군요."

여인은 이해한다는 듯 고개를 끄덕였다. 그러자 청명이 슬며시 궁금증을 드러냈다.

"한 가지 여쭤봐도 될까요?"

"그러세요."

"최면이 황당한 것이라 생각하는 것 같던데, 제게 시행한 것은 어떻게 된 건지 알고 싶습니다."

“책을 보고 익혔냐고 묻는 건가요?”

“네!”

“저도 책을 보기는 했지만 배운 것은 대방 어르신께죠. 그분도 최면에 대해서 많은 연구와 지식을 가지고는 있었지만 직접 사람을 상대로 실험을 해보지는 않았답니다. 그나마 경극을 할 때 사용하고 그 반응을 살피는 것으로 끝냈죠.”

“그럼, 이 책의 내용은……..”

“네! 이론일 뿐이에요.”

약간 실망이 되기는 했다. 하지만 그로서는 상관없는 일이었다.

이론이면 어떤가!

가능성이 있다는 것에 점수를 줘야 하지 않을까?

게다가 만약 가능하기만 한다면 놀라운 일 아닌가!

청명은 실험해 보고 싶은 생각이 들었다. 물론, 스스로 그 방법을 찾고 끊임없이 연구해야겠지만…….

그때, 여인이 씨익 웃으며 생각에 빠져 있던 청명을 깨웠다.

“훗, 이제 한번 해볼까요?”

청명의 표정이 난감해지기 시작했다.

“어멋!”

여인은 놀랍다는 듯 탄성을 흘렸다.

반대로 청명은 얼굴을 붉혔다.

기분이 나빴다. 경극 분장이라더니 하필 여자 복장일 것은 뭔가?

하지만 그의 기분과는 상관없이 여인은 이리저리 청명을 뜯어보며 연신 탄성이었다.

"이렇게 잘 어울릴 줄 몰랐네요. 거리에 나가면 사내들이 가만두지 않겠는걸요?"

"그, 그만 하세요."

청명은 기분 나쁜 표정을 여실히 드러냈다. 그 모습이 귀엽게 보였던 모양이다. 여인이 키득거렸다.

"호호, 미안해요."

"그만 하라니까요."

"하하, 알겠어요, 알겠어. 이만 벗으세요."

청명은 말이 떨어지기 무섭게 옷을 벗고 분장을 지우기 시작했다. 그때 여인이 슬며시 물어왔다.

"왜 최면에 관심을 보이는 거죠?"

힐끔 바라보자 꽤 진지한 표정이었다.

청명도 표정을 고치며 대답했다.

"신기한 것을 보면 알고 싶으니까요."

"최면이 신기한가요?"

"시주께서는 그렇게 생각하지 않는 모양입니다."

"네. 사실, 처음에는 신기하긴 했죠. 하지만 계속 하다 보니까 당연한 반응처럼 느껴지더라고요."

"당연한 반응?"

"물을 마시면 갈증이 해소되죠? 그런 것과 같은 반응처럼 느껴지더라는 말이에요."

"사람에게 환상을 보여줄 수도 있는데, 그게 그렇게 당연한 반응인 건가요?"

이해가 가지 않았지만 여인이 쉽게 설명해 주었다.

"도장께서는 화산파의 제자시죠?"

"그, 그렇습니다."

"그럼 무공도 할 줄 알겠네요?"

청명은 구차하게 설명을 늘어놓기 싫어 고개를 끄덕였다. 그러자 여인이 보란 듯이 말을 이었다.

"일반 사람들이 도장 같은 무림인들을 보고 뭐라고 생각할 것 같아요?"

"……?"

"지금 도장께서 생각하시는 것과 같은 종류가 아닐까요? 신기하다. 사람이 어떻게 저렇게 붕붕 날아다니고, 바위도 부술까? 이런 생각이죠. 하지만 도장께는 당연한 것이 아닐까요?"

청명의 고개가 절로 끄덕여졌다. 생각해 보니 그런 것 같기 때문이다. 그러자 슬며시 호기심이 일었다.

"사람이 자신이 가진 힘 이외의 힘을 낼 수 있을까요?"

"도장께서 그런 걸 물으시니 의아하군요."

“뭐가요?”

“무공을 익히시지 않았나요? 무공을 익히면 내공으로 상상 이상의 힘을 발휘한다고 알고 있는데, 화산파의 제자께서 그런 걸 물으시니 당연히 의아하죠.”

“아니요. 제 말의 뜻은 그게 아니라……. 내공 이외의 힘을 말하는 겁니다.”

“내공 이외의 힘?”

곰곰이 생각하던 여인이 고개를 끄덕였다.

“가능하죠. 언젠가 대방 어르신께 이런 말을 들었습니다. 인간에게는 누구나 상상도 못할 힘의 근원이 있다고……. 그것은 인간이 살아가는 데 생명을 지탱해 주는 원천의 힘이라고…….”

“혹시, 진원지기(眞元之氣)를 말씀하시는 겁니까?”

“맞아요. 인간뿐만 아니라 만물이 존재하는 원천이라고 하셨죠. 그러면서 이런 말도 하셨답니다.”

“어떤……?”

“진원지기는 인간이 조절할 수 없는 영적인 힘이다. 하지만 간혹 그 힘이 발휘될 때가 있는데, 무의식과 그 반대되는 강한 의식이 동시에 겹쳐질 때다.”

“책에 기록되어 있던 그런 종류를 말씀하시는 겁니까?”

“네. 책에는 이해하기 쉽게 예를 들어놓으신 거죠. 도장께서도 알고 있지 않나요? 보통 무인들은 내공을 키우지만 내공과 진원지기가 다른 것이라 배운다고 하던데……."

"흐음."

청명은 고개를 끄덕였다. 처음 내공에 대해서 배울 때, 여인의 말처럼 들은 것이었다.

하지만 생명을 지탱시켜 주는 기운인지, 다른 어떤 것인지에 대해서는 알 수 없었다. 여인의 말처럼 지원지기를 사람이 조절할 수 없었기 때문이다. 사용해 본 사람이 없는데, 어찌 알까!

말 그대로 미지의 힘이라 할 수 있었다.

'진원지기라…….'

순간, 청명의 눈빛이 반짝였다.

'진원지기를 마음대로 끌어다 쓸 수 있다면 내공을 대신할 수 있지 않을까?

가능하다는 생각이었다.

그는 급히 자리를 박차고 일어섰다.

"왜 그러시죠?"

"저 이만 가보겠습니다. 오늘 감사했습니다."

말과 함께 그는 종이를 챙겨 들고는 부리나케 화산으로 향했다.

　화산파에 도착한 청명은 심부름을 마무리 짓고 그의 관할
로 향했다. 그리고 가장 먼저 한 일이 기억을 더듬어 최면술
록을 나름의 방법으로 정리하는 일이었다.

　완벽하지는 않았지만 대충 써놓고 보자 꽤 많은 분량의 종
이가 탁자 위에 쌓였다. 하지만 그는 그것을 다시 정리해 쓰
기 시작했다. 기억나는 대로 썼기에 앞뒤가 맞지 않은 부분들
이 있었던 것이다.

　그렇게 두 번에 걸친 작업을 마치자, 낮에 본 최면술록에서
크게 벗어나지 않은 책자 하나가 만들어졌다.

　그는 흡족한 마음으로 책자를 숨기고는 그날 일과를 마쳤

다. 마음 같아서는 책자를 보며 좀 더 체계적인 방법을 연구
해 보고 싶었지만 관할에서 밤을 새우려면 보고를 해야 했다.
　"내일부터 시작하자!"
　생각과 함께 그는 홀가분한 마음을 느끼며 숙소로 향했다.
　다음날 아침, 그는 평소보다 일찍 일어나 관할에 가 책자를
뒤적였다.
　처음부터 끝까지 자세히 읽은 그는 몇 가지 단계를 정해 목
표를 정할 수 있었다.
　첫 번째는 상대최면에 관한 것이었다.
　최면술록 상대최면을 정리하면, 상대를 최면에 빠뜨려 원
하는 환상에 빠지게 하는 방법에서부터 시전자가 원하는 방
향으로 빠지게 할 수 있다는 것인데, 정점은 바로 손짓 한
번, 눈빛 하나로도 상대를 최면에 빠지게 할 수 있다는 것이
었다.
　청명은 그 단계를 세 부분으로 나눴다.
　첫 번째 단계가 원하는 상대에게 원하는 환상을 보여주는
것이었다. 마음만 먹으면 지속적으로 최면을 걸 수 있게 하는
게 첫 목표였다.
　두 번째는 자신이 원하는 방향으로 상대를 최면에 빠지게
하는 방법이었다. 그 정도까지 되면 상대에게 희망과 두려움
을 자유자재로 선사할 수 있을 것 같았고, 꽤 유용하게 써먹
을 수 있을 거라 판단했기 때문이다.

세 번째는 위 두 가지를 빠르게 시전하는 것에 있었다.

"우선 이것부터 할 수 있게 해보자."

청명은 그렇게 정하고, 두 번째인 자의최면은 좀 더 시간을 두기로 했다. 우선 최면에 대한 자세한 지식과 경험을 쌓은 후에야 위험 부담이 줄 것 같았기 때문이다.

목표가 확실히 정해지자 할 일도 뚜렷했다.

그는 최면술록, 상대최면에서 최면을 거는 방법만 따로 모으기 시작했다.

수를 세어보자 모두 열다섯 가지의 방법이 존재했는데, 미각, 촉각, 시각, 후각, 청각, 그리고 전신 감각을 통한 방법으로 구분되어 있었다. 감각당 두 개에서 세 개의 방법으로 세분화되어 있어 열다섯 가지의 방법이 되는 것이다.

청명은 그것을 하나하나 자세히 되새기고는 이어 고민에 빠졌다. 방법을 알아도 실험을 할 대상이 없었기 때문이다.

결국 혼자서 대상 없이 실험해 나가는데, 운 좋게도 기회가 찾아왔다.

청명은 보경당 제일관을 찾아갔다. 청원의 부름이 있어서였다.

"부르셨습니까, 청원 사형!"

청명이 방에 들어서자 청원은 고개를 한번 끄덕이고는 귀찮은 듯 대답했다.

"청속 사형에게 가보거라. 열이 많이 나는 것 같던데 당분간 네가 사형을 돌봐야겠다."

귀찮고 번거로운 일은 모두 청명의 것이었다. 하지만 청명은 내색하지 않고 고개 숙였다.

"알겠습니다."

"그렇다고 할 일을 게을리 해서는 아니 될 것이야. 내가 항상 지켜보고 있다는 것을 잊지 말아라."

"네!"

청명은 방을 빠져나와 급히 청속의 숙소로 향했다.

청원의 말대로 이불 속에서 끙끙 앓고 있는 청속을 볼 수 있었다.

"사형, 괜찮으십니까?"

"끄응……."

몸을 움직이기도 힘든 모양이었다. 청속은 힘겹게 몸을 돌리며 청명을 바라보았다.

"네가 여긴 어인 일이냐?"

"청원 사형의 당부를 받았습니다. 당분간 제가 사형을 돌볼 테니 염려하지 마십시오."

"그, 그러냐? 에효! 죽겠다, 죽겠어!"

"어디가 아프신데 그러십니까?"

"나이 든 탓이지. 며칠 전에 찬물에 목욕 한 번 했다고 이 모양이니, 나도 죽을 때가 됐나 보다."

그 말에 청명은 실소를 머금었다. 청속이 나이 들어 죽을 때가 되었다면 세상 오십을 넘은 모든 사람들이 죽어도 전혀 이상할 것이 없을 것이다.

"그런 말씀 마십시오. 아직 정정해 보이십니다."

"놈! 내가 허튼소리 하는 것 봤느냐?"

"……!"

"험험, 그 눈빛은 뭐냐?"

"아, 아닙니다."

청속은 잠시 눈을 흘긴 후 말을 이었다.

"여하튼 죽을 때가 아니고서야 어찌 병이 이리도 낫지 않는단 말이냐."

"열이 많이 나십니까?"

"말해 뭣 하겠느냐?"

"그럼 잠시……."

청명은 손을 뻗어 청속의 이마를 짚었다.

순간 놀랄 수밖에 없었다. 정말 열이 펄펄 끓는 것이 꾀병이 아닌 것 같았다.

"정말이군요?"

"노옴!"

"죄, 죄송합니다. 잠시 기다리십시오. 물을 좀 떠오겠습니다."

청명은 급히 우물에서 물을 길어와 천으로 청속의 몸을 닦아주었다. 그동안 청속은 계속 죽는다는 소리뿐이었다.

그날부터 청명은 관할 정리를 마치고 난 후, 책을 필사하는 일은 청속의 방에서 하기로 했다. 간병에 필사까지 해야 했기에 그 수밖에 없었다.

그렇게 이틀째가 되던 날, 그날 분량의 필사를 마친 청명은 몰래 최면에 대해 생각하다가 청속을 바라보았다.

"콜록! 콜록!"

심한 기침이 끊이지 않는데, 풍사(風邪)라지만 걸려도 된통 걸린 모양이었다. 나을 기미를 전혀 보이지 않았다. 진짜 청속의 말대로 이대로 죽는 것이 아닐까 하는 의심이 들 정도로 날이 갈수록 심해지고 있었다.

그때 청속이 힘겹게 청명을 불렀다.

"청명아!"

"네?"

"가서 물 좀 한 사발 떠오너라."

걸걸한 목소리가 듣기 싫을 정도였다.

청명은 대답과 함께 급히 물을 가지러 밖으로 향했다. 잠시 후, 물을 가져온 그는 청속을 일으켜 바가지를 넘겨주었다.

"커! 시원하다. 이제야 좀 살겠구나!"

말과 함께 콧물이 주르륵 흘러내렸다.

훌쩍!

"많이 힘드십니까?"

“말도 마라!”

돌아눕는 청속이 불쌍해 보였다.

훌쩍! 훌쩍!

여전히 훌쩍이는 콧소리. 그렇게 아픈데도 지치지 않고 홀쩍대는 것이 신기할 정도였다.

그때 청명의 머릿속으로 뭔가가 스치고 지나갔다.

‘한번 해볼까?’

생각과 함께 그가 슬며시 물었다.

“사형, 제가 병을 고쳐 드릴까요?”

퉁명스런 목소리가 그에 대답했다.

“의원 나부랭이도 약 몇 첩 지어주고 돌아가는 게 끝인데, 네가 무슨 재주로?”

“방법이 있습니다.”

“됐다. 일 봐라.”

“삼 일 만에 고쳐 드리겠습니다.”

“장난하는 게냐? 말할 힘도 없다. 이대로 죽지 뭐. 애석한 것이 있다면 여인 한번 품지 못했다는 것이다.”

말과 함께 한탄이 배어 나왔다.

“내 팔자야……. 왜 도인이 되었던고……!”

“사형, 입 조심하십시오. 알려지면 중벌을 받을 수도 있습니다.”

“다 죽게 생겼는데, 중벌은 무슨……!”

"제가 고칠 수 있다니까요. 믿어보세요!"

청속은 대답하지 않았다.

한참 동안 침묵이 흘렀다.

훌쩍거리는 소리만 메아리칠 뿐인데, 그렇게 일각이 지났을까?

돌아누운 청속의 입에서 의심이 가득한 물음이 떨어졌다.

"정말 고칠 수 있겠느냐?"

"네!"

청명은 단호하게 대답하고는 속으로 쾌재를 불렀다. 지금까지 최면술록을 보며 알아내고 더 나아가 연구한 바로는 최면으로 상대의 몸 상태까지 바꿀 수 있다는 것이다. 하지만 시범 대상이 없었는데, 기회가 주어졌으니 기분 좋을 수밖에 없었다.

"어떻게 고칠 게냐?"

"우선, 아무 말 마시고 편하게 돌아누우십시오."

밑져야 본전이라 생각했는지 청속이 그대로 따랐다.

청명의 생각으로는 최면 상태에 빠지게 하기 위해선 여인이 했던 것처럼 시선이나 몸의 감각을 한쪽으로 집중할 수 있게 하는 도구를 사용하는 것이 좋았지만 의심을 사지 않기 위해 그러지 않았다.

'한번 해보자!'

최근 어떻게 하면 도구 없이 최면에 빠뜨릴 수 있을까,

고민했던 그였고, 그간 찾은 방법을 사용하기로 마음먹었
다.

우선 그는 청속의 가슴에 손을 올렸다. 그리고는 눈을 감고
심장 뛰는 떨림을 느끼기 시작했다.

"사형!"

"왜?"

"편하게 마음을 가지세요."

"그러고 있는 중이다. 그런데 이런 것 가지고 병이 정말 나
을 수 있는 게냐?"

"말씀 마시고 우선 낫는다고 믿으세요. 그게 가장 중요합
니다."

"별소릴 다 듣는구면. 마음만으로 좋아진다면 난 벌써 무
림 최고의 정력가가……."

말을 하던 그가 입을 다물었다.

사춘기 소년 앞에서 말해 무엇 하리!

그때 청명의 차분한 음성이 들려왔다.

"심장이 뛰는 소리가 들리십니까?"

청명의 손이 가슴에 올려져 있어서인지 그의 말대로 심장
이 뛰는 느낌이 확연히 느껴지는 청속이었다.

청속이 고개를 끄덕이자 청속이 말을 이었다.

"우선 하늘을 날고 있다고 느끼십시오. 생각하지 마시고
그대로 느끼려고 해보세요."

"흐음!"

"어떻습니까?"

"그러고 보니 편안해진 것 같다."

"그럼, 구름을 연상해 보세요."

"……."

"하셨나요?"

끄덕여지는 청속의 고개를 보며 청명이 다시 말했다.

"구름을 아무렇게나 밟으면 바닥으로 떨어질 수도 있습니다. 절대 다른 데 신경 쓰지 마시고, 몸을 가볍게 하는 것에만 집중하십시오. 조심하셔야 합니다."

"……."

"구름 위에 올라섰습니까?"

다시 청속이 고개를 끄덕였다. 그런데 놀라운 일이 벌어졌다. 그렇게 훌쩍이던 콧소리가 사라져 버렸던 것이다.

'정말 되는구나!'

생각과 함께 청명은 최대한 청속을 다른 곳에 집중할 수 있도록 유도했다. 최면술록에 적혀 있는 것과 같은 방법이면서도 그 방향은 달리하고 있었다. 나름의 생각으로는 그것이 오히려 더 빠른 집중을 시킬 수 있다고 판단해서였고, 결과는 성공이었다.

"자! 이제 마지막입니다. 지금까지 잘해주셨으니 마지막도 성공하실 수 있겠죠?"

청속의 눈은 이제 감겨 있었다. 잠을 자는 듯했지만 고개를 끄덕이는 것으로 보아 가사 상태에 빠졌음이 분명했다.

"그럼 이제 사형의 몸속을 살펴보세요. 자신의 몸이 보일 겁니다. 보입니까?"

끄덕여지는 고개!

"거기에 나쁜 기운들이 서려 있습니다. 나쁜 기운이 몸을 약하게 만들고 사형을 괴롭히고 있는 거죠. 보이나요?"

역시 청속은 고개를 끄덕였다.

"좋습니다. 지금부터 그 기운을 씻어내세요. 물로 씻겨내듯 씻어내면 몸이 한결 좋아질 겁니다. 그렇게 믿고 하십시오."

말과 함께 청명은 한참을 기다렸다. 그렇게 일각이 지나자 청속의 숨소리가 잦아들더니 고른 숨을 쉬기 시작했다.

"끝나셨습니까? 그렇다면 이제 눈을 떠도 좋습니다. 눈을 뜸과 동시에 몸이 좋아질 겁니다. 뜨십시오."

"흐음!"

청속이 신음을 흘리며 눈을 떴다. 멀뚱멀뚱 청명을 바라보는데, 전과 달리 편해 보였다.

"어떻습니까, 사형?"

"어! 몸이 개운한데?"

청명은 손을 뻗어 다시 청속의 이마에 손을 대었다. 아직도 열은 높았지만 조금 전보다 식었다는 것을 느낄 수 있었다.

'성공한 건가?'

그는 실소를 머금었다. 가능하리라고는 스스로도 생각지 못했던 탓이다. 하지만 성공을 확신하게 되자 왠지 자신감이 뭉게뭉게 피어오르기 시작했다. 그것은 자의최면도 가능성이 있다는 것을 뜻했기 때문이다.

의욕이 넘칠 수밖에 없었다.

그날 이후로 청명은 약속을 지키기 위해 아침저녁으로 청속을 최면으로 치료해 나갔다. 그리고 삼 일 후가 되자 완전히 낫지는 않았지만 예전과 비교도 할 수 없을 정도로 건강해진 청속을 확인할 수 있었다.

청속 자신도 놀랐는지 어떻게 된 일이냐고 청명에게 물었다. 하지만 청명은 미소로 대답했을 뿐. 그 때문에 청속은 전에 들었던 최면의 일종이 아닐까 조심스럽게 추측만 해야 했다.

최면에 대한 확신은 청명을 더욱 연구에 집중하게 했다. 삼 일간 청속에게 실험한 결과로 자신감을 얻은 덕분이었다.

꽤 다양한 방법으로 최면을 시도했었고, 대체로 만족할 만한 결과를 얻은 그였다.

그것은 첫 번째 단계와 두 번째 단계의 성공을 의미했다.

청속이 원하는 심리를 끌어내기도 했고, 자신이 원하는 환상을 보여 의지를 끌어내기도 했던 것이다.

그렇다면 다음 단계로 넘어가야 했다. 세 번째 단계로 생각하고 있는 최면의 속도였다.

'어떻게 하면 간단하면서도 확실하게 최면에 빠지게 할 수 있을까?'

아쉽게도 최면술록에는 그것까진 저술해 있지 않았다.

곰곰이 고민에 빠진 그는 다시 최면술록 상대최면 편을 세심히 살펴 나갔다. 그리고는 몇 가지 결과물을 도출해 낼 수 있었다.

몸에 흐르는 기운과 반응의 조절, 그것으로 인한 심리의 조절이었다. 하지만 결과는 알아도 방향을 제시하기가 힘이 들 수밖에 없었다.

'어떻게 해야 하나……'

숙소로 돌아와 잠을 자면서도 끊임없이 그 생각만 이어졌다. 그러다 문득 떠오르는 것이 있었다.

"맞아, 굳이 한 가지 감각만으로 최면을 이끌 필요는 없어."

그것은 경극을 보았던 때를 떠올려 돌출해 낼 수 있었다.

시각과 청각, 경극은 그 두 가지를 동시에 사용했었다. 그래서 자신도 모르게 경극에 빠져들었으리라.

굳이 최면을 시전한다고 요란을 떨지 않아도 두 가지 감각을 동시에 사용한다면 좀 더 빠르고, 확실하게 최면을 유도할 수 있다는 판단이 섰다.

청명은 자리에서 일어났다. 그리고는 불을 밝혀 생각했던 것을 종이에 정리하기 시작했다.

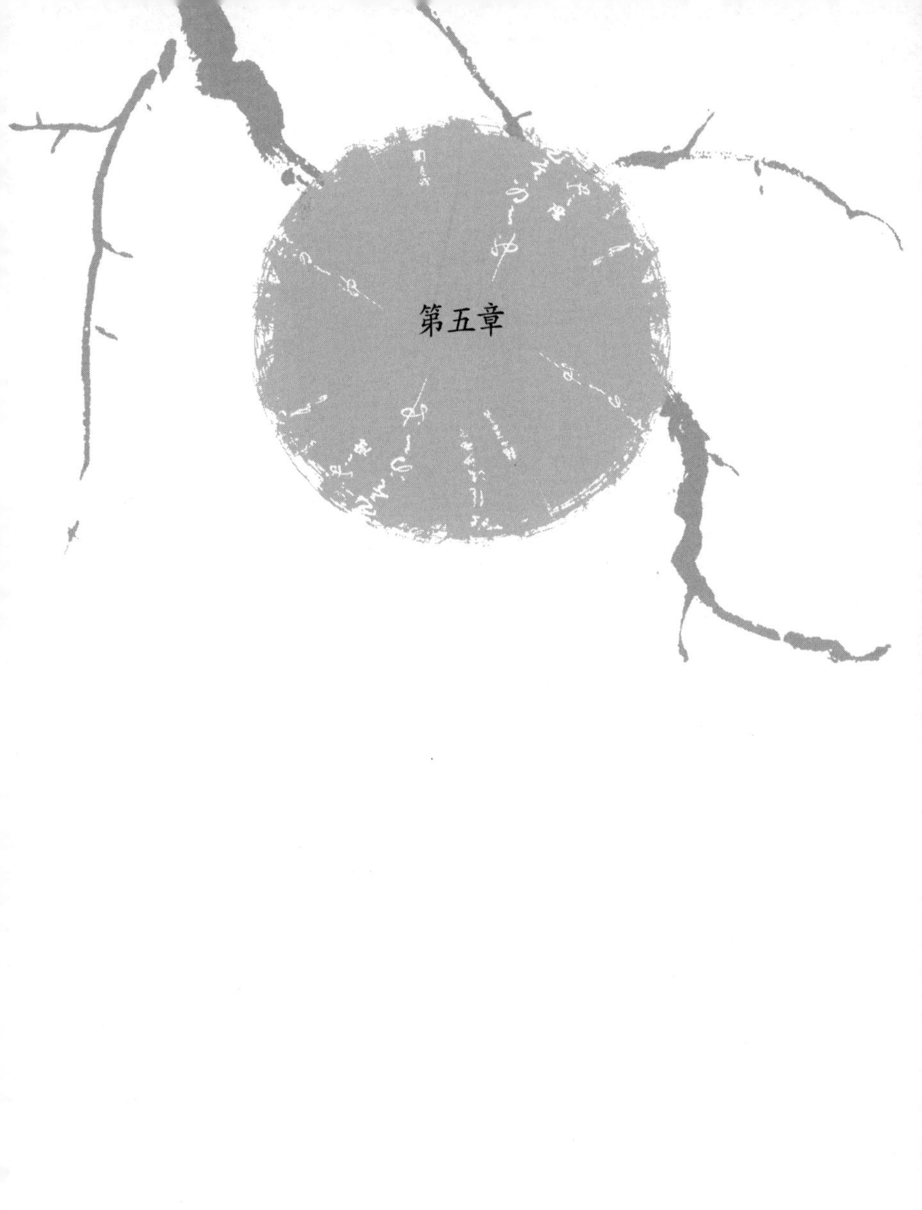

第五章

내 안에 숨겨진 악마

"이, 이게 무엇이냐?"

청속은 믿기지 않는 듯 청명을 바라보았다. 자신의 어깨를 몇 번 두드렸고, 잠깐 동안 두 눈을 마주쳤을 뿐인데, 순간적으로 정신을 잃은 느낌이었다.

청명이 뭔가 중얼거렸던 것 같기도 했다. 한데, 기억도 나지 않았다.

하지만 더욱 놀라운 것은 아주 잠깐임에도 어릴 적 좋았던 아련한 추억이 주마등처럼 스쳐 지나갔다는 것이다.

그 반응을 보고 있던 청명이 피식 미소를 지었다.

한 달여 동안 연구한 결과의 결실을 보자 기분이 좋아질 수밖에 없었다.

순간 청속의 눈이 가늘어졌다.

"이거 혹시……. 최면이라는 것이냐?"

청명은 말없이 고개를 끄덕였다. 성공의 기쁨이 아직 가시지 않고 있었다.

하지만 기뻐하기는 일렀다.

확인해야 할 것이 있다.

"뭘 보았습니까?"

"어릴 때의……."

'됐어, 성공이야.'

청명은 더 듣지 않았다, 완벽한 성공이라 할 수 있었으니까.

들릴 듯 말 듯 중얼거렸음에도 최면에 빠진 상태의 청속에게는 정확히 전달이 되었던 것이 분명했다.

하지만 보완해야 할 점이 생겨났다. 좀 더 빠르게, 상대가 알아채지도 못할 정도로 은밀하게 최면을 걸 수 있어야 한다는 것이다. 그렇다면 여기에서 한 단계 앞선 최면이 필요했다.

바로, 자의최면이었다.

그날 이후, 청명은 최면에 대한 확신을 가지고 자의최면을 연구하기 시작했다. 이론상이라면 자의최면으로 진원지기를 쓸 수 있었기 때문이다.

원래는 자의최면으로 내공을 살릴 수 있을지도 모른다는 생각에서, 한편으로는 내공을 대처할 진원지기를 쓸 수 있을 거라는 기대에서 시작한 것이지만, 지금 와서는 그런 생각도 사라져 있었다. 최면의 능력을 알아가기 시작하면서 욕심이 생겼던 것이다.

진원지기를 쓰는 것을 넘어 그것을 최면에 응용할 수 있다는 생각이 그를 지배하고 있었다.

청명은 자의최면 편을 몇 번이나 읽고 생각에 잠겼다. 그리고 몇 가지 결론을 도출할 수 있었다.

그는 그것도 종이에 적기 시작했다.

一. 자의최면으로 진원지기를 끌어내어 내공을 대신한다.

二. 내공을 퍼뜨려 상대의 감각에 영향을 주어 최면에 빠지게 한다.

三. 최면으로 상대의 상태를 조절한다.

세 번째를 기록하던 청명이 문득 피식피식 웃기 시작했다.

생각하고 보니 놀라웠다. 세 번째 단계까지 가능하게 된다면 수많은 응용 방법이 파생될 것 같았던 것이다. 그것만 생각해도 가슴이 벅찰 수밖에 없었다.

그는 생각과 함께 곧바로 자의최면 수련에 들어갔다.

최면술록에는 자의최면 방법을 두 가지로 나누고 있었다.

첫 번째는 의지였다. 하고자 하는 바를 부단히 되새기고, 다짐하는 것부터 시작하게 되는데, 눈을 감고 마음속으로 환영을 만드는 것이 진짜였다.

구체적인 방법으로는 마음속에서 검은 종이를 만들고, 그 종이를 지우는 것이었다.

다음은 검은색보다 조금 밝은 고동색 종이를 만들고 역시 지우며, 다음은 좀 더 밝은 색을 만들어내야 했다.

그렇게 연속적으로 만들고 지우기를 반복하여 흰 종이가 만들어지면 완전한 의지가 담기게 된다는 것이 자의최면의 방법이었다. 그리고 그 흰 종이에 자신이 원하는 바를 써놓고 외치는 것이 끝이다.

단점이라면 서서히 반응을 보인다는 것, 그리고 한순간에 달라지는 것이 없고 장기간의 최면을 반복해야 조금씩 효과를 드러낸다고 최면술록에 기술되어 있었다.

두 번째는 상대최면과 같은 방법이었다.

자기 자신의 감각을 조절해 마음을 지배하는 것을 기본으로 두는데, 그것을 위해서는 상대최면의 방법을 통해 자신에게 최면을 걸어야 했다. 단시간 내에 효과를 볼 수 있다는 점에서는 달콤한 최면술임에 분명했다.

하지만 이 역시 단점이 존재했다.

최면술록에선 자의최면 두 번째 방법의 문제점을 이렇게 말하고 있었다.

현실과 동떨어진 세계를 경험할 수 있는 것이 최면이라, 너무 깊이 빠지게 되면 헤어 나올 수 없게 되는 중독성을 가진다. 좋아하는 현상과 환상만을 쫓으려 하기 때문이다. 현실을 벗어나 환상에 의지하려는 마음이 커지게 될 수도 있을 것이며, 감각이 무뎌질 수도 있으리라 짐작된다.

약간의 위험성이 있는 것 같았다. 하지만 분명히 해둬야 할 것이 있었다. 최면술록이 생각에 의거한 이론이라는 것이다.

전부라고 말할 수 없지만 상당 부분이 이론이었기에 액면 그대로 믿을 필요가 없다는 것이 청명의 생각이었다.

그 생각은 다음 설명에서 더욱 짙어졌다.

자신을 이길 수 있는 자! 욕망을 담은 최면을 조종할 수 있는 자가 진정한 자의최면을 사용할 수 있지 않을까 생각한다. 내면에 꿈틀거리는, 자신을 지배하려는 마음을 다스릴 줄 아는 자만이 자의최면의 끝을 볼 수 있으리라! 그것을 넘지 못한다면 중도 포기해야 할 것이다. 자칫 마성에 사로잡힐 수 있을 테니까.

'마성에 사로잡힌다?'

얼토당토않은 이야기였기에 청명은 그 부분을 흘려 넘기고 자의최면 방법을 읽기 시작했다. 그리고 다음날부터 본격적인 자의최면에 돌입했다.

그리고 한 달 후.

"으으으윽!"

신음성이 끊임없이 입가를 타고 흘러나왔다.

청명은 침상에 누운 채 몸을 경직시켰다.

참을 수 없었다. 온몸에 땀이 흘러내려 이불을 적시는 것도 의식하지 못할 정도였다.

지속적으로 들리는 소리, 그것은 청명을 소름 돋게 하기에 충분했다.

—크흐흐흐, 죽어! 죽어!

"으으윽!"

청명은 몸을 움직이기 위해 온 힘을 다했지만 꿈쩍도 하지 않았다.

자의최면을 시작하면서 최근 나타난 현상.

자기 전에 눈을 감으면 어김없이 나타나는 그것은 공포의 대상이었다.

바로, 가슴을 타고 앉아 목을 내리누르는 검은 그림자였다.

그는 두 눈을 희번덕거리며 청명을 죽이려 했다.

때로는 달콤한 말로 살의를 불러일으키기도 했고, 때론 오늘처럼 목을 조르기도 했다.

어떤 때는 지옥 같은 환상을 보여주었고, 어떤 때는 청명의 몸을 갈기갈기 찢기도 했다.

그가 청명에게 원하는 것은 한결같았다.

─본성을 꺼내. 네 속에 감춰진 살심을 꺼내. 모두 죽이는 거야. 갈아버리는 거야. 너를 괄시하는 것들, 너를 업신여기는 것들을. 자! 원한다면 내가 해줄게. 말만 해. 화산을 피바다로 만들어줄게. 지금 넌 너무 착해. 착한 것은 가식일 뿐이지.

"으으으으, 시, 싫어!"

─그럼 죽어! 죽어! 크흐흐흐!

벌떡!

청명은 숨이 끊어지는 순간 자리를 박차고 일어섰다.

"헉헉!"

온몸이 땀이었다. 옷도 흠뻑 젖어 있었고, 이불도 마찬가지였다.

처음에는 좋았다.

자의최면을 시전하면서 상당한 효과를 보았던 것이다. 모든 시도가 그랬던 것은 아니지만 평소에 낼 수 없었던 폭발적인 힘이 종종 터져 나오는 느낌은 청명을 기쁘게 했었다.

하지만 그 성공률이 높아갈수록 밤마다 가위에 눌리며 악몽에 시달리기 시작했다.

사실, 악몽이 아니다.

깨어난 지금도 목이 아프고 검은 그림자의 그 광기 어린 눈빛이 선명했다.

이걸 악몽이라 할 수 있을까!

"휴!"

힘겹게 마음을 추스른 그는 창문을 열었다.

휘이잉―!

차가운 바람이 그의 몸을 식혀주는 듯했다.

'마성에 사로잡힌다는 뜻이 이런 것이었을까?

모를 일이었다. 하지만 분명한 것이 있었다.

이걸 뚫을지 말지를 결정해야 한다는 것이다.

자의최면을 사용하면 그날 밤 어김없이 나타나는 악몽에 벗어나는 길은 그것밖에 없었다. 자의최면을 완벽하게 완성

시키던가, 아니면 그만두던가 뿐이었다..

그리고 또 한 가지.

최면술록에도 기록되어 있지만 내심으로도 이것을 뚫으면 완전한 자의최면을 시전할 수 있을 것 같다는 것이었다.

그것이 청명을 고민하게 만들었다.

"어떻게 할까?"

중얼거림과 함께 밤하늘을 올려다보았다.

얄밉게도 저 멀리 떠오르는 달은 그의 마음과 상관없다는 듯 유유히 흘러가고 있을 뿐이었다.

*   *   *

선선한 가을바람은 화산에도 어김없이 찾아든다. 하늘은 높아지고, 나뭇잎이 색색으로 물들며, 산새 우는 소리는 사방에 메아리쳐 진풍경을 연출하는 것이다.

하지만 밤이 되어 안개가 깔리면 그것도 변한다.

화산만큼 음침한 곳도 드물게 된다.

"귀신이라도 나올 것 같군!"

연녹천(淵綠天)은 안개에 가려진 달빛을 보며 무사들을 재촉했다.

"서둘러라. 좀 있으면 새벽이다."

말과 함께 그는 뒤따라오던 나무 관을 슬쩍 바라보았다.

문제의 그것, 최대한 이른 시간에 화산에 넘겨야 하는 물건
이었다.

관이라지만 높이와 넓이가 사람 너덧은 족히 들어갈 정도
로 컸다. 그리고 그 안에 들어 있었다.

천여 명의 무림맹 고수가 천라지망을 펼쳐서야 잡을 수 있
었던 사내. 바로 혈음나찰이었다.

"징한 놈!"

그의 입에서 절로 욕설이 튀어나왔다.

수백의 절정고수를 맞아 미친 듯 날뛰던 악귀 같은 그 모습
이 잊혀지지 않은 탓이었다.

당시, 그는 자신이 이끄는 청룡대의 수하 서른 명을 잃어야
했다.

순간 부르르 몸이 떨려왔다.

다시 생각해 봐도 진저리가 쳐진다.

하지만 두려움보단 부러움이 앞서는 그였다.

'도대체 어떤 수련을 하면 그토록 강해질까?

사십 평생을 무공에 바쳐 온 그조차 정면으로 부딪친다면
몇 수를 받을 수 있을지 짐작조차 되지 않았다.

'이십여 초는 받아내겠지?

그때 옆을 따라 걷던 수하 하나가 슬며시 다가왔다.

"안개가 걷히고 있습니다."

그것은 안개가 미치지 않는 곳까지 올라왔다는 것을 의미

했다. 조금만 더 가면 화산파가 보일 것이 분명하다.

"자네가 먼저 약속 장소로 가서 우리가 왔다고 알리게."

"존명!"

무사는 바람처럼 사라져 버렸다.

*　　　*　　　*

청명은 조심스런 걸음으로 복도를 따라 걸었다.

두려웠다. 그의 사부, 태청의 부름을 받았던 것이다.

보경당으로 옮겨 온 후, 이렇게 따로 부른 적이 없었기에 그리 달갑지 않았다.

'무슨 일일까?

몇 걸음만 더 가면 태청의 집무실이건만 그냥 돌아가고 싶은 생각이 굴뚝이었다.

그때, 문 안에서 태청의 목소리가 들려왔다.

"청명, 왔느냐?"

철렁거리는 가슴을 부여잡은 청명이 급히 대답했다.

"네, 사부님!"

"들어오너라."

문을 열고 들어서자 경전을 읽고 있던 태청이 손짓으로 앞을 가리켰다.

"앉아라."

“감사합니다.”

“…….”

잠시 침묵이 흘렀다. 부른 이유가 있을진대, 태청은 청명이 자리에 앉자 다시 경전으로 시선을 돌려 버렸다.

가시방석에 앉은 듯 청명은 안절부절일 수밖에 없었다. 힐끔힐끔 사부의 눈치를 살피는 것이 그가 할 수 있는 전부였다.

그렇게 일각이 지났을 때였다.

“꿈이 무엇이더냐?”

이윽고 태청이 입을 열었다.

‘꿈?’

뜬금없는 소리라 청명은 대답을 못했다.

갑자기 불러서 꿈이 무엇이냐고 물어볼 줄은 몰랐다.

“묻지 않느냐? 꿈이 무엇이더냐?”

‘무슨 대답을 해야 사부가 흡족해할까?’

아무리 생각해도 속내를 잘 비치지 않는 사람이니 알 도리가 없었다. 그렇다면 방법은 하나뿐이다. 이럴 때는 최대한 정답에 가까운 것을 말해야 했다.

“화산의 명예를 드높이고, 제 도호 두 자를 강호에 남기고 싶습니다.”

태청의 고개가 끄덕여졌다. 그것을 보며 청명은 속으로 다행의 한숨을 쉬었다.

하지만 계속 이대로 있을 수만은 없었다. 두려운 사부, 그냥 마주 보고 있는 것도 곤욕인 사부였기에 빨리 이 자리를 벗어나고 싶었다.

"제게 하실 말씀이 있으신지요?"

"그렇지 않고서야 왜 불렀겠느냐!"

"무엇인지 여쭤봐도 되겠습니까?"

"먼저 묻겠다."

"……."

"화산이 네게 무언가를 요구한다면 어찌하겠느냐?"

"따라야 합니다."

"화산의 명예를 살릴 수 있는 일이라면 어찌하겠느냐?"

"최선을 다해 따르겠습니다."

태청은 그제야 본론을 꺼냈다.

"네 마음을 알았다. 그럼, 이제 너에게 한 가지 중책을 맡기려 하니, 잘 듣거라."

"……."

청명은 왠지 불안해지기 시작했다. 버려두듯 보경당으로 쫓아 보낸 자신에게 이렇게 거창하게 나오는 이유를 알 수 없었다.

"조만간 화산에 중요한 일이 벌어질 게다. 한 치의 오차도 허용해서는 안 되는 일이며, 그래서 그 중심에 너를 세우려 한다."

말과 함께 태청은 그가 할 일을 일러주기 시작했다.

"네가 그 일을 해야 한다."

이야기가 모두 끝났을 때, 청명의 얼굴은 핼쑥해졌다.

‘혈음나찰!’

순간 그 이름이 머릿속을 스치고 지나갔다.

화산파에만 있었기에 무림사에 그리 밝은 그는 아니었지만 혈음나찰은 들은 바 있었다.

희대의 악인!

살인 미학을 추구하는 미치광인 살인마!

언젠가 주당에서 밥을 먹을 때, 혈음나찰에 대해 도인들이 두런두런 나누던 이야기를 들은 적 있었다.

발걸음이 다시 무거워지기 시작했다.

그와 같은 곳에서 한 달이나 지내야 한다는 것은 악몽에 시달리는 것만큼이나 싫었다.

“할 수 있겠느냐?”

문득, 아침에 태청이 던진 질문이 떠올랐다. 그리고 그 말에 하겠노라고 대답했던 자신이 저주스러웠다.

죽음으로 내모는 듯한 사부도 저주스러웠고, 화산도 저주스러웠다.

지켜줄 테니 걱정 말라는 장문인까지 저주스러웠다.

어떻게 지킨단 말일까!

정화동에서 나온다면 모르겠지만 그 안에 있는 동안은 아무도 그를 지켜주지 못할 것이 분명한데, 어떻게 지켜준다는 말인지 모를 일이었다.

따가운 눈총을 받더라도 거절해야 했는데……!

사실, 거절하기는 했다. 화산을 위해 무엇이든 하겠노라고 했지만, 막상 혈음나찰과 한 달간 지내야 한다는 말에 두렵다고 대답했던 것이다. 끝내 싫다는 말은 하지 못했지만 그렇게 의지를 분명히 표현했었다.

게다가 해독을 하는 방법이 자신이 들어가서 꼭 냄새를 맡게 해야 하는 것인지도 의문스러웠다. 음식에 섞어 먹이거나 다른 방법도 있을 것이란 생각이었기 때문이다.

그래서 그것도 눈치를 보며 말했다.

하지만 그 이후 태청의 표정을 봤어야 했다.

예전의 그것보다 더욱 차가워졌다.

한심하다는 듯 한동안 노려보더니, 십단향의 가루는 입에 대지 못할 정도로 쓰다는 말을 해왔다. 음식에 해독제를 넣으면 상대가 알아차려 계획이 틀어질 수도 있다는 뜻인데, 정녕 너 때문에 그렇게 되어야겠느냐는 시선이었다.

결국, 청명으로서는 하겠다고 말할 수밖에 없었다.

비난과 질책의 시선을 견딜 수가 없었다.

철그렁!

열쇠가 돌아가며 어른 두 주먹만 한 고리가 풀려 나갔다. 동시에 그를 안내한 중년 도인이 입을 달싹였다.

"들어 알겠지만 넌 죄인으로 이곳에 갇히는 거다. 말이 많게 되면 실수가 뒤따르는 법. 혈음나찰에게 들키지 않게 되도록 그와의 대화는 피하는 것이 좋을 게다.”

“아, 알겠습니다.”

“그럼, 문을 여는 순간 난 너를 죄인 취급할 테니, 그리 알아라.”

“네.”

대답과 함께 철문이 힘겹게 열렸다. 그리고 터져 나오는 중년 도인의 노한 목소리!

“화산인으로 화산을 모독한 죄, 정화동에서 정화되리라.”

쩌렁쩌렁 울리는 메아리를 뒤로하고 중년인의 손이 청명의 등을 후려갈겼다.

퍽!

뼈가 흔들린다는 것이 이런 느낌일까?

청명은 고통을 느끼며 앞으로 꼬꾸라졌다. 하지만 중년인은 그를 가만 놔두지 않았다. 넘어진 그의 뒷덜미를 잡아 올린 것이다.

그리고는 질질 끌고 깊숙한 복도를 걸어가기 시작했다.

복도 양옆에는 각각 열 개씩, 스무 개의 감옥이 자리를 지키고 있었는데, 청명은 그 방 어느 곳에도 배정받지 못했다.

그가 끌려간 곳은 복도의 맞은편이었다.

문도 없이 두터운 철창으로 막혀 있는 곳, 그래서 안이 훤히 다 보이는 곳이었다.

청명은 고개를 들어 철창 너머를 바라보았다.

순간 몸이 경직되었다.

붉은 가사를 걸친 승려가 고개를 숙인 채 벽에 걸리다시피 있었던 것이다.

혈음나찰임이 분명했다.

철커덩!

철창이 열리고 청명은 안으로 던져졌다. 그리고 이내 닫히는 철창.

음산한 소리와 함께 열쇠고리가 채워졌다.

철컥!

"사, 살려주세요."

진정으로 배어 나오는 목소리였다.

중년 도인의 눈빛이 가늘어졌다. 그는 대꾸도 없이 청명을 한참 동안 노려보더니 몸을 돌려 정화동을 빠져나갔다.

그것을 보며 청명은 절망적인 표정을 지었다. 막상 갇히고 보니 들어올 때와는 또 다른 느낌이었던 것이다.

뚝─! 뚝─!

규칙적으로 물방울이 바닥을 때렸다.

청명은 한쪽 구석에 웅크린 채 혈음나찰만 응시했다. 혹시, 결박을 풀고 달려들지나 않을까, 좌불안석이었던 것이다.

팔과 다리는 벽이 고정되어 있는 쇠사슬로 결박되어 있고, 몸 여기저기엔 장침이 박혀 있었지만 안심이 되질 않았다.

고개를 푹 숙이고 있는 모습이 죽은 것 같기도 한데…….

가슴이 규칙적으로 움직이는 것으로 보아 살아 있음이 분명했다.

'이런 곳에서 어떻게 한 달을…….'

심란한 마음은 그를 끊임없이 괴롭혔다.

한데, 그때였다.

"크흐흐흐흐!"

음산한 웃음소리가 청명의 귀를 자극했다. 그 때문에 그는 두 눈을 부릅뜨며 혈음나찰을 살폈다.

"헉!"

청명이 급히 입을 틀어막았다. 혈음나찰의 고개가 슬며시 들리기 시작했기 때문이다.

붉게 충혈된 눈이 청명의 시선과 부딪치자 더욱 빛을 발했다.

"먹이가 들어왔군!"

'머, 먹이?'

한순간 먹이가 되어버린 청명이 몸을 떨며 반장했다.

"무, 무량수불!"

"크하하하하하! 무량수불? 말코도사냐?"

"화, 화산파의 도인입니다."

"호호호!"

놀란 청명의 모습이 재밌는 모양이었다. 혈음나찰은 연신 음침한 웃음이었다.

때론 알아들을 수 없는 주문을 외우기도 했고, 때론 괴성을 질러 청명을 기겁하게 만들었다.

결국, 참다못한 청명이 귀를 틀어막고 눈을 감아버렸다. 그리고 그 상태에서 자의최면을 시전했다. 두려움을 떨치고 싶었기 때문이다.

─머저리 같은 놈! 죽어, 죽어!

"으으윽!"

청명은 몸을 경직시켰다. 정화동에 들어온 지 벌써 열흘째. 그간 혈음나찰 때문에 하루 종일 자의최면을 시전했고, 그 결과로 잠만 들면 전보다 더욱 심한 악몽에 시달리고 있었다.

퀭하게 들어간 눈, 비쩍 마른 몸은 곧 죽어도 전혀 이상이 없어 보였다. 그렇게 괴롭히던 혈음나찰까지 청명의 말라가는 상태를 보고는 은근히 걱정의 시선을 보낼 정도였다.

─바보 같은 놈! 나를 봐라. 난 너다. 그리고 넌 나다.

“으으윽!”

─내 말 들어. 내 말을 듣지 않는다면 지금 당장 지옥의 염왕굴로 데려가겠다. 크흐흐흐!

“저리 가! 저리 가!”

─죽어. 죽어. 착한 놈은 죽어버려!

그림자는 사정없이 양팔을 잡고 당기기 시작했다. 동시에 몸이 찢어지는 고통이 청명의 전신 감각을 자극했다.
“으아아악!”
손을 허우적거리던 청명은 여느 때처럼 자리에서 벌떡 몸을 일으켰다.
“헉헉헉!”
숨이 턱까지 차 올랐다. 역시 생생했다. 화산파의 모든 도인들이 손가락질하는 모습이, 그리고 돌을 던지는 모습이 뇌리 속에 강하게 남아 있었다.
검은 그림자는 끊임없이 청명이 보기 싫어하는 환상을 보여주고, 마지막에는 목을 졸라오거나 사지를 찢었다.
소매로 땀을 훔친 그는 힘겹게 고개를 돌려 벽에 걸려 있는 혈음나찰을 바라보았다.

　순간 둘의 시선이 부딪치자 혈음나찰이 음침하지만, 질렸다는 목소리로 투덜거렸다.

　"미친 새끼. 도대체 꿈속에서 뭘 보는 게냐? 뭘 보기에 지랄을 하냔 말이다."

　"무, 무량수불! 빈도의 업보가 태산인 모양입니다."

　"업보? 미친……."

　혈음나찰은 상대하기 싫다는 듯 눈을 감아버렸다. 이제 와서는 오히려 그가 청명에게 질려가고 있었다. 물론, 심심할 때마다 청명을 위협하고 겁주는 것은 여전했지만, 그 농도는 처음보단 상당히 떨어져 있었다.

　"휴!"

　혈음나찰이 눈을 감아버리자 청명이 한숨을 깊게 내뱉었다.

　'이대로 말라 죽는 것은 아닐까?'

　생각과 함께 앞에 놓인 그릇을 바라보았다. 매일 한 끼의 식사가 전달되는데, 청명의 그릇은 이틀째 그대로였다. 입맛이 떨어져 도저히 식사를 할 수 없었던 까닭이다.

　'조금이라도 먹어야 버틸 수 있을 텐데…….'

　그는 슬며시 그릇에 담긴 만두를 집었다. 하지만 입가에 가져가기도 전에 도로 놓을 수밖에 없었다. 그렇게 굶었는데도 역시 입맛이 없었던 것이다.

                    *   *   *

“맹에서 연락이 왔습니다.”

태청의 말에 장문인이 고개를 끄덕였다.

“뭐라던가?”

“개방과 그 외 정보 단체에서 퇴로 요소요소에 인원을 배치시켰답니다. 그러니 계획대로 시행해 달라는 부탁이었습니다.”

“무량수불! 시작부터 좋은 소식이구나! 그런데 청명은 어떻게 하고 있다더냐?”

“시킨 대로 잘 수행하고 있답니다. 단지…….”

“왜, 문제라도 있나?”

“몰라보게 말라간다는 소리를 들었습니다. 식사도 자주 거른다고 하더군요.”

장문인의 표정이 조금 굳었다.

“무량수불, 무량수불! 중책을 맡은 이가 어찌 그리 몸을 소홀히 다루는가? 그러다 탈이라도 나면 어쩌려고?”

“그래서 만두 속에 천봉신단을 가루 내어 조금씩 섞어 넣어주라 일렀습니다.”

“잘했네. 보양에 좋은 약이니 무리는 없겠군! 한데, 왜 식사를 거른다든가?”

“뻔하지 않겠습니까?”

“두려움 때문인가?”

“그렇습니다. 혈음나찰, 그 마적과 같이 있으니 심적으로 상당히 위축되어 있을 겁니다.”

“명이가 고생이구나!”

그 말에 태청이 차갑게 받았다.

“그 정도도 못한다면 화산인의 수치입니다.”

그러자 장문인이 고개를 절레절레 흔들었다.

잠시 후, 그가 조심스럽게 입을 열었다.

“무량수불! 화산과 강호의 안녕을 위해서라지만, 그래도 어린 제자를 미끼로 쓴 것이니……. 잘해주시게. 그리고 이번 일이 소문나게 되면 화산의 명예에 누가 될 걸세. 맹에 다시 당부하고.”

“이미 연녹천 대주에게 말해놨습니다, 개방 등도 모르게 철저히 비밀을 지켜달라고.”

“잘했네.”

＊　　　＊　　　＊

스윽!

청명은 혈음나찰 몰래 스무 번째 봉지를 풀어 구석에 뿌렸다.

무취의 십단향(十檀香)이라고 했던가!

내공의 흐름을 억제하는 천근독의 해독 작용을 한다고 태청에게 들은 바 있었다. 청명은 그래서 날이 갈수록 고민이었다. 이제 열흘만 더 향이 퍼지면 혈음나찰의 내력이 어느 정도 돌아오는 것이다.

제발 자신을 건드리지 않고 정화동을 빠져나가길 바라는 수밖에 없었다.

그래도 다행이었다. 며칠 전부터 괴롭히지 않더니 간간이 대화 같은 것도 하기 시작했기 때문이다. 조금 더 친해지면 해치지는 않을 것이란 판단이 들었다.

"그래서 내가 그놈의 배를 갈라 내장을 꺼내 들었지. 그리고 그것을 그 제자에게 보여주면서 뭐라고 한 줄 아느냐?"

혈음나찰은 잔인한 살인 행각을 자랑스럽게 주절댔다. 청명으로서는 기겁할 이야기였지만 내색하지 않았다.

"모, 모르겠습니다."

"호호호! 먹으라고 했지. 그러면 살려주겠노라고."

청명의 인상이 팍 구겨졌다.

"어, 어떻게 그런……."

"어떻게? 호호호, 그 정도는 해야 목숨을 구걸할 수 있는 게지."

"그래서 죽였습니까?"

"죽였지."

청명은 내심 다행의 한숨을 쉬었다. 하지만 혈음나찰이 뜻밖의 말을 했다.

"녀석이 진짜 먹더라고."

"……."

"살고 싶은 마음에 사부의 내장을 먹는 놈을 보자 살심이 일어났지."

"하, 하지만 먹으면 살려준다고……."

"그런 놈을 살려줘서 뭐 하나? 그 녀석도 똑같이 죽였지. 그리고 그 내장을 개에게 던져 줬다. 그런데, 웃긴 게 뭔 줄 아느냐?"

"……?"

"개는 안 먹는다는 거야. 지 주인의 것이라 그랬는지, 냄새가 역겨워 그랬는지는 모르겠지만, 여하튼 그 제자 놈은 개보다 못한 놈인 게 분명해."

청명은 할 말을 잊었다. 하긴, 지금까지 혈음나찰의 입에서 나온 이야기 대부분이 이런 것이었으니 특별할 것은 없었다.

이야기가 끝나자 다시 정화동에 침묵이 찾아들었다. 혈음나찰이 어떤 이야기를 들려줄지 고민에 빠져 버렸기 때문이다. 생각나면 다시 말을 걸 것이고, 청명은 지금처럼 장단을 맞춰주는 척하며 들어주면 끝이었다.

그런데 혈음나찰이 의미있는 이야기를 꺼냈다.

"인간이 강해지려면 어떻게 해야 하는 줄 아느냐?"

돌연한 질문에 청명은 고개를 저었다. 하지만 이내 생각한 바를 말했다.

"육체를 강하게 하고, 정신을 굳건히 지켜야 하지 않겠습니까?"

"써글! 누가 말코도사 아니랄까 봐 그따위 대답이냐?"

"그럼, 무엇입니까?"

"분노다. 분노가 인간을 강하게 만들지. 같은 실력자라도 분노가 강한 쪽이 이기기 마련이다."

"하지만 분노가 일면 그에 따라 수많은 약점이 생기지 않습니까!"

"인간의 이성을 마비시킬 정도의 분노라면 그 약점도 장점이 된다. 하지만……."

혈음나찰의 두 눈이 번뜩였다.

"분노를 조절하게 된다면 더욱 강해지지. 분노할 줄 알 때 분노하는 자. 자신의 약점까지 감추고 조절할 수 있는 분노. 그것이 나 같은 미치광이 고수의 강점이다."

"분노를 조절한다?"

청명은 멍해졌다.

"분노를 하되 그 감정과 함께 이성도 함께 따르는 것."

혈음나찰은 그렇게 말을 맺었다.

순간 청명의 머릿속을 스치고 지나가는 것이 있었다.

자의최면에 대한 해답, 억지로 참으려 하지 말고 받아들여야 한다는 어렴풋한 해답이었다.

공포와 두려움을 받아들이고 인정하게 되면 조절할 수 있
지 않을까 하는……. 또, 스스로의 감정을 억지로 막지 말고
내면에 숨겨져 있는 감정을 드러낼 줄 아는…….

생각이 거기에 미치자 왠지 기분이 차분해지는 것을 느낀
청명이었다.

"하하하하!"

갑자기 속도 후련해졌다.

절로 웃음이 흘러나왔다. 그 때문에 혈음나찰이 인상을 찌
푸리며 한마디 했다.

"미친놈!"

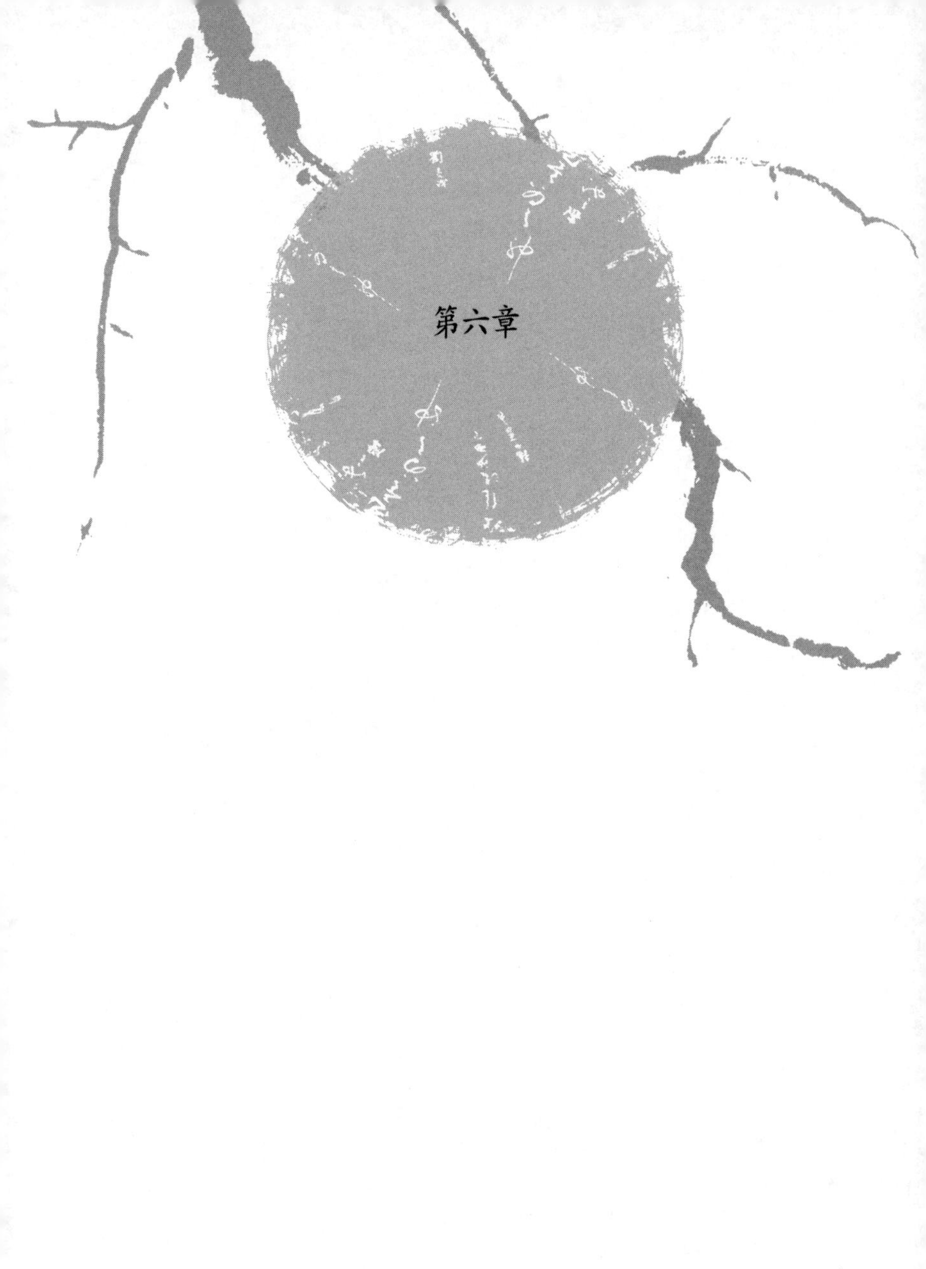

第六章

第六章
인질

"도대체 무슨 중죄를 지어 들어왔기에 자면서도 저 지랄을
떠는 건지……!"

잠이 들기 무섭게 끙끙대는 청명을 향해 혈음나찰은 그렇
게 끌끌 혀를 찼다.

정화동에 갇힌 지 벌써 이십오 일째. 그때 들어 청명의 꼴
은 눈 뜨고 못 봐줄 지경이 되어 있었다.

"저러다간 정말 말라비틀어지겠군! 어이!"

"으윽!"

"어이! 이봐!"

청명은 대답없이 신음만 흘러댔다.

그래서 혈음나찰은 걱정이었다. 청명에게 문제가 생기게 되면 계획에 차질이 생기기 때문이다.

얼마 전부터인가! 무슨 이유 때문인지는 모르겠지만 천근독의 약효가 떨어지더니 내력이 미약하게 돌아오는 것을 느끼던 그였다. 그래서 청명을 괴롭히는 것도 그만두고 몰래 운기조식을 하기 시작하지 않았던가!

결박을 풀 수 있을 정도는 아니었지만 이런 식으로 가다가는 조만간 이곳을 빠져나갈 수 있으리란 확신이었다.

그때 청명이 필요했다. 혹여, 화산파의 고수들을 뚫을 수 없을 때 인질이 있어야 했기 때문이다.

"이봐! 지랄 떨지 말고 깨어나!"

일갈과 함께 그는 발을 아래로 찍었다. 결박되어 있기는 하지만 약간의 여유가 있었기에 크게 무리가 없었다.

팍팍팍!

"깨어나라니까!"

그래도 요지부동. 혈음나찰은 어쩔 수 없이 고통을 감수하고 몸을 흔들기 시작했다. 그러자 몸에 연결된 쇠사슬이 요란스럽게 흔들리며 괴음을 자아냈다.

머리를 웅웅 울리며 메아리치는 목소리, 그것은 분명히 혈음나찰의 것이었다. 하지만 청명은 신경 쓰지 않았다.

사실, 그럴 겨를도 없었다. 사투를 벌이고 있는 중이었기 때문이다.

생사를 오가는 사투. 검은 그림자와의 사투였다.

—놈!!

처음으로 청명이 반항을 하자 검은 그림자는 노한 목소리
를 터뜨렸다.

역시 혈음나찰의 조언이 맞아떨어졌다. 두려움을 그대로
받아들이고 그림자가 원하는 분노를 자연스럽게 받아들이자
몸을 움직일 수 있었다.

힘겹기는 했지만 목을 조르는 그림자의 손을 잡아 밀쳐 내
는 데까지 성공한 청명이었다.

—죽어!!

검은 그림자는 청명의 힘에 밀려나자 다시 달려들었다.

—너 같은 놈은 죽어야 해! 착한 놈은 죽어버렷!

청명은 달려드는 그림자의 손을 급히 잡았다. 그러자 한동
안 조르려는 자와 밀치려는 자의 실랑이가 이어졌다. 하지만
거기까지가 다였다. 그의 반항이 심해지자 검은 그림자의 형

체가 변하기 시작했던 것이다.

청명의 두 눈이 부릅떠졌다.

검은 그림자의 형상이 흔들리더니 이내 자신의 모습으로 변해 버렸다.

변한 그의 모습은 사악하고 혐오스럽기 그지없었다. 흡사, 죽은 자신의 모습을 보는 느낌이랄까!

붉게 충혈된 눈과 타액으로 범벅된 입. 한 치 정도 쏟아져 나온 혓바닥은 청명의 두려움을 자극하기에 충분하고도 남았다.

결국, 청명은 다시 몸을 굳혔다. 하지만 그것으로 포기한 것은 아니었다. 다음날도, 그리고 그 다음날도 어김없이 검은 그림자와의 사투를 펼쳤고, 이길 때까지 계속할 생각이었다.

혈음나찰은 두 눈을 번뜩 떴다.

정화동에 갇힌 지 삼십 일째가 지나자 갑자기 천근독의 기운이 상당 부분 걷힌 느낌을 받았던 것이다. 힘겹게 움직이던 몸속의 기운이 빠르게 일주천하기 시작한 것도 그때부터였다.

"흐흐!"

그는 득의한 웃음과 함께 천천히 단전의 기운을 전신에 퍼뜨려 보았다. 그러자 팽팽하게 긴장되는 근육과 터질 것 같은 힘이 몸을 전율케 만들었다. 아직 완전하지는 않았지만 본신의 내력이 절반 정도가 살아났음을 확신할 수 있었다.

이쯤 되면 정화동을 지키는 화산의 도인들이 자신을 막을 수 없으리란 판단이었다.

갇히기 전에 정화동을 지키는 도인들이 너덧 명 정도인 것을 확인했던 혈음나찰이었으니, 자신감이 솟구칠 수밖에 없으리라!

"크하하하하하!"

순간 광소를 터뜨렸다. 동시에 몸을 뒤틀기 시작하자 그를 결박하고 있던 쇠사슬이 섞은 두부처럼 찌그러지더니 결국 끊어져 버렸다.

투투툭!

소리와 함께 청명의 두 눈이 화등잔만 하게 커졌다. 올 것이 온 것이다.

하지만……!

'어떡하지?

막상 시기가 닥치자 온몸이 굳어가는 그였다. 광기 어린 혈음나찰의 괴성과 피부를 찌를 듯한 사이한 기운은 생전 경험해 보지 못한 공포라 할 수 있었다.

"왜, 왜 이러십니까?"

천천히 다가오는 혈음나찰을 향해 청명이 떠듬거렸다. 하지만 혈음나찰의 대답은 음침한 웃음으로 돌아왔다.

"흐흐흐!"

“시, 시주! 이, 이렇게 같이 갇힌 것도 인연인데…….”

“닥쳐라!”

“…….”

“내력이 돌아온 기념으로 네놈의 사지를 자르고 혓바닥을 끄집어내 먹어야겠다.”

청명은 정신이 아득해지는 것을 느꼈다. 그간 혈음나찰의 경험담을 들었던 그로서는 거짓말 같지 않았던 것이다.

“사, 사, 살려주십시오.”

하지만 혈음나찰은 멈추지 않았다. 청명의 바로 앞에서 손을 뻗어 팔을 잡아 올리는 것이다. 그리고 다른 손으로 목을 조르기 시작했다.

자연 숨이 막히고 혓바닥이 튀어나올 수밖에 없는데, 기다렸다는 듯 혈음나찰이 목을 놓고 혓바닥을 손으로 잡았다.

청명의 두 눈이 경악으로 물들었다. 그리고 이내 정신을 잃어버렸다. 정신적인 충격을 받은 탓이었다.

“흐흐흐!”

기절한 청명을 보며 혈음나찰은 뒤틀린 웃음을 흘렸다.

“쫄기는!”

말과 함께 청명을 한쪽 어깨에 둘러업었다.

쾅—!

두 번째 문을 부순 혈음나찰은 귀신같은 경공술을 이용해 밖으로 뛰쳐나왔다. 그러자 순간적으로 정화동을 지키던 세 명의 도인이 놀라 모습을 드러냈다.

혈음나찰이 그 꼴을 보며 기세등등하게 협박했다.

"비키지 않으면, 산 채로 배를 갈라 내장을 꺼내 버리겠다."

이미 들은 바가 있는 도인들이었다. 안 그래도 혈음나찰의 상대가 되지 않는데, 굳이 싸울 필요성을 느끼지 못했다.

그들은 계획대로 겁을 집어먹은 듯 화산으로 도망치기 시작했다.

"화산파도 다 됐군."

중얼거림과 함께 혈음나찰은 다시 경공술을 전개했다. 하지만 화산의 대응은 혈음나찰의 생각보다 훨씬 빨랐다.

얼마 가지도 못해 추격이 따라붙더니 오십여 명의 도인에게 길이 막힐 수밖에 없었다. 의아한 것은 그 오십여 명 중에 익히 아는 자도 있다는 점이었다. 바로, 장문인이었다.

그는 괜스레 어깨에서 끙끙대고 있는 청명을 쏘아봤다.

혈음나찰로서는 짜증이 솟구칠 수밖에 없었다. 내공이 절반밖에 돌아오지 않은데다, 청명까지 업은 상태에서 속력을 낼 수 없었기 때문이다.

차라리 버려두고 속도에 신경 썼어야 했다는 후회가 들었지만 이미 일은 벌어진 상태. 게다가 청명 때문에 이곳을 벗어날 수 있을 테니 원망만 할 수는 없었다.

이미 정신을 차린 청명이 그의 시선을 받자 몸을 떨었다.

하지만 혈음나찰은 신경 쓰지 않고, 급히 청명의 목줄을 잡으며 도인들을 향해 외쳤다.

"길을 열지 않으면 이놈을 죽이겠다."

그 말에 도인들이 주춤 물러서며 난감한 기색을 보였다. 그 중 장문인과 태청이 나섰다.

"무량수불! 어찌하여 그리 궁색한 짓을 하려는가!"

장문인의 말에 혈음나찰이 이죽거렸다.

"궁색한? 하하하, 도사랍시고 허허거리는 쓰레기 같은 늙은이에게 그따위 소리를 들으니 기쁘구만! 궁색해도 좋다. 하지만 훗날 힘을 찾아 다시 돌아왔을 때, 네놈이 어떻게 행동할지 두고 보겠다."

"놈!"

태청이었다.

그는 분개한 듯 강한 기운을 몸 밖으로 은근히 흘려내기 시작했다. 하지만 그의 어깨를 장문인이 잡아 말렸다.

"그건 두고 볼 일. 여하튼 그 아이는 놔주시게."

"늙어서 머리가 안 돌아가는 게냐? 이 상황에서 이 녀석을 내가 왜 놔줘야 하나? 빨리 길을 열어라. 안 그러면……."

말과 함께 혈음나찰의 손이 청명의 목을 더욱 졸랐다.

"크윽!"

청명의 입에서 답답한 신음이 터져 나왔다.

그는 처연한 눈으로 장문인과 태청을 바라보았다. 정화동

에서 죽지 않은 것만 해도 다행이지만 초반 계획이 틀어져 있
어 불안했다.

원래 계획이라면 혈음나찰이 도주를 하게 되고 그것을 막
는 도인들, 하지만 그의 무공에 눌려 놓친다는 것이었다.

그리고 그 뒤를 사방에 깔린 맹의 정보요원들이 은밀히 추
적해 마교의 은둔지를 찾는다는 것이 기본 틀이었다. 인질에
대한 언급은 없다는 말이었다.

그게 아니면 있었는데도 말해주지 않은 것일 수도 있었다.

생각해 보니 후자가 더욱 믿음이 갔다.

"사, 살려주십시오. 장문 사백님!"

억눌린 듯한 목소리에 장문인이 태청을 힐끔 바라보았다.

태청도 마찬가지, 무언가 둘만의 대화를 나누고 있음이 분
명했다.

"어떻게 할까요?"

"자네 제자이니 자네가 결정하게!"

태청은 자신에게 슬며시 떠넘기는 장문 사형이 얄미운지
조금 인상을 썼다. 하지만 이미 결론은 나 있는 것이었다.

"그와 함께 보내주는 것이 좋겠습니다. 청명 때문에 계획
이 틀어지면 맹에 웃음거리가 될 겁니다."

"괜찮겠느냐? 청명의 안전을 약속할 수가 없게 되는데."

"사형의 뜻에 따를 뿐입니다."

태청도 슬며시 장문인에게 책임을 떠넘겨 버렸다. 그러자

장문인이 고개를 끄덕였다.

"강호를 위한 것이니, 어쩔 수 없는 일이지!"

전음을 흘림과 동시에 그가 도호를 중얼거렸다.

"무량수불! 사람 하나 살리는 것이 열 탑을 쌓는 것보다 중하다 했으니……."

그는 그렇게 뜻을 표현하고는 뒤를 돌아 고갯짓을 했다. 길을 열어주라는 의미였다.

그것을 도인들이 못 알아들을 리 없었다. 약속이나 한 듯 화산을 내려가는 길목을 터주었다. 그 때문에 청명의 얼굴은 절망으로 물들어가기 시작했다.

그는 장문인과 태청을 어이없다는 표정으로 번갈아 바라보았다. 한데, 둘의 표정에는 변화가 없었다. 약간 고개를 끄덕일 뿐인데, 안심하라는 것인지, 어쩔 수 없는 일이라는 것인지 모를 일이었다.

결국 마지막 발악을 할 수밖에 없었다. 이대로 혈음나찰에게 끌려간다면 앞날을 약속할 수 없으니 지푸라기라도 잡아야 했다.

"사, 살려주십시오!"

그 말에 장문인이 고개를 절레절레 흔들며 혈음나찰에게 당부했다.

"쫓지 않을 테니, 화산을 내려가면 그 아이를 보내주시게."

"하하하! 그렇게 하지."

말을 하던 혈음나찰이 청명에게 음침한 눈빛을 한번 주었다. 그리고는 열린 길을 통해 바람처럼 달려가기 시작했다.

그들이 사라지자 태청이 도인들을 향해 입을 열었다.

"너희는 맹을 도와 추격에 동참해라. 그리고 재차 말하지만 오늘 일은 무덤까지 가지고 가야 한다."

도인들이 고개를 끄덕이며 급히 사라졌다.

그들까지 모두 사라지자 장문인과 태청은 숲 한쪽을 바라보았다. 놀랍게도 나무껍질이 벗겨지며 연녹천이 모습을 드러냈다.

"맹에 협조해 주셔서 감사합니다."

"무량수불! 그런 말 마시게. 강호인으로서 응당 해야 할 일을 했을 뿐이니."

"아닙니다. 제자를 인질로 내주기란 힘든 결정임을 알고 있습니다. 한데……."

연녹천이 걱정스런 표정을 드러냈다.

태청이 물었다.

"왜 그러시오?"

"제자 분께서는 괜찮겠습니까? 혈음나찰의 성격으로 인질을 데려갈 것이란 생각은 애초에 하지 못했던 터라 조금 걱정이 되는군요."

"이미 벌어진 일. 어쩔 수 없소."

"하지만 만에 하나 그가 제자를 죽이려 한다면 어찌해야 하겠습니까? 맹을 도와준 제자 분을 희생시키면서까지 일을 성사시킬 수는 없는지라……."

그 물음에 장문인이 놀라운 말을 했다.

"혹, 그 아이를 죽이려 한다 해도 계획대로 하시게."

"네?"

연녹천의 두 눈이 동그래졌다.

그는 급히 태청을 바라보았다. 한데, 태청의 표정도 장문인의 그것과 같았다. 제자가 강호의 살인마에게 인질이 되어 끌려갔는데도, 그리고 죽을 수도 있다는데도 태연해 보였다.

연녹천으로서는 이해가 안 될 일이었다. 그러자 장문인이 대상 없이 중얼거렸다.

"그 아이를 구하려 나섰다가는 모든 일이 틀어질지도 모를 일이니……!"

"정말 괜찮으시겠습니까?"

"휴!"

장문인은 대답 대신 한숨을 쉬며 먼 산을 바라보았다.

"이만 가보겠네."

말과 함께 그는 화산파로 걸음을 옮겼다. 그러자 마지막까지 남아 있던 태청이 연녹천에게 말했다.

"마교 토벌전이 벌어지면 맹이 발동될 것이라 알고 있는데, 맞소?"

“그렇습니다.”

“잊지 말아주시오, 그 선두에 화산이 있어야 한다는 것을.”

말인즉슨 맹주 선출 때 화산파의 도인이 그 자리에 앉아야 한다는 것이었다.

연녹천은 멍해 있더니 이내 고개를 끄덕였다.

“장로님들께서 이미 생각하고 계십니다.”

태청은 고개를 끄덕이고는 역시 멀어지던 장문인을 향해 걸음을 재촉했다.

“헉헉!”

청속은 거친 숨을 다스릴 여유도 없이 화산파로 달려가고 있었다.

청명 때문이었다. 무슨 죄를 지었는지 알려주지 않아 알 길이 없었지만 평소 자신을 잘 따르는 그가 정화동에 갇힌 지 꽤 되었기에 얼굴이나 볼 수 있을까 해서였다.

한데, 정화동이 아련히 보이는 언덕 위에 도착하자 놀라운 일을 목격할 수 있었다. 붉은 혈의를 입은 괴상한 고수가 청명을 들쳐 업고 정화동을 빠져나오는 광경이었다.

그때 두 명의 도인이 급히 모습을 드러냈다.

두 명의 도인은 인상을 쓰며 그에게 화산으로 돌아갈 것을 권했다.

하지만 청속은 그러지 않았다. 손으로 정화동을 가리키며 청명이 위험하다고 알릴 뿐이었다.

그런데 무슨 일일까?

도인들은 놀라지 않았다. 오히려 침착함을 드러내며 이렇게 대답했다.

"알아보고 올 테니 이만 돌아가십시오."

알아볼 게 있을까?

먼 거리지만 무공이 고강한 도인들이니 청속보다 더욱 잘 볼 수 있었을 것이다.

어떻게 보아도 청명이 위험한 상황이었다.

하지만 살기까지 드러내는 그들의 모습에 청속은 그 자리에 있을 수가 없었다.

급히 화산으로 달리는 이유가 그것이었다. 다른 도인들에게도 알려야 할 것 같았기 때문이다. 뭔가 잘못되고 있어도 한참 잘못되고 있다는 것이 그의 생각이었다.

장문인과 태청으로서는 원치 않는 일이 벌어지는 시발점이었지만.

흔들리는 어깨 위에 걸치듯 업혀 있으면 속이 울렁거리게 마련이다. 그래서 청명은 속에 있는 것을 연신 쏟아내기 시작했다. 하지만 몸 상태완 달리 머릿속은 절망에 휩싸였다.

지켜주리라던 약속은 어떻게 된 것일까?

살려달라고, 구해달라고 부탁했는데 왜 혈음나찰을 그냥 보낸 것일까?

자신의 안전 때문이 아니라는 생각이 고개를 쳐들었다.

장문인이 어쩔 수 없다는 듯한 표정을 지어 보이기는 했지만 그는 그때 정확히 읽을 수 있었다. 왜 그런 눈으로 보냐는 듯한 불쾌한 의미가 그 표정에 서려 있었던 것이다.

그것은 태청도 마찬가지였다.

순간 괴로움이 밀려왔다. 쉽게 보면 자신의 안전 때문에 그냥 보냈을 것이지만, 그것이 아니란 생각이 자꾸만 머리를 혼란스럽게 만들었다.

과연 혈음나찰이 화산을 빠져나가면 고이 자신을 놓아줄 것이라 생각했을까?

'이런 생각을 할 때가 아니야!'

번뜩 정신을 차렸다. 정작 중요한 문제는 혈음나찰에게서 벗어나야 한다는 것이었다.

하지만 그 기회는 쉽게 오지 않았다.

결국, 이대로 죽는다는 생각이 다시 그를 절망으로 빠뜨렸다. 한데 뜻밖의 일이 벌어졌다. 화산을 벗어났는데도 혈음나찰이 그를 해치려 하지 않았던 것이다.

다행이라면 다행이었다.

하지만 그것도 그리 오래가지 않았다. 그건 열흘 동안 혈음나찰의 인질이 되었을 때 이유를 알 수 있었기 때문이다.

왜 약조를 지키지 않느냐는 질문에 혈음나찰은 이렇게 대답했다.

"내가 바본 줄 아냐? 광인인 것은 나도 인정하지만 바보는 아니지. 화산이 그렇게 쉽게 날 놔줄까? 제자를 인질로 넘겨 준 채?"

청명은 할 말이 없었다.

"그, 그렇다면 왜……."

"미행하는 녀석들이 있으리라고 판단했지. 흐흐! 아직 그들의 존재에 대해 눈치 채지는 못했지만 확신을 한다는 말이다."

"그럼 절 이대로 계속 데리고 다니실 겁니까?"

혈음나찰은 단호하게 고개를 끄덕이더니 두 눈을 살기로 번뜩였다.

"날 미행하는 녀석들을 찾아내어 완전히 제압할 수 있을 때까지. 천근독의 약효가 전부 사라져 내 내공이 모두 돌아오는 날까지만이다."

"꿀꺽!"

청명은 마른침을 삼키며 물었다.

"그럼, 그때 저는……."

"흐흐흐!"

음침한 웃음소리가 절로 몸을 떨리게 했다. 그와 동시에 혈음나찰이 기가 막힌 소리를 했다.

"화산에 대한 보복의 본보기로 네 목을 잘라 보낼 생각이다."

"……."

바쁠수록 돌아가라는 말이 있다.

하지만 청명에겐 그럴 시간이 없었다. 혈음나찰의 내력이 언제 되살아날지 모를 일인 것이다. 뭔가를 계획하기에는 시간이 모자랐다.

하루가 지나고, 이틀이 지나고, 혈음나찰의 경공이 날이 갈수록 빨라지는 것을 느낀 그는 어쩔 수 없이 최면에 모든 것을 걸기로 마음먹었다.

이름없는 야산의 토굴에서 그는 웅크린 채 혈음나찰을 주시했다.

혈음나찰은 가부좌를 틀고 앉아 운기조식 중이었다.

'어떻게 최면을 걸지?

청속에게 몇 번 성공을 했고, 최면을 거는 시간도 상당히 단축했지만 혈음나찰에게 통할지 의문이었다. 두 가지 감각을 동시에 사용해야 하는데, 실패할 가능성이 컸던 것이다.

우선 혈음나찰의 시선을 끄는 것이 문제였다. 그리고 몸을 만진다든지 냄새를 맡게 하는 것은 더욱 불가능에 가까웠다.

혹여, 잘못되면 목숨을 걸어야 할 판이라 갈등은 끊임없이 이어질 수밖에 없었다.

'역시 그것밖에는……'

좀 더 확실하게 상대를 최면에 걸려들게 하기 위해서는 결국 그가 생각해 낸 자의최면밖에 없었다. 자의최면으로 내력을 끌어올리고 그것을 퍼뜨려 혈음나찰에게 영향을 주는 방법이 가장 확실한 것 같았다. 하지만 시간이 없다는 것이 문제였다.

혈음나찰 때문에 깨달은 바가 있긴 했지만 아직도 검은 그림자에게 눌리고 있는 실정이었다.

'시간이 없어. 최대한 빨리……'

그는 생각과 함께 눈을 감고 잠에 빠져들기 시작했다. 워낙 피곤한 나날의 연속이라 잠에 취하는 것은 그리 문제가 되지 않았다. 하지만 그 이후에는 평소와 여전했다.

검은 그림자가 허상이라는 것을 알면서도 막상 그를 마주하고 그가 선사해 주는 잔인하면서도 기막힌 환상을 접하게 되면 덜컥 겁을 집어먹기 일쑤였던 것이다.

그렇게 사흘이 더 지났을 때였다. 밤에 이동하고 낮에는 음습한 토굴이나 버려진 사당에서 쉬는 것을 반복해 호남성 상음(湘陰)의 관제묘 속에서 낮을 맞이하게 되었는데, 경악할 소리를 들었다.

"내상도 거의 치료가 됐고, 천근독의 약효도 거의 밀어냈다. 흐흐흐!"

말을 하던 혈음나찰의 눈빛이 청명으로서는 징그럽게 다가오고 있었다.

"하루 이틀만 지나면 완전히 예전의 힘을 되찾을 거다. 어때, 기쁘지 않나?"

청명은 멍하니 혈음나찰만 응시했다.

차라리 그에게 사실대로 말하고 살려달라 빌고 싶다는 생각도 들었다. 혹시, 기특해서 살려줄지도 모른다는 기대 때문이었다. 하지만 혈음나찰 같은 살인마가 과연 그런 정보를 듣고 자신을 살려주려 할까?

가능성은 반반이었다.

순간 가슴이 두근거리기 시작했다. 사형 날짜를 받은 사형수의 심정이 이럴 것이란 생각이었다.

'안 돼. 차분하게……. 흔들리지 말자.'

그는 다급한 마음을 추스르고 눈을 감았다. 조급해한다고 변하는 것은 없는 것이다.

잠에 취하자 어김없이 검은 그림자가 그를 맞이했다. 그림자는 처음부터 목을 조르며 그 상태에서 환상을 보여주었다.

*　　　　*　　　　*

천영비(天影飛)가 하늘을 갈랐다.

천영비란 말 그대로 하늘을 가르는 그림자, 하루에 수천 리를 난다 하여 붙여진 이름이었다. 무림에서 연락용으로 자주 애용되는 값비싼 매의 일종이다.

쉬익―!

순간 무사 하나가 바람 빠지는 소리를 낮게 흘렸다. 그러자 하늘을 비상하던 천영비가 급속히 아래로 떨어져 내리더니 무사의 어깨 위에 올라섰다.

천영비의 발에는 작은 통이 매여 있었다.

무사는 통을 열어 내용물을 꺼내더니 상관에게 달려갔다.

"맹에서 연락이 왔습니다."

수하의 말에 연녹천이 종이를 받아 펼쳤다.

빼곡히 맹에서만 사용하는 암호가 적혀 있는데, 그것을 읽어 내려가던 그의 표정이 찌푸려졌다.

수하가 의아함을 드러냈다.

"무슨 지시입니까?"

"이번 작전 포기다."

“네?”

“제길, 이럴 줄 알았지.”

“……?”

의문의 시선을 향해 그가 설명했다.

“처음부터 그의 행보가 들쭉날쭉하다고 생각했다. 남하하더니 다시 서쪽으로 향하고, 거기에서 청영으로 가더니 다시 북쪽으로 내려왔으니까.”

“그럼…….”

연녹천이 고개를 끄덕였다.

“마교의 본거지로 갈 생각이 없다는 거다. 이미 미행을 눈치 채고 있었는지도 모를 일이지.”

“하지만 계속 미행한다면 결국은…….”

“문제는 개방과 다른 정보 집단이다. 벌써 이십여 일이 지났는데도 마교로 돌아갈 생각을 하지 않으니 발을 빼겠다고 맹에 연락을 한 모양이다. 투입 인원만도 엄청나니 오래 지속할 수 없었겠지.”

말과 함께 다시 욕설이었다.

“빌어먹을!”

“왜 그러십니까?”

“한 가지 지시가 더 있군.”

순간 수하가 두려운 빛을 드러냈다.

연녹천은 그의 기대를 저버리지 않았다.

"무림의 공적, 혈음나찰을 그냥 놔줄 수 없으니 죽이라는 지시다."

다시 욕설이었다.

"빌어먹을! 이럴 것 같았으면 처음부터 지시를 내렸어야지. 지금 힘을 거의 되찾아가고 있는데, 얼마나 큰 희생을 치러야 할지……."

"근처에 있는 지부에 연락을 할까요?"

"그게 좋겠군. 그리고 이번 작전에 투입된 인원을 모두 불러 모아라."

"언제 칠 생각이십니까?"

"글쎄……."

생각과 함께 연녹천이 피식 미소를 지었다. 좋은 생각이 들었던 것이다.

잘만 하면 별 피해 없이 이번 일을 마무리 지을 수 있을 것 같았다.

"화산에 연락을 띄워라."

"화산에는 왜……."

"계획 포기와 함께 우리가 시행할 계획을 전달해야지."

"하지만 그러면 시간이 지체될 텐데요. 아무리 천영비라도 왕복으로 이틀 정도는 걸릴 겁니다."

그때쯤이면 혈음나찰이 완전히 제 힘을 찾을 시간이었다. 피해가 더욱 클 수도 있다는 말이다.

그러나 연녹천은 고개를 저었다.

"상관없다. 어차피 제자만 구출하면 될 테니까. 상부에는 화산의 제자를 최우선으로 하기 위해 어쩔 수 없었다고 보고하면 그만."

"흐음. 알겠습니다."

"공격은 화산의 연락을 받고 시작한다."

수하는 고개를 끄덕이고는 자리를 벗어났다.

*　　　*　　　*

청명은 하루 꼬빡 그림자에게서 시달리고 있었다. 온몸을 경직시킨 채로 끙끙대는데, 그 모습에 질린 혈음나찰이 인상을 찌푸렸다.

'도대체 잠만 들었다 하면 왜 저 모양이지?

"어이, 이봐! 그런다고 내가 살려줄 것 같아?"

하지만 청명에게서는 대답이 없었다.

그는 지금 지옥을 경험하고 있었다. 수많은 악귀가 그를 잡아 지옥 불에 던져 넣고 건지기를 반복했으며, 때로는 거대한 구렁이가 그의 몸을 옥죄고 목을 물기도 했다. 하지만 끝끝내 청명은 굴복하지 않았다.

멀리서 그 모습을 지켜보던 그림자가 결국 환상을 바꿔 버렸다.

218

─이래도 내 말을 거역하나 보자!

말과 함께 징그러웠던 지옥이 사라졌다.

순간 청명은 두 눈을 동그랗게 떴다.

놀라운 일이었다. 화산파인데, 어린아이가 검술을 펼치고 있었고, 그 주위로 도인들이 손뼉을 치며 구경하는 광경이 펼쳐져 있었던 것이다.

'저, 저건!'

그였다.

어릴 때의 청명, 수많은 노도사들의 칭찬을 들으며 그들 앞에서 무공을 펼치는 모습은 잊으려야 잊을 수가 없는 것이었다.

'저때는 좋았는데……'

멀리서 지켜보던 자신도 기분이 흡족해지고 있었다. 말똥말똥한 눈망울에 배운 신법을 밟으며 검법을 펼치는 모습은 다시 생각해도 달콤한 꿀 같은 추억이었다. 하지만 시간이 지나자 웅얼거리는 소리가 들리기 시작했다.

청명은 귀를 기울였다.

─나쁜 새끼!

─잘난 척 좀 작작하지!

―뒈져 버려!

'무슨 소리지? 누구야?'
그때 검은 그림자가 비소와 함께 입을 열었다.

―누구긴! 너 때문에 관심 밖이 되어버린 동료들이지. 저들
의 소리를 들어봐. 저들은 널 죽이고 싶어해.

청명은 멍하니 연무장 한쪽에서 시기와 질시의 시선을 던
지며 웅크리고 있는 같은 또래의 어린 제자들을 바라보았다.
'날 저 정도로 싫어했나?'

―말해 뭐 해? 크흐흐, 저 잘난 척 도사들에게 아양 떠는 모
습을 보라고. 넌 저런 놈이었어. 동료들의 밥그릇을 뺏는 그
런 놈. 그것을 즐기는 그런 놈.

'아, 아니야.'

―크흐홋, 다른 걸 보여줄까?

다시 장면이 바뀌기 시작했다.
청명은 놀랐다. 어린 그가 지나가는데, 비슷한 또래의 속가

제자가 부딪쳤다.

'내, 내가 저랬을 리 없어.'

어린 청명이 불쾌한 표정을 지으며 속가제자의 뺨을 때리더니 발로 걷어차기 시작했다.

—건방지게 어디다 부딪쳐?

앙칼진 목소리가 어린 청명의 입에서 튀어나왔다.

청명은 믿어지지 않았다. 으스대기는 했지만 저런 적이 없었다.

'저, 저건 내가 아니야. 뭔가 잘못된 거야.'

—잘못? 아무렇지도 않게 다른 녀석들을 짓밟았으니 기억도 나지 않겠지.

'닥쳐!'

청명은 발악했다. 그러자 다시 장면이 바뀌는데, 몸이 굳을 수밖에 없었다. 어두운 감옥에 수많은 도사가 그를 중심으로 서 있었던 것이다.

한데, 그들의 눈빛에 원한과 분노가 그대로 전달되고 있었다. 그리고 그들은 서서히 청명에게 접근하더니 손을 들어 목을 조르기 시작했다.

수십 개의 손에 목을 졸리자 갑자기 숨이 턱 막히며 몸에 힘이 빠지기 시작했다. 바둥거리며 반항을 해보았지만 소용이 없었다.

―죽어! 죽어!
―너 같은 놈은 죽어야 해!

도인들은 끊임없이 청명의 목을 졸랐다. 경전이라도 외는 듯 중얼거리는 목소리에 귀가 터질 것처럼 아파왔다.
그는 급히 귀를 틀어막았다.
'그만 해! 그만!'

멀리서 그를 지켜보던 그림자가 이죽거렸다.

―나를 받아들여. 그러면 저들을 죽여주마. 네가 하고 싶은 대로 뭐든 가능하게 해주지. 자, 내 손을 잡아!

말과 함께 그가 손을 내밀었다.
하지만 청명은 끝내 그의 제안을 거절했다.
'안 돼, 안 돼!!'
그림자가 노성을 터뜨렸다.

―이놈!

동시에 환상이 사라지더니 그림자는 어김없이 청명의 목을 조르기 시작했다. 도인들의 조름과는 차원이 다를 정도로 강력한 힘이었다.

청명의 두 눈이 붉어지는 것도 순식간. 눈이 튀어나올 듯한 고통에 눈까지 절로 감겨졌다.

―죽어! 너 같은 놈은 죽어야 해! 실속없이 착한 척하는 놈들은 목을 잘라야 해.

청명은 조르는 손을 잡아 밀쳐 내려 했다. 하지만 여느 때와 달리 그 힘이 상상을 초월하고 있었다.

순간 정신이 아득해졌다.

꿈이라는 것을 알고 있는데, 꿈속에서도 잠이 들 수 있을까?

'이대로 죽는 건가?'

그럴지도 모른다는 생각이었다. 아니면 최면술록에 있는 말처럼 마성에 사로잡히는 과정일지도……

갑자기 어린 시절이 주마등처럼 스치고 지나가기 시작했다.

그런데 그때였다.

최면술록에 저술되어 있던 것과 혈음나찰의 말이 겹쳐서 떠올랐다.

자신을 이겨야 하며, 분노를 조절해야 한다는 것.

'내가 왜 이러지? 이건 내 꿈인데……'
번쩍!
생각과 함께 눈을 떴다. 그러자 흉흉한 빛을 발하는 검은 그림자의 붉은 눈빛이 들어왔다.

—착한 놈은 죽어야 해! 크흐흐, 오늘로서 끝이다. 죽어!

그림자는 여전히 욕설을 퍼부으며 그렇게 저주하고 있었다.
그런데 편했다. 저주하는 목소리가 그리 거부감이 들지 않는 것이다.
탁!
청명은 다시 그림자의 손을 잡아 힘으로 밀어내기 시작했다. 그런데 마음의 변화가, 효과가 있는 모양이었다. 검은 그림자의 손이 떨리더니 청명의 힘에 못 이겨 점점 벌어지고 있었다.

—이놈! 죽어! 그냥 죽어버려!

말과 함께 그림자는 흐물흐물거리며 징그러운 청명의 모
습으로 변하기 시작했다. 하지만 청명은 그조차 거부감이 들
지 않았다.

오히려 피식 웃음이 흘러나왔다.

순간 혀를 길게 늘어뜨린 청명, 검은 그림자가 인상을 찌푸
렸다.

―뭐, 뭐냐?

'오늘로 끝내자!'

힘껏 잡은 손을 뿌리쳤다. 그리고 이어,

쉬이익!

재빨리 손을 놀려 징그럽게 일그러진 청명의 목을 한 손으
로 틀어쥐었다.

―왜 이래? 넌 날 죽일 수 없어. 넌 착한 청명이야. 빌어먹
을 정도로 착한 놈이지. 크흐흐, 어디 죽일 수 있으면 죽여봐.
난 너야. 너를 죽이고 싶으면 죽여봐. 죽일 수 없을걸!

혀를 빼문 청명은 비소를 머금었다. 그런데 청명의 입가에
도 비소가 서렸다. 그것을 확인한 징그러운 청명의 눈빛이 약

간 흔들렸다.

―서, 설마?

청명은 고개를 끄덕였다, 여전히 비소를 머금은 채.
'잘 가!'
푸직!
손에 힘을 주자 혐오스런 청명의 얼굴이 끊어지더니 바닥을 나뒹굴었다. 너무 힘을 줘 조른 탓이었다.
청명의 얼굴은 데굴거리며 바닥을 몇 번 굴러 검은 그림자의 형체로 돌아갔다.
그가 믿을 수 없다는 표정으로 경악하며 떠듬거렸다.

―이럴 수가! 자신을 죽이다니. 미친 게냐?

청명은 대답없이 걸음을 옮겼다. 그림자의 머리가 있는 곳이었다.
그는 지척까지 다가가 그 머리를 발로 밟았다.
꽈직―!
둔탁한 소음과 함께 검은 그림자의 머리가 그대로 터져 버렸다. 이내 연기가 되어 사방으로 퍼지는데, 그것을 보며 청명이 한마디 했다.

‘넌 실수했어.’

피식 웃으며 말을 이었다.

‘나도 그리 착한 놈은 아니야!’

순간 괴성이 터져 나오기 시작했다.

끼오오오오오오ー!

연기가 뭉치며 만들어지는 소리, 귀를 찢을 듯한 소리였다. 하지만 청명은 그대로 서 있었다. 귀를 틀어막을 생각도 하지 않았다.

이제야 알 수 있었다. 꿈속에서는 무엇이든 자신의 의지로 변한다는 것을!

그것은 최면도 마찬가지다.

그간 왜 할 수 있을 것이라 생각했을까?

왜 가능하다고 생각했을까?

할 수 있는 것도 아니고, 가능한 것도 아니었다. 지금 생각해 보면 당연히 되는 그런 것이었다. 노력할 필요도 없는 것이다.

사방을 가득 메운 연기는 여전히 괴성을 자아내며 뭉치고 있었다. 그리고 주먹만 하게 줄어들었을 때, 갑자기 청명의 입과 코로 빨려 들어가 버렸다.

그제야 청명은 탈진해 쓰러졌다.

‘꿈속에서도 잠을 잘 수가 있구나!’

그는 그대로 단잠에 취했다. 언제인지 모를 아주 오랜만의 단잠이었다.

헛소리까지 하다가 갑자기 쥐죽은 듯 조용해진 청명을 보며 혈음나찰이 고개를 갸웃거렸다.

'종잡을 수 없는 놈이군!'

하지만 신경 쓸 필요는 없었다. 이젠 조금만 더 하면 완전히 내력이 돌아올 것 같았기 때문이다.

그는 다시 가부좌를 틀고 앉아 운기조식에 들어갔다.

그렇게 한 시진 정도가 지났을까?

혈음나찰이 번뜩 눈을 떴다. 그리고는 지어지는 미소.

돌아와 있었다. 어느 순간 전신에 진기가 소용돌이치더니 예전의 폭발할 것 같았던 힘이 느껴지기 시작했다.

순간 그가 손을 앞으로 뻗었다. 그러자 푸른 광채가 뻗어나가더니 벽에 부딪쳐 굉음을 자아냈다.

쾅―!

관제묘 전체가 흔들리며 흙더미가 떨어져 내렸다.

"크하하하하하!"

광인의 그것 같은 대소가 터져 나왔다.

"이젠 피해 다닐 이유가 없지."

주먹을 불끈 쥔 그였다. 동시에 전신에서 사악한 기운이 뭉게뭉게 피어올라 그를 감싸 안았다.

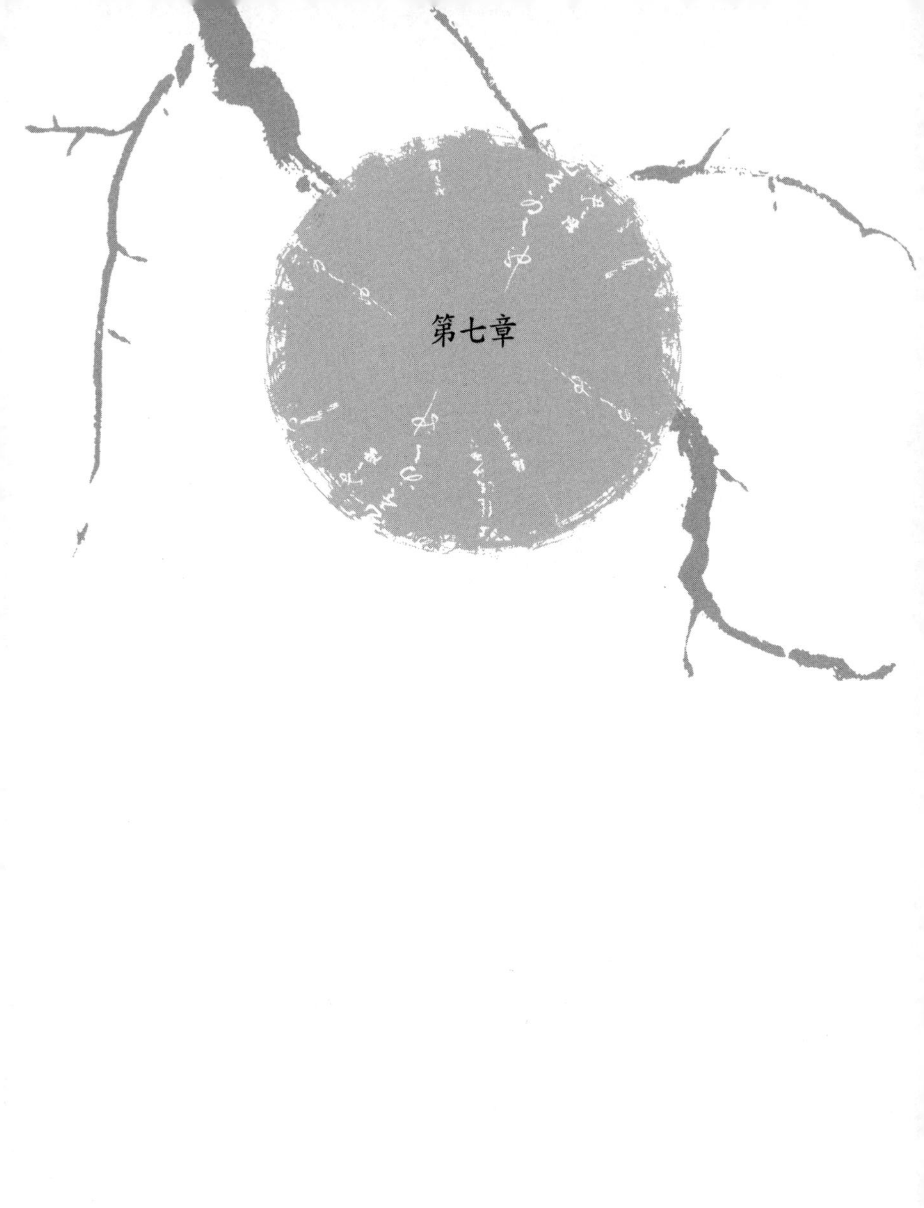

第七章

第七章
핏빛 달, 살인의 밤

혈음나찰은 미동도 없는 청명을 허리에 끼고 관제묘 밖으로 나왔다.

때는 보름달이 뜬 밤. 풀벌레 소리가 사방에서 울려 퍼졌고, 신선한 바람은 그들의 전신을 훑어주고 있었다.

혈음나찰은 주위를 한번 둘러보았다. 아무도 없는 정적이 주변을 맴돌았다.

하지만 그는 분명히 누군가가 있다고 생각했다. 그의 감각으로도 찾을 수 없는, 몸을 은둔하는 데 절정의 실력을 갖춘 미행자가 있다는 생각이었다.

그래서 보라는 듯 청명의 목을 잡아 들어올렸다.

축 늘어진 청명은 여전히 요지부동, 하지만 혈음나찰은 상관하지 않고 주위를 향해 외쳤다.

"셋을 셀 때까지 나오지 않으면 이 녀석을 죽이겠다."

그때였다.

스스슥!

갑자기 미비한 경풍이 불어 닥치더니 옆 나무숲이 흔들리기 시작했다. 그리고 동시에 십여 명의 인영이 혈음나찰을 향해 급속히 거리를 좁혀들었다.

순간 혈음나찰의 인상이 찌푸려졌다. 검을 앞세우며 득달같이 달려드는 모습이 인질의 안전 따위는 상관없는 듯했기 때문이다.

"매정한 놈들이군!"

그는 조소를 머금고는 청명을 바닥에 팽개쳤다. 인질로서의 값어치가 없는 녀석이니 들고 있을 필요가 없었다.

"모두 죽여주마!"

일갈과 함께 그는 달려드는 무사들을 덮쳐 갔다.

"크아악!"

비명성을 마지막으로 장내가 조용해졌다. 그것을 멀리서 지켜보던 연녹천은 답답한 한숨을 토해냈다.

예상은 했었지만 이 정도까지 피해를 당할 줄 몰랐다. 피해가 크더라도 제압할 수는 있을 줄 알았는데, 혈음나찰에게 상처 하나 입히지 못했던 것이다.

순간 화산파가 원망스러웠다.

그들의 답신을 받았을 땐 어이가 없었다.

계획이 틀어졌으니 제자의 안위를 먼저 살필 줄 알았는데…….

그전이야 강호의 안녕이니 화산의 명예니, 하는 따위의 이유가 있었지만 이젠 그것조차 사라졌지 않은가!

한데, 답장에는 이렇게 적혀 있었다.

강호의 마두 혈음나찰과 결탁한 첩자, 청명은 그의 도주를 도와 함께 화산을 빠져나갔으니, 어찌 화산파가 평안하겠소. 맹에도 공식으로 알릴 것인 바, 그들의 척결에 만전을 기해주시오.

'마교의 첩자?'

실소가 쏟아져 나왔다. 화산파는 그들의 제자, 청명을 혈음나찰을 도운 마교의 첩자로 공식 발표한 셈이었다.

하긴, 그럴 수밖에 없었을지도 모른다.

화산의 명예와 발전을 위해 어린 제자를 미끼로 던진 셈이니, 그것을 숨기고 싶었을 것이다.

아주 극비리에 행해진 일이었기에 그렇게까지 할 필요가 없었지만, 연녹천의 생각으론 그 극비가 화산파에 퍼졌으리란 조심스런 추측을 할 수 있었다.

그렇다면 이해가 간다. 장문인의 주도 하에 화산파의 제자가 희생되었다는 유쾌하지 못한 소문을 잠재워야 했을 테니까.

다른 제자들의 동요를 막을 수단으로 청명을 제물로 바친 것이 분명했다.

연녹천은 고개를 절레절레 저으며 뒤에서 대기 중인 화산파의 도인에게 명을 내렸다.

"삼차 작전까지 시행해야겠소. 준비해 주시오."

화산파의 도인이 고개를 끄덕이며 사라졌다. 동시에 연녹천이 수하에게도 명했다.

"매복 중인 녀석들에게 실수없도록 다시 당부해라."

"존명!"

대답과 함께 수하도 자리를 벗어났다. 그때 연녹천은 다시 혈음나찰을 바라보았다.

'이번에도 걸려야 할 텐데……'

뚜두둑!

목뼈가 부러지며 화산파의 도인이 고개를 떨구었다. 그대로 절명한 탓이다.

하지만 혈음나찰은 광분된 몸짓을 멈추려 하지 않았다. 죽어버린 도인을 집어 던지고는 미친 듯이 날뛰며 남은 도인들을 향해 달려들기 시작했다. 그러니 화산파의 도인들로서는 막기가 버거울 수밖에 없었다.

온몸을 피로 덮어쓴 혈음나찰은 악귀와 같았다.

결국, 삽시간에 절반이 쓰러지자 화산파의 도인들은 퇴로를 확보하며 물러나기 시작했다. 계획대로라면 조금 더 시간을 끌어야 했지만, 그랬다가는 전멸에 가까운 타격을 받을 것이 분명했기 때문이다.

"어딜!"

혈음나찰은 놓칠 수 없다는 듯 화산파의 도인들을 뒤쫓아 몸을 날렸다.

그렇게 한참을 추격했을까!

"뭐지?"

갑자기 그의 코로 매캐한 냄새가 풍겨왔다.

혈음나찰의 인상이 찌푸려졌다.

익숙한 냄새였다.

'천근독?'

하지만 독을 썼다면 앞서 달리고 있는 화산파의 도인들은 뭘까?

진짜 천근독이라면 도인들도 중독되어야 하지 않은가!

'천근독일 리 없지.'

생각을 끝으로 그는 더욱 속력을 냈다. 한데, 머릿속을 스치는 생각이 있었다. 천근독에도 해약이 있다는 것. 그리고 그 해약을 적들이 가지고 있다는 것이었다.

해약을 적들이 가지고 있다면 굳이 중독되는 것을 걱정할 필요가 없을 것이다.

'이런!'

혈음나찰은 급히 몸을 돌렸다. 다행히 천근독의 경우, 냄새를 맡아 중독되기까지 상당 시간이 걸린다. 빨리 벗어난다면 중독을 면할 수도 있었다.

그런데 그때껏 도망치기만 하던 도인들이 뒤돌아 쫓아오기 시작했다.

엎친 데 덮친 격으로 양 숲에서 오십여 명의 무사가 기습을 가해와 그의 움직임을 방해했다.

"빌어먹을 놈들!"

순간 화가 머리끝까지 치민 그는 다가오는 무사들에게 십여 개의 장력을 날린 후, 급히 빈 공간을 찾아 다시 달렸다. 하지만 속도가 점점 느려지고 숨이 차 오른다는 것이 문제였다.

천근독의 약효는 상당히 빠르다. 중독되기까지의 시간은 오래지만, 한 번 중독되면 그 효과가 몸에 퍼지는 시간은 일각이었다.

'중독됐어.'

혈음나찰은 확신할 수 있었다. 이미 한 번 중독되어 봤기에 그 증상을 누구보다 잘 알고 있었다.

"젠장!"

욕설과 함께 급히 주위를 둘러보았다. 그때 청명이 눈에 들어왔다.

'도박을 해보는 수밖에.'

생각을 끝으로 그는 청명에게 다가가 목을 틀어쥐었다.

이상하게 적들이 인질에 대해 신경 쓰지 않는다는 생각이었지만, 지금 더운물 찬물을 가릴 처지가 못 됐다.

그냥 당할 수는 없다는 생각이었던 것이다.

"더 이상 다가오면 이 녀석을 죽이겠다."

역시 적들의 반응은 예상을 빗나가지 않았다.

쉬이익!

날카로운 검기가 솟구치며 검 하나가 그의 가슴을 노리고 들어왔다.

혈음나찰은 급히 청명을 돌려 방패로 삼았다. 그러자 검이 주춤거리며 검로를 틀었다. 그래도 화산파의 제자를 죽일 수는 없는 모양이었다.

거기에 힘을 얻은 혈음나찰이 이번에는 청명을 몸 앞에 바싹 붙여 위협적인 자세를 취했다. 그것을 바라본 연녹천이 앞으로 나섰다.

"이미 끝났다는 것을 왜 모르는가! 어서 그를 풀어주고 결박을 받아라."

"닥쳐라!"

혈음나찰은 일갈을 터뜨리며 청명의 관자놀이에 손을 옮

졌다. 조금만 움직이면 바로 청명을 죽이겠다는 표시였다.

그간 잃었던 수하들을 생각한 연녹천은 결연한 표정을 지었다.

'되도록 살리고 싶었다만……'

화산파에서 청명을 마교도로 주장했으니 죽이는 것이 당연하겠지만 조금 꺼려진 것이 사실. 하지만 여기까지 와서 혈음나찰을 놓아줄 수는 없었다.

그때 천근독을 해독한 화산파의 도인들이 장내로 끼어들었다.

연녹천은 그들 중 선임에게 눈짓을 보냈다. 그러자 중년 도인이 고개를 끄덕이며 혈음나찰을 향해 외쳤다.

"무림을 피로 물들인 마두와 그 제자를 없애려는 바, 순순히 목을 내준다면 극락왕생을 빌어줄 것이오. 그렇지 않으면 귀천을 떠돌리라!"

"뭐?"

혈음나찰의 인상이 구겨졌다. 이어 실소를 머금으며 청명을 바라보았다.

'제자? 이놈이?'

무슨 소리를 하는지 알 수가 없었다. 왜 갑자기 인질이 자신의 제자가 되어야 하는지 모를 일이었다.

하지만 분명한 것 하나가 있었다. 이유는 알 수 없지만 청명이 인질로서의 가치가 적들에게는 인정되지 않는다는 점이었다.

난감할 수밖에 없었다.

"하하하! 무슨 소리를 하는지 모르겠군. 이놈이 왜 내 제자라는 말이냐?"

말을 하며 그는 기회를 엿보기 시작했다. 그러나 겹겹이 에워싼 포위망은 좀처럼 빈틈을 찾기 어려웠다.

그것을 알아차린 모양. 화산파의 도인들이 시간을 주지 않고 그를 향해 덮쳐들었다.

'어쩔 수 없지. 한 놈이라도!'

발악처럼 외쳤다.

"저승길 동반자로 삼아주마!"

기합처럼 터져 나오는 외침은 전신에 내력을 불어넣었다.

용기백배. 갈 길이 정해지자 오히려 힘이 솟는 혈음나찰이었다. 천근독 때문에 절반 이상의 내력이 상실된 상태였지만 상황이 상황인만큼 그것으로 만족했다.

휘리릭!

청명의 어깨를 잡아 정면으로 달려드는 도인들을 향해 던졌다. 동시에 뒤로 공격해 오는 도인들에게 몸을 날리고, 검영을 피해 손을 찔러 넣었다.

퍼퍼퍽!

순식간에 수십여 개의 잔영이 막처럼 퍼지자 다섯 명의 도인이 그대로 쓰러져 나갔다. 멈추지 않은 혈음나찰은 몸을 돌려 쓰러져 가는 청명의 어깨를 밟고 뛰어올라 도인들과 공중에서 섞였다.

검과 권각이 허공을 수놓고, 동시에 도인들이 바닥으로 곤두박질을 쳤다. 하지만 혈음나찰도 무사할 수는 없었다. 몸여기저기에 검상을 입어야 했던 것이다.

"크윽!"

내력은 급속도로 줄어가고 있었다.

한 놈이라도 더 죽여야 속이 시원할 것 같았기에 그는 급히 다른 도인들을 향해 몸을 날렸다.

'뭐, 저런 놈이 다 있지?'

멀리서 치를 떨던 연녹천이 무사들을 향해 외쳤다. 화산파의 도인들은 한 명을 제외하고는 모두 쓰러져 있기 때문이다. 남은 한 명도 부상을 당해 오래 버티지 못할 것이 분명해 보였다.

화산파 특유의 매화검진 때문에 자칫 서로 상하지 않을까 해서 나서지 못했지만 더는 지켜만 볼 수 없다는 판단이었다.

"쳐랏!"

명과 함께 무사들이 달려들기 시작했다. 연녹천도 직접 장내로 뛰어들었다. 혈음나찰과의 싸움보다는 남은 한 명의 도인을 돌보기 위해서였고, 어렵지 않게 구해낼 수 있었다.

하지만 도인은 이미 혈음나찰의 장기인 연혼흑마장(練魂黑

魔掌)을 받아 한쪽 어깨가 부서진 후였다.

급히 살이 썩는 것을 막기 위해 점혈을 하고 장내를 바라보았다.

아니나 다를까, 천근독에 당했음에도 여전히 혈음나찰은 미친 듯 광분하고 있었다. 온몸에 검상을 입은 상태에서도 그냥 죽을 수 없다는 듯 맹의 무사들을 몰아붙이는 모습은 전율 그 자체였다.

'역시 화경의 고수란!'

다시 한 번 부러움과 질시를 느꼈다. 그런데 그 감정도 널브러진 시체에 섞여 있는 청명을 바라보고는 사라졌다. 그가 슬며시 자리에서 일어서고 있었던 것이다.

순간 연녹천은 흠칫했다. 완전히 상체를 일으킨 청명. 한데, 눈에 초점이 사라져 있었다. 제정신이 아님이 분명해 보였다. 그리고 왠지 모를 괴이한 기운이 느껴져 소름 끼쳤다.

'뭐지?'

생소한 느낌에 그는 어찌해야 할지 잠시 고민하기 시작했다. 화산에서 마교도라 인정했으니 죽여야겠지만, 자신의 손을 더럽힐 수는 없다는 생각 때문이다.

'사로잡아 화산에 넘기면 되겠지.'

생각과 함께 혈음나찰의 퇴로를 차단하기 위해 장내를 둘러싸고 있는 무사들을 향해 손짓했다.

"결박해라!"

두 명의 무사가 고개를 까딱거리고는 청명을 향해 몸을 날렸다. 그런데 놀라운 일이 벌어졌다. 무사에 의해 청명의 어깨와 팔이 꺾이는데, 순식간에 청명이 무사의 손에서 빠져나오더니 그의 정강이를 가격했던 것이다.

뚜둑!

간단히 친 것처럼 보였는데, 놀랍게도 무사의 발이 기이할 정도로 꺾여 있었다.

부지불식간 당한 일이라 무사의 비명은 쓰러지고 난 후에 터져 나왔다.

“크아아악!”

“이, 이놈이!”

남은 무사가 검을 뽑아 들었다.

그때 청명의 고개가 그에게 향했다. 그 때문에 막 검으로 찌르려던 무사의 동작이 잠시 멈칫거렸다. 그리곤 입을 벌리며 경악한 표정을 지었다.

청명의 모습이 소년이라 할 수 없을 정도로 괴상했던 것이다. 눈이 돌아가 있어 검은 동공은 사라져 있었고, 입에서는 괴음이 타액과 함께 조금씩 흘러나오고 있었다. 한데, 정작 놀라운 일은 따로 있었다.

“아, 아버지?”

조화라면 조화라고 할 수 있었다. 아니면 헛것이 보였을 수도 있다고 생각했다.

갑자기 몇 해 전 죽었던 아버지의 모습이 청명과 겹쳐진 것은 우연일까!

움찔하며 무사가 훌쩍 뒤로 물러섰다. 제압할 생각도 못하고 청명을 멍하니 바라만 볼 수밖에 없었다. 그때까지 청명은 그의 아버지로 보이고 있었다.

청명은 뒤뚱뒤뚱거리며 정면을 향해 걷기 시작했다. 공교롭게도 혈음나찰과 무사들이 엉켜 있는 곳으로였다.

"뭐 하고 있느냐? 어서 제압해라!"

연녹천의 물음에 무사가 고개를 절레절레 흔들었다.

명을 거부하겠다는 것인지, 제압할 수 없다는 것인지 모를 애매모호한 반응이었다.

연녹천의 인상이 구겨질 수밖에 없었다. 하지만 채 뭐라 입을 열기 전에 그 또한 경악해야 했다.

"저, 저런……."

청명이 혈음나찰을 향해 곧장 다가가고 있는데, 거치적거리는 무사 한 명을 향해 주먹을 휘둘렀다.

퍽!

"크윽!"

옆구리를 맞았기에 신음도 제대로 낼 수 없는 모양이었다. 무사의 입에서 답답한 신음이 터져 나오더니, 그대로 충격을 떠안고 오 장이나 날아가 바닥을 굴렀다.

돌연한 그의 개입에 혈음나찰을 몰아붙이던 맹의 무사들

이 본능적으로 뒤로 물러서며 포위를 풀었다.

혈음나찰이 씨익 미소를 지었다.

"도움이 될 때도 있구나!"

왜 도와주었는지는 알 수 없었지만 그나마 다행이었다.

하지만 지금부터가 문제. 순간, 내력을 돌려보자 내력이 현저하게 떨어져 있었다.

그는 포위망을 구축하고 있는 곳 중 가장 취약해 보이는 곳으로 시선을 돌렸다. 그런데 그때였다.

쉬이익!

청명의 몸이 순식간에 혈음나찰에게 쏘아져 왔다.

놀란 혈음나찰이 급히 몸을 숙였다. 그러자 주먹이 그의 머리카락을 스치고 지나갔다.

혈음나찰이 경악했다. 숙여진 고개 밑으로 잘려 나간 머리카락이 떨어져 내렸던 것이다. 그것은 주먹에 상당한 경기가 실렸다는 것을 뜻했다.

"놈!"

분노를 느낀 그가 청명을 향해 살기를 드러냈다. 하지만 청명의 표정에는 변화가 없었다. 타액으로 번들거리는 입가가 비소로 뒤틀려 있을 뿐이었다.

"죽어!"

말과 함께 청명의 손이 다시 움직였다.

혈음나찰이 급히 주먹을 뻗었다.

타타타탁!

순식간에 권과 장, 그리고 장과 권이 허공을 격하며 둔탁한 소음을 자아냈다. 놀라운 일은 그런 중에도 혈음나찰이 밀리기 시작한다는 것이었다. 아무리 상당한 내력을 상실했다지만 혈음나찰은 화경의 고수!

그런 그가 어린 소년에게 밀린다는 것은 치욕이었다.

"빌어먹을!"

욕설을 뱉은 그는 천근독이 몸에 퍼지는 것을 억제하기 위해 갈무리했던 기운을 한 번에 터뜨렸다. 그런데 청명의 눈빛이 번뜩거리는 것을 목격했다.

순간 혈음나찰이 몸을 떨며 두 눈을 부릅떴다.

"교, 교주님!"

천신교의 교주, 마천대제가 그의 눈앞에 뒷짐을 지고 서 있었다.

"어, 어떻게……."

교주는 눈빛으로 무릎을 꿇어라 말하는 듯했다.

혈음나찰은 감히 거부하지 못하고 그대로 무릎을 꿇었다. 그 때문에 주위를 관망하던 맹의 무사들이 어이없다는 표정을 지었다. 갑자기 거대한 기운을 뿜어내던 혈음나찰이 청명 앞에서 무릎을 꿇는 모습을 이해할 수가 없는 탓이었다.

그들은 멍하니 청명을 바라보았다. 알 수 없는 기운이 그의 몸 밖으로 끊임없이 흘러나오는 것을 느낄 수 있었다.

“왜 저러지?”

연녹천 역시 황당한 빛을 드러내고 있었다. 그때 청명은 지체하지 않고 바닥에 떨어져 있던 검 하나를 주워 들었다. 그리고는 무릎을 꿇고 고개 숙인 혈음나찰을 향하더니 그대로 손을 썼다.

스팟!

검은 날카롭게 혈음나찰의 목을 갈랐다.

희대의 마인. 무림에 숱한 피바람을 일으킨 장본인의 죽음치고는 허무하기 짝이 없었다. 저항 한번 하지 못하고 목을 내줘 버린 것이다. 그것도 어린 소년에게……!

투르륵!

혈음나찰의 목이 바닥에 떨어져 몇 바퀴 굴렀다.

그것을 바라보던 청명이 괴소를 터뜨리더니 발로 머리를 밟아 터뜨려 무사들을 경악시키고는 그대로 걸음을 옮기기 시작했다.

초점없는 눈은 그대로인데, 걸음은 비틀대면서도 직선을 향하고 있었다. 포위망을 구축하고 있던 무사들이 있는데도 멈출 생각을 하지 않았다.

청명이 다가오자 무사들이 연녹천에게 시선을 주었다. 어떻게 해야 하냐고 묻는 것이다.

잠시 생각하던 연녹천이 부상당한 도인을 바라보며 물었다.

“그냥 보내겠습니다.”

도인은 아무 말도 하지 않았다. 사실 정신이 혼미한 상태라 판단 능력이 없기도 했다.

“길을 열어라!”

명이 떨어지기 무섭게 포위망에 구멍이 뚫렸다. 청명은 그 사이를 비집고 투벅투벅 걸어갈 뿐이었다.

“저대로 보내도 괜찮겠습니까? 화산파에서 문제를 제기할 수도 있습니다.”

걱정스러운 표정으로 묻는 수하의 말에 연녹천은 고개를 저었다.

“우리의 지시는 혈음나찰을 척살하는 것이다. 저 아이의 신변은 화산이 처리할 터. 화산파의 사정에 참견할 필요는 없지.”

말과 함께 그는 어둠 속으로 사라져 가는 청명을 관찰했다.

‘도대체 어떻게 된 거지?’

혈음나찰을 쉽게 제압했던 것이 아직도 믿어지지 않는 그였다. 그리고 그가 마지막으로 했던 말은 더 더욱 이해가 되질 않았다.

‘교주님?’

하지만 한 가지는 확실했다. 혈음나찰이 마교도라는 것이다.

“진인을 치료하고 화산파까지 배웅해라. 나머지는 시신을 수습한 후, 맹으로 돌아간다."

마지막으로 그가 한 가지를 덧붙였다. 혹시나 해서였다.

"진영, 너는 저 아이를 은밀히 미행해라."

"언제까지……!"

"화산파로 간다면 돌아와도 좋다. 그게 아니라면 특별한 지시가 있을 때까지 미행하며 보고해라."

"존명!"

진영이라 불린 무사가 급히 몸을 날렸다.

*   *   *

몸이 나른했다.

하지만 나른한 몸을 이끌고 가야 할 곳이 있었다.

편안한 안식을 주는 집.

화산파였다.

그래서 청명은 끊임없이 화산파가 있는 섬서성을 향해 길을 재촉했다.

다행히 나른한 몸과 달리 기분은 상쾌했다. 편안한 단잠 후, 느낄 수 있는 그런 느낌이랄까!

악몽을 이겨냈다는 것에서 느껴지는 성취감 때문일 수도 있을 것이다.

하지만 약간의 불쾌감도 있는데, 그것은 꿈속에서 자는 도중에 혈음나찰의 꿈을 꾸었다는 점이었다.

그를 죽이고 맹의 고수들을 뚫고 나오는 꿈이었다. 하지만 단지, 그것 때문에 불쾌한 것은 아니다. 아련히, 어둠 속에서 편안한 단잠을 자고 있을 때 그를 깨운 소리가 뚜렷이 기억나지 않는다는 것이 불쾌했다.

무슨 소리였을까?

기억을 더듬어 본다면 청명 자신에게 누군가가 마교도라고 했던 것 같기도 했다.

그 소리에 눈을 떴고 혈음나찰의 환상이 펼쳐져 있었다. 혈음나찰을 포위하고 공격하는 환상, 그리고 그 곁을 맴도는 자신!

'혈음나찰은 어떻게 됐을까?

문득 궁금증이 일었다.

왠지 꿈이 사실은 아니었을까 하는 생각도 들었다. 하지만 깨어보니 자신은 풀숲에서 자고 있지 않았던가!

그에게서 도망치기 위해 최면에 모든 것을 걸었던 것인데…….

'가보면 알겠지!'

화산에 도착하면 모든 사실을 알 수 있을 것이란 판단이 섰다.

생각과 함께 그는 더욱 걸음을 재촉했다.

일이 성공했는지 아닌지는 알 수 없었다. 하지만 자신에게 주어진 임무는 충실하게 이행한 셈이었다.

"훗!"

청명은 갑자기 미소를 지었다. 차갑던 사부의 '잘했다'라는 말이 미리 들리는 듯했다. 왠지 으쓱한 기분이 느껴지는 것은 어쩔 수 없었다.

누가 누구를 벌하는가

청명이 화산에 도착하기까지는 한 달 하고도 보름이라는 긴 시간을 필요로 했다. 혈음나찰의 경공술 때문에 화산에서 상당히 멀어진 탓이었다.

하지만 그가 걷기만 했던 것은 아니다.

그는 최면에 대해서 게을리 하지 않았다.

혈음나찰과 있는 동안 얻었던 깨달음과 그 이후 악몽을 이겨내면서 얻어진 깨달음을 각인시키고 나름대로 계속 수련했던 것이다.

길을 가면서도 그 생각뿐이었고, 쉴 때나 잠을 잘 때는 생각했던 것을 실천에 옮겨보기도 하며 수련에 열중했다.

그러던 중에 놀라운 사실을 발견할 수 있었다.

그의 예상대로 진원지기를 끌어다 쓸 수 있게 되었는데, 생각 외로 진원지기의 힘은 상당하다는 것이었다.

끝없이 용솟음치는 진원지기의 힘은 단전에서 오는 것이 아니라 전신에 퍼져 있다는 것도 알아낼 수 있었다. 정확히 그것을 무공에 접목시켜 보지는 않았지만 화산에 돌아가면 체계적으로 수련해 볼 생각을 할 수 있게 되었다.

하지만 단점도 존재했다.

하나는 자의최면에 빠졌다가 풀려났을 때, 어지럼증이 느껴지며 살심이 일어난다는 것. 그리고 최면에 빠졌을 때의 상태가 부분적으로만 기억난다는 것이었다. 하지만 기억에 대한 문제는 자주 수련하자 완전히 해결할 수 있었다.

남은 하나는 바로, 시간이었다.

진원지기를 사용했을 때, 그 시간이 일각 정도만 유지된다는 것이었다. 그것은 진원지기가 다한 것이 아니라, 일각 이후에 최면이 풀려 버린다는 것이 이유였다.

청명으로서는 가장 아쉬운 부분이었다.

풀리면 다시 걸 수도 있겠지만 그게 그리 쉽지 않다는 것이 아쉬울 수밖에 없었다. 한 번 거는 것에는 무리가 없지만, 풀린 이후에 다시 최면에 빠지기까지는 상당한 집중력을 필요로 했던 것이다.

청명은 그것을 '최면의 중독성' 이라 정의 내렸다.

한 번 최면에 빠지게 되면, 그 순간의 감각이 유지되지만 풀린 이후, 연이어 최면에 빠지기 위해서는 처음보다 더 큰 자극이 필요하다는 것이 중독성과 비슷하기 때문이다.

그렇다면, 해결 방법은 두 가지뿐이었다.

한 번 걸린 최면 시간을 오랜 시간 유지하는 방법과 연이어 최면을 걸 수 있게 다른 길을 찾아내는 길이었다.

전자는 수련으로 해결될 문제였고, 후자는 깨달음의 문제임이 분명했다.

청명은 화산으로 돌아가 몸을 돌본 후, 둘 다 해결할 생각이었다.

휘이잉ㅡ!

순간 뼈를 에일 듯한 강풍이 청명의 얼굴을 때렸다.

잠잠해졌던 찬바람이 또다시 그를 괴롭히는 것이다.

찬바람이 몰아치는 겨울의 화산은 붉은 단풍도 없는 앙상한 모습이었다.

온몸이 얼어붙고 걸음조차 떼기 어려운 추위, 하지만 그는 멈추지 않고 산을 올랐다. 한 번씩 견디기 힘들 때면 자의최면으로 진원지기를 사용해 몸을 달구는 그였기에 그리 힘들지만은 않았다.

그런 면에서 본다면 자의최면에 몇 번이고 빠질 수 있는 방법을 알아내는 것이 최면 시간을 늘리는 것보다 시급한 문제라 할 수 있었다.

“너, 너는?”

산문에 도착하자 입구를 지키던 도인들이 믿을 수 없다는 표정을 보였다.

구사일생으로 살아 돌아온 청명으로서는 조금 실망스런 반응일 수밖에 없었다. 조금은 환대해 주리라 생각했던 것이다.

한데, 이상한 생각이 스치고 지나갔다. 분명히 이번 일은 화산에서도 극소수만 아는 비밀. 그런데 입구를 지키는 도인이 그 일을 아는 듯하지 않은가!

‘인질이 되면서 알려진 건가?’

그런데 그게 아닌 모양이었다.

스르릉!

갑자기 다섯 명의 도인이 일시에 검을 뽑아 들었다.

청명의 두 눈이 경악으로 물들었다.

“왜, 왜 이러십니까? 청명입니다.”

도인 중 한 명이 매섭게 외쳤다.

“닥쳐라! 여기가 어디라고 찾아온 것이냐?”

“무, 무슨 소리입니까?”

대답은 행동으로 돌아왔다. 도인 두 명에 의해 그는 바닥에 업어진 채 뒤로 팔이 묶이는 처지가 되어야 했다.

결박당하는 중에도 청명은 부단히 외쳤다. 자신이 청명이라고, 무슨 이유 때문이냐고 묻고 또 물었다.

하지만 대답은 완전히 포박당하고서야 들을 수 있었다.

청명으로서는 상상도 못할 말이었다.

"아직도 네놈의 정체를 모를 것이라 생각했더냐?"

"정체……?"

"마교의 첩자가 감히 화산을 찾아오다니, 대담하구나!"

"……?!"

청명은 입을 떡 벌릴 뿐이었다. 아무 말이라도 해야겠는데 상황 판단조차 되지 않았기 때문이다.

그것을 인정한 것으로 여겼던 모양이다.

도인이 매섭게 외쳤다.

"이 녀석을 가두고, 장문인께 보고를 올려라!"

"알겠습니다."

비교적 젊은 도인이 급히 문 내로 몸을 날렸다. 그리고 남은 도인들에 의해 청명은 그대로 창고에 갇히는 신세가 되어야 했다.

"뭐?"

화산파의 장문인, 태영(太楹)의 눈빛이 순간적으로 흔들렸다. 하지만 그의 나이 벌써 아흔여덟, 일백 세에 가까운 삶의 고뇌와 역경을 경험한 셈이다.

이만한 일쯤은 순간적으로 다스릴 줄 아는 영악함을 지녔다 할 수 있었다.

나이만큼이나 풍부한 표정 관리는 누가 보더라도 확고했다. 심경의 변화를 전혀 비치지 않는, 장문인다운 풍모를 드러내는 것이다.

"정말이더냐?"

그의 물음에 도인이 고개 숙여 대답했다.

"태정당의 창고에 가둬둔 것으로 알고 있습니다."

장문인이 고개를 끄덕이자 도인이 조심스럽게 물었다.

"어찌할까요?"

"중대한 일이다. 우선 장로들을 소집하거라. 그들과 의논 후, 결정 내리리라."

말과 함께 그는 고개를 절레절레 저었다.

"무량수불! 어찌하여 이곳을 찾아왔는고……."

자조적인 말투에 괜스레 숙연해진 도인은 급히 방을 빠져나갔다. 이후, 화산파의 장로들이 장문인의 집무실로 속속히 몰려들기 시작했다.

하지만 결정은 쉽게 내려지지 않았다. 청명의 저의를 의심했던 탓이다. 하지만 정작 결정이 미뤄진 이유는, 이미 청명을 잡은 상태였기 때문이다.

화산파로서는 급히 매듭지을 필요가 없는 일인 것이다. 신중에 신중을 더해야 한다는 것이 여러 장로의 의견이었다.

아무것도 없는 어두운 창고!

청명은 음습한 실내의 공기가 싫었다.

하지만 그런 곳에서 벌써 삼 일째였다.

높이 달린 창살이 밝아지고 어두워지는 것의 반복으로 시간을 알 수 있었다.

그간 그를 찾는 이는 아무도 없었다. 기척으론 누군가가 문 앞을 지킨다는 것만 알 수 있었을 뿐. 식사도 들여오지 않아 배고픔까지 더해질 수밖에 없었다.

'밥을 줄 가치도 없다는 걸까?

하지만 왜?

알 수 없었다.

그러나 그런 것은 전혀 문제가 되지 않았다. 추위와 배고픔은 지금 그에겐 생각할 필요가 없는 고통이었다.

'무엇일까? 뭐가 잘못된 것일까?

생각은 꼬리에 꼬리를 물었다.

아무도 말해주지 않으니 답답해 미칠 것만 같았다.

도망이라도 치고 싶은 심정이 굴뚝인데……. 이유를 알아야 도망을 쳐도 칠 것이다. 잘못한 것이 없는데 도망칠 이유가 없었다.

분명 무언가 착오가 생겼을 거란 생각일 수밖에 없었다. 그래서 그는 기다리기로 마음먹었다. 도망친다면 정말 자신의 죄를 인정하는 꼴이 되기 때문이다.

그러나 불안했다. 삼 일간의 침묵은 충분히 그를 불안 속으로 빠뜨렸다.

웅크린 채 무릎에 고개를 파묻고, 잘될 것이란 중얼거림이 그가 할 수 있는 전부였기에 불안할 수밖에 없었다.

끼이익─!

열리지 않을 것 같은 문은 나흘째 되는 날 저녁에서야 괴음을 피우며 땅을 긁었다.

청명의 고개가 들리더니 급히 문 쪽으로 시선이 향했다.

거기에 두 명이 서 있었다.

순간 청명은 의아함을 드러냈다. 솔직히 놀랐다.

황색에 가슴에 심(心) 자를 수놓은 도복, 그것은 화산의 율법을 이행하는 정인당(正人堂)의 복장이었던 것이다.

말이 정인당이지 법의 경중을 따지고, 벌을 주는 집행부라 할 수 있었다.

"왜?"

대답은 없었다.

그들은 무표정으로 다가오더니 청명을 묶을 뿐이었다. 그리곤 그대로 청명을 끌고 밖으로 향했다.

"어떻게 된 일입니까?"

순간 도인이 인상을 찌푸렸다. 살기 서린 표정에 청명은 더 이상 물어볼 수가 없었다.

그렇게 끌려간 곳은 장문인의 집무실이 있는 건물 앞, 대연무장이었다.

연무장에 도착하자 장문인이 앉아 있고, 그 양옆으로 무시무시한 도인들이 양편에 일렬로 기립해 있었다.

구경하기 위해서인지 기백 명의 도인이 모습을 비춘 청명을 한쪽에 서서 주시하고 있었다.

장문인 뒤에는 장로들이 기립해 있는데…….

털썩!

정인당 도인에 의해 무릎을 꿇리고 고개가 숙여진 청명이었다.

그때 태청이 입을 열었다.

"네 죄를 네가 알렷다?"

순간, 청명의 고개가 번쩍 치켜들렸다. 동시에 노한 사부, 태청의 불같은 눈빛이 그의 가슴을 찔렀다.

"……."

"네 죄를 아느냐고 물었다."

할 말이 없었다.

무슨 죄를 말하는 것일까?

설마 살기 위해 몸부림친 것을 말하는 것일까?

그것이 죄일 리 없었다.

그럼…….

"혈음나찰과 함께 있는 동안 화산을 등지고 그의 제자가 된 죄. 그와 동조하여 맹의 고수와 화산파의 도인을 죽인 죄. 어찌 감당하랴!"

청명의 두 눈이 경악으로 물들었다.

혈음나찰과 동조?

그와 함께 도주?

그리고 맹의 고수들을 죽였다?

있을 수 없다.

누구 때문이던가!

누구 때문에 죽을 고비를 넘겼던가!

갑자기 울컥 눈물이 흘러나오기 시작했다.

꿈속의 중얼거림을 들었을 때 아니라고 생각했다. 잘못 들었으리란 생각이었다.

화산의 제자를 그렇게 이용할 리가 없을 것이다.

그런데 이건 뭔가!

"사부님!"

하지만 태청은 단호했다. 한 치의 동요도 없이 청명을 몰아붙였다.

"눈물로써 동정을 사려는 게냐? 감히, 마도의 제자가 화산의 도인들 앞에서?"

"사부님!"

"닥쳐라!"

울먹이며 끝내 항변했다.

"그것이 아니란 것을 아시지 않습니까? 제가 어찌 마인의 제자가 되겠습니까? 저는 화산의 제자임을 언제나 잊지 않았습니다. 아시지 않습니까?"

"노옴!"

일갈과 함께 태청의 허리춤에 걸린 검이 뽑혔다.

스릉!

"사부를 기만하려 드느냐? 너 때문에 화산파 오십여 명의 도인이 죽었다. 이것은 기사멸조의 중죄. 이젠 이 사부도 안중에 없다는 것이냐?"

언성이 높아지고, 반대로 연무장의 분위기는 착 가라앉았다.

그때 장문인이 슬며시 자리에서 일어나 끼어들었다.

"무량수불! 그만 하시게, 태청!"

"장문 사형!"

장문인은 고개를 저어 보였다. 그리곤 측은한 시선으로 청명을 바라보았다.

"명아!"

청명은 고개 숙인 채 대답없이 눈물만 훔칠 뿐이었다.

한데, 이럴 수도 있을까?

"어찌하여 혈음나찰을 도왔느냐?"

역시 할 말이 없었다. 장문인까지 그를 함정 속으로 빠뜨릴 줄은 몰랐다.

“네 죄는 한 달간의 정화동 생활뿐인데, 그 기간이 그리 참기 힘들었더냐? 화산을 등질 만큼?”

순간, 살심이 일어날 수밖에 없었다.

“진실은 다름을 알지 않습니까?”

그러자 태청이 다시 분기를 드러냈다. 하지만 이번에도 장문인이 그를 제지했다.

“그만 하게!”

그러면서 다시 청명을 바라본다.

“목격자가 존재하는데 어찌 아니다 하느냐? 맹의 고수들을 제압한 그 무공은 무엇이더냐? 한 줌의 내공도 살릴 수 없는 네 체질로 어찌 그런 무공을 사용했느냐? 혈음나찰의 마기가 아니고서야 어찌 설명이 가능하겠느냐?”

몸이 떨려왔다.

이제야 명확히 이유를 알 것 같았다.

어떤 경로를 통해서든 이번 일이 알려졌다. 그것을 저 앞의 도인들은 무마하고 싶었을 것이다. 화산의 제자를 미끼로 던져 준 치부가 감춰지길 원하고 있는 것이다.

그 화살이 청명, 자신에게 돌아오고 있었다.

사지로 몰아넣고, 구사일생으로 돌아온 그에게!

누구 때문에 죽을 뻔했는데…….

청명의 고개가 다시 쳐들렸다.

태청의 눈빛이 여전히 무섭게 그를 자극했다. 하지만 이젠 상관없었다.

'할 수 있어! 할 수 있어!'

마음속으로 외쳤다.

한 번도 반항한 적 없었고, 말씀에 토 한 번 달아본 적 없는 사부를 향해 외치고 싶었다.

그는 그 순간 눈물을 지웠다.

"그래서 제가 앞으로 받아야 할 벌은 무엇입니까?"

오히려 목소리가 차분해졌다.

해야 한다, 할 수 있다고 믿자 상황 전체가 눈에 들어오기 시작했다. 흥분을 가라앉히고, 이성적으로 판단이 되고, 그렇게 행동하고 말할 수 있었다.

화산으로서는 당돌한 질문이었다.

잠시 장문인과 태청 등이 어이없다는 표정을 지었다. 사람이, 그것도 어린 청명이 이렇게 순식간에 표정이 변할 수 있으리라고는 생각조차 못했던 탓이다.

"제가 받아야 할 벌이 무엇인지 묻고 있습니다."

"저, 저놈이!"

태청이 검을 들어 청명을 꾸짖듯 가리켰다. 장문인 앞이라 감히 나서지 못하고 있지만 눈빛만으로도 살인을 할 듯한 표정이었다.

장문인도 적잖이 놀란 표정이었다. 하지만 일시에 감춘 그가 태연을 가장하며 나직이 대답했다.

"무량수불! 화산이 준 것, 화산이 돌려받고, 정화동에서의 백 년간 정화를 내리겠노라!'

'화산이 준 것? 정화?'

청명의 표정이 차갑게 식었다.

폭풍과 같은 강풍이 가슴속을 휘몰아친 탓이다. 화가 날수록 감정을 제어하고 있는 것이다.

그는 잠시 장문인의 말을 되새긴 후, 입을 열었다.

"화산이 제게 무엇을 주었습니까?"

"……."

장내의 분위기가 다시 한 번 차갑게 가라앉을 수밖에 없었다. 장문인과 장로들의 표정은 황당함을 넘어 당황의 빛까지 드러냈다.

이렇게 나올 수도 있을까? 그 청명이?

하지만 청명은 그렇게 했다. 대답없는 그들을 향해 말해야 한다고 생각했다. 바보처럼 숨길 필요가 없는 것이다.

"제게 준 것이 있었습니까? 무공?"

"……."

"초식은 받은 바 있으나, 무공을 받은 기억 없습니다."

"저, 저……!"

태청이 무언가 말하려 했지만 청명이 빨랐다. 사부의 말을 끊어버린 셈이다. 하지만 그는 태연했다.

"정화라 하셨습니까?"

“…….”

“무엇을 정화한다는 말입니까? 한 가지 이야기를 들려 드릴까요?”

청명은 당황한 도인들을 둘러보며 입을 열었다.

“도인들이 있었습니다. 그리고 그들은 한 제자에게 도인의 길을 가르쳐 주었습니다. 용서와 관용, 그리고 동료애였습니다. 그것이 도인의 길이라 가르쳐 주었습니다. 제자는 그 말을 철석같이 믿었습니다. 착한 아이는 아니었지만 지킬 것은 지켜야 한다고 믿었고, 그렇게 성장해 갔습니다. 한데 어느 날, 그 도인들이…….”

차분했던 언성이 조금 거칠어지기 시작했다.

“용서와 관용을 외치던 도인들이 제자에게 동료애를 외치며 목숨을 바칠 것을 요구했습니다. 제자는 그것도 당연하다 생각했습니다. 그는 이미 그들과 같은 도인이었기 때문입니다.”

뿌드득!

순간 청명의 이가 갈렸다. 그 소리가 나직이 장내를 울렸다.

“하지만 일을 마치고 돌아온 그에게 돌아온 것은 배신이었습니다. 누명을 뒤집어쓴, 더러운 배신의 칼날이 그의 심장을 겨누고 있었습니다. 도와주려 했고, 믿었던 도인들에게 말입니다.”

“……!”

아무도 입을 열지 못했다. 곤혹스런 표정을 짓는 도인들, 무슨 말을 하는지 의미를 모르겠다는 표정들이 멍하니 청명만 주시했을 뿐이다.

“저는 화산인입니다. 누구보다 화산인으로서의 자부심이 컸습니다. 화산이 준 것을 화산이 돌려받는다 하셨습니까? 화산인으로서 제가 받은 것은 괄시와 모멸뿐입니다. 무엇을 돌려받는다 하셨습니까? 아니, 왜 돌려받겠다 하십니까?”

“……!”

“정화라 하셨습니까? 벌을 준다 하셨습니까?”

청명의 눈빛이 번뜩였다.

이미 거칠어질 대로 거칠어진 그 말투에는 살의마저 배이기 시작했다.

“누가 누구를 벌한다 하십니까? 누가 누구를 벌할 수 있다 말씀하시는 겁니까?”

“…….”

무거운 침묵이 장내를 휩쓸었다. 여전히 도인들은 말하지 못했다. 그렇게 태연하던 장문인의 눈빛이 흔들리기 시작한 것도 그때부터였다.

순간, 청명이 자리에서 일어섰다.

동시에…….

팟ㅡ!

소리와 함께 천잠사로 꽈 만든 밧줄이 끊어져 버렸다. 끊어졌다기보다는 터져 나갔다는 표현이 맞았다.

청명은 도인들이 놀라든 말든 상관하지 않았다. 신경 쓸 필요도 느끼지 못했다.

"나는 화산인입니다. 예전에도 그랬고, 지금도 그렇습니다. 그리곤 이제야 말하겠습니다. 당신들, 동료를 죽음의 길로 몰아넣은 화산인의 죄인들에게 말하려 합니다."

"……."

"당신들은 파문입니다."

"파… 문……?"

누구나 할 것 없이 멍하니 읊조렸다.

"그렇습니다. 파문입니다. 오늘부로 화산인은 저 하나입니다. 그리고 오늘부로 화산을 봉문시킵니다."

말과 함께 청명이 몸을 돌렸다.

한 걸음, 두 걸음!

전에 볼 수 없었던 당당한 발걸음이 연무장 밖으로 이어지고 있었다.

도인들은 여전히 말이 없었다. 하지만 그대로 보낼 수 없는 입장도 분명했다. 가장 먼저 나선 것이 태청이었다.

한동안 말없이 몸을 떨던 그가 외쳤다.

"저, 저놈을 막아라!"

감히 누구 명이라고 거역할 것인가!

잠시 주춤거리기는 했지만 양옆으로 도열해 있던 정인당의 도인 오십여 명이 청명을 향해 달려들었다.

그때 청명이 다시 몸을 돌렸다.

사방을 훑어보는 듯한 눈빛에는 붉은빛이 번들거렸다.

동시에 사이한 기운이 사방으로 뻗어나가는데, 그 기운을 느낀 도인, 그리고 청명의 눈빛을 받은 도인들은 그 자리에서 얼어버릴 수밖에 없었다.

그들은 입을 쩍 하니 벌렸다. 천지에 다시없을 조화가 펼쳐졌던 것이다.

누군가가 경악하며 떠듬거렸다.

"요, 요, 용!"

그랬다. 연무장 가운데 청명을 둘러싼 것은 거대한 용이 분명했다.

날카로운 이는 태산을 찢어버릴 듯했고, 번뜩거리는 눈빛은 누구라도 한 번 보면 오금이 저릴 만했다. 그 눈빛 앞에서는 감히 움직일 수가 없었다.

똬리를 틀었는데도 오 장이나 되는 높이로 치켜들린 용의 모습은 전율 그 자체였다.

실제로 용이 존재할까?

모든 도인들은 믿을 수 없다는 불신의 표정으로 그 용을 바라보았다. 조금만 움직여도 죽을 것만 같아 꼼짝도 할 수가 없었다.

청명은 도인들의 반응에 신경 쓰지 않았다. 내력과 눈빛으로 자신이 원하는 환상을 보여주었을 뿐. 처음으로 실전에서 써보았던 것이지만 실패의 유무에 연연하고 싶지 않은 그였다.

그는 그대로 바닥에 무언가를 써놓고는 연무장을 빠져나가 버렸다. 이어 화산파도 빠져나와 산을 내려가기 시작했다.

어디로 갈지는 화산을 내려가서 결정할 일이었다. 붉은 태양이 그날 일의 증인인 듯 청명의 등판을 비춰주었다.

용은 사라져 있었다.

도인들은 몰랐다, 자신들이 거의 반 시진이나 용과 마주하고 있었다는 사실을.

그리고 그것이 최면이라는 것을 알 수 있을 리도 없었다.

하지만 분명한 것이 있었다.

청명이 사라지고 용이 사라진 자리에 남겨진 글귀!

그 글귀가 그들의 눈을 자극했다.

화산파는 이제 없다.

모든 도인들이 글귀를 한동안 바라보아야 했다. 착잡한 표정, 어찌해야 할 바를 모르겠다는 표정으로…….

"무량수불! 무량수불!"

장문인의 도호가 의미없이 연무장을 떠돌아다녔다.

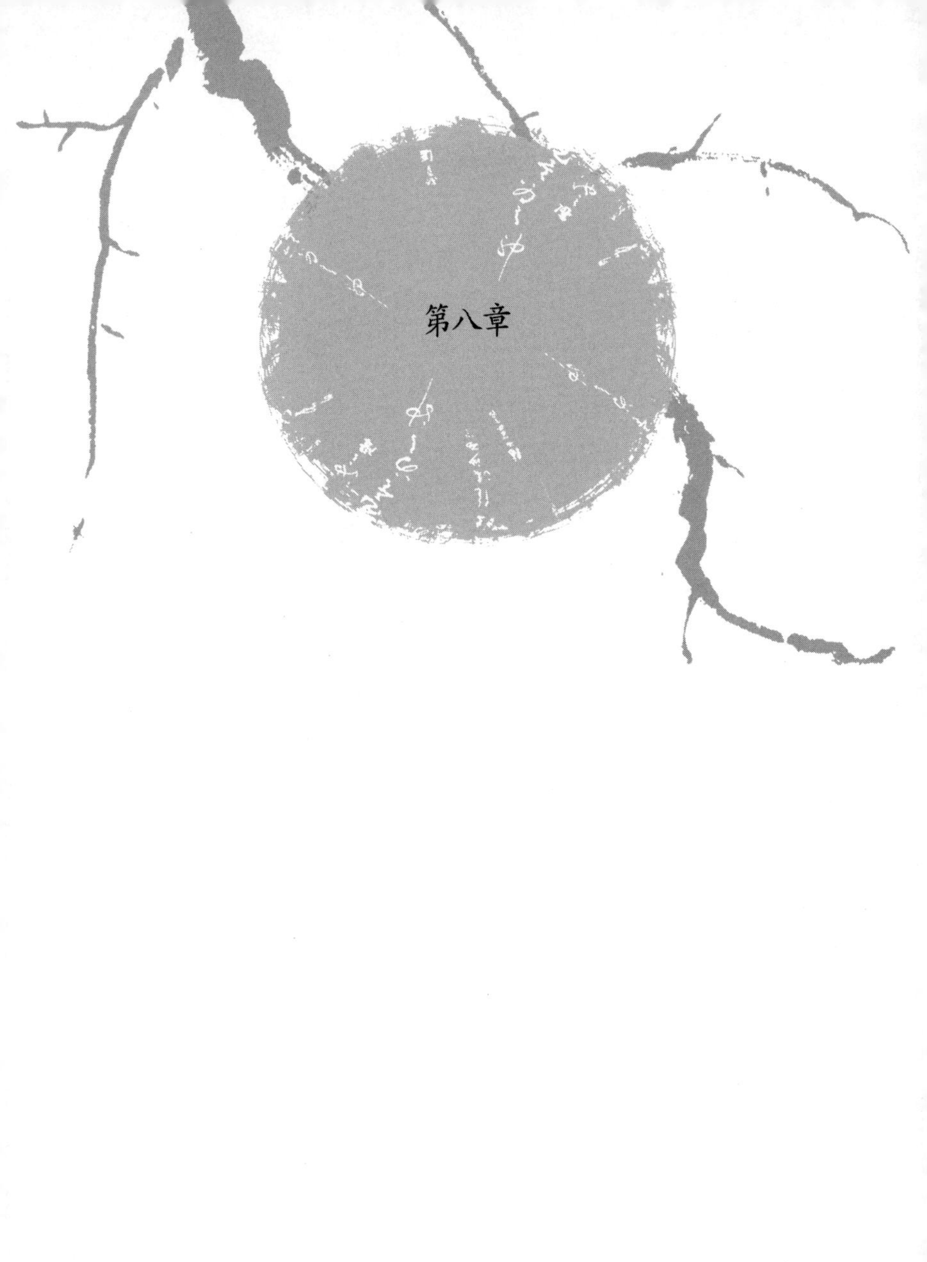

第八章

第八章
새로 시작하는 사람들

"그래서?"

심드렁한 말투, 관심없는 표정.

육십 세 정도 되어 보이는 노인은 그렇게 잘라 물었다.

고급 비단 장포에 노인이라고 보기에는 무리가 있는 우람한 육체는 평범한 사람이 아니라는 것을 은연중 드러내고 있는 자였다.

사실, 평범한 노인은 아니다.

장강을 지배하는 절대자. 바로, 장강수로십팔타의 총타주인 것이다.

그는 제자의 밀담 제안을 받아들여 유람을 핑계로 은밀한

협곡에 나와 있는 중이었다.

역시 그 앞에는 제자 신해룡(新海龍)이 서 있었다.

장강의 지배자, 천승룡(川昇龍)은 불쾌한 표정을 노골적으로 드러냈다.

제자와의 만남에 불청객이 끼어 있다는 것은 그럴 만한 충분한 이유가 됐다. 그것도 다시 만나고 싶지 않은 불청객이라면 더 더욱 그럴 것이다.

강남의 삼분지 일을 주겠노라고 웅변했던가!

달콤한 언변으로 유혹했던 자다. 출신과 배경이 무엇인지 밝히지도 않았던, 천승룡으로서는 허풍쟁이에 불과한 자였다.

그가 자신의 제자와 함께 있다는 것조차 불쾌한 천승룡이었다.

관심없는 물음에 제자가 고개를 숙이며 공손히 대답했다.

"사부님, 우선 좀 더 이분의 말씀을 들어보십시오."

"전에 들어 알고 있다."

그는 이렇게 괴문사를 평했다.

"허풍쟁이더군!"

하지만 문사 차림의 사내는 표정의 변화가 없었다. 기분 나쁘기도 하련만, 실실 웃으며 두 손을 소매 속에 넣고 있을 뿐이었다.

천승룡의 말에 제자가 오히려 난감한 듯 문사에게 시선을 주었다. 그러자 문사가 웃음을 멈추더니 공손한 투로 물었다.

"왜 허풍이라고 생각하시는지 여쭤봐도 되겠습니까, 어르신?"

천승룡은 문사를 뻔히 바라보았다. 그리고는 기막힌 말을 했다.

"자네 얼굴에 허풍이라고 쓰여 있네!"

"하하, 그렇군요. 그렇다면 정말 일말의 관심도 없으시다는 겁니까?"

"장강의 수적은 본분에 충실해야 하는 법이지. 자네의 요구는 그 이상의 것이야. 수적이 수적이 아닌 길을 택하는 길이지."

"언제까지 수적으로 살 수는 없지 않습니까?"

천승룡의 표정이 차갑게 식었다.

"난 어릴 때도 수적이었고, 지금도 수적이며, 앞으로도 수적일 게야. 그리고……."

순간 그의 눈이 살기로 물들었다.

"앞으로 내 제자와 만나지 않는 게 좋을 걸세."

"……!"

"해룡!"

"네, 사부님."

"저자를 다시 만난다면 너는 내 제자이기를 포기하는 것으로 간주하겠다."

말과 함께 그는 몸을 돌렸다. 대답도 들을 필요 없다는 듯한 행동이었다.

신해룡은 문사를 힐끔 바라보았다.

끄덕여지는 고개가 눈에 들어왔다.

신해룡도 역시 고개를 끄덕였다. 뭔가 약속을 정하는 표시였다.

그 후, 그는 급히 천승룡을 따라 누선 위로 올라섰다.

그리고 한참 후!

멀어지는 배를 바라보며 문사는 비소를 흘리기 시작했다.

눈에 선했다. 제자가 스승을 죽이는 폐륜의 현장이…….

이미 수하들에게 지시를 내려놓았으니, 일이 끝난 후에는 증거까지 모두 사라질 것이 분명했다.

하루 사이에 장강의 주인이 바뀌는 것이다.

물론, 그가 미는 신해룡이 주인이 될 수 있게 오래전부터 물밑 작업이 해놨으니 그 점은 걱정할 필요가 없었다.

"강하면 언젠가는 부러지는 법이지……."

문사는 중얼거림과 함께 몸을 돌려 휘적휘적 자리를 벗어나 버렸다. 새로 시작해야 할 일이 태산이었다.

*   *   *

청명이 화산을 내려왔을 때, 사위가 어두워지고 눈발이 부슬부슬 떨어지고 있었다.

눈이었다.

그는 잠시 뒤를 돌아 화산파가 있는 곳을 바라보았다.

어릴 적의 기억이 고스란히 담긴 곳, 화산을 영원히 떠나야 한다는 생각에 조금은 착잡했다.

하지만 그런 기분을 이내 털어내 버렸다.

'이젠 내 안에 감춰진 것, 가슴속에 억눌린 것, 모두를 남겨 놓는다.'

"잘 있어라!"

말과 함께 그는 미련없이 몸을 돌렸다. 앞으로 어떻게 될지 모르지만, 어떤 인생을 살게 될지 알 수 없지만, 분명한 것은 지금처럼은 아닐 것이란 확신에 찬 동작이었다.

그렇게 화음에 들어섰을 때였다.

작은 문제 하나가 불거졌다. 갈 곳이 마땅치 않다는 생각이 들었던 것이다.

고아였던 시절 화산에 받아들여졌으니 연고(緣故)가 없는 것은 당연했다. 그렇다고 화산에 들어와 외인들과 친분을 쌓지도 않았으니……

'어디로 가야 하지?'

아무런 준비도 없이 집을 떠나왔다는 건 공허함으로 다가 왔다.

한데, 그때 그의 눈에 이채가 띠었다. 소년 하나가 다급히 거리를 가로지르는데, 익히 알고 있는 자였기 때문이다.

'그래. 그곳이라면……'

정처없이 떠돌아다녀 보는 것도 나쁘지는 않겠다는 생각이 들었다.

뿐만 아니다.

가장 중요한 이유가 있었다.

바로 최면, 그것을 익히기에 안성맞춤인 곳이 소년이 몸담고 있는 곳이었다.

"어이!"

뭐라고 불러야 할지 몰라 대충 얼버무린 청명이었다. 그러자 소년이 걸음을 멈추곤 청명을 바라보았다.

다행히 그도 청명을 알아본 모양이었다. 아는 체를 했다.

"어! 여긴 무슨 일입니까?"

"아직도 이 마을에서 극단을 하고 있습니까?"

"그전까지는 그랬고, 지금 떠날 건데요?"

"지금?"

"네. 한데, 무슨 볼일이라도 있습니까?"

그때 누군가가 소년을 불렀다.

"장의, 빨리 안 오고 뭐 하는 거야?"

"가요, 가!"

대답과 함께 소년이 꾸뻑 인사했다.

"담에 볼 수 있으면 봐요. 그럼 바빠서……"

"잠깐만!"

소년이 귀찮다는 표정을 드러냈다.

"왜요?"

"같이 갑시다."

"도장께서요? 왜요?"

"극단 주인께 할 말이 있소."

소년은 고개를 갸우뚱거렸지만 바빴으므로 따라오라는 손짓을 한 후, 급히 사내를 쫓아 달려가기 시작했다.

소년의 말대로 극단은 막 떠날 준비를 하고 있었다.

청명은 그 모습을 지켜보다 한 사람에게 시선을 주었다. 그러자 그자도 시선을 느꼈는지 역시 청명을 바라보았다. 천방이라 불린 장한이었다.

마차 안으로 짐을 싣던 그가 다가와 물었다.

"여긴 어쩐 일이시오? 또 단주님을 만나러 오셨소?"

퉁명스런 물음에 청명은 전과 달리 미소를 지으며 고개를 끄덕였다.

천방은 청명의 꼴을 아래위로 훑어보았다. 예전과는 비교가 되지 않을 만큼 말라 있었고, 때가 덕지덕지 낀 꼴이 뭔가 사정이 있을 것이란 판단을 할 수 있었다.

"따라오시오."

그는 막 출발하려는 작은 마차로 청명을 안내했다. 그리고 안으로 들어갔다 나오더니 청명에게 들어가 보라고 손짓

했다.

천막 안으로 들어서자 여인이 옷가지를 정리하고 있었다.

그녀는 청명을 반기며 슬쩍 미소를 지어 보였다.

"또 오셨군요? 그런데 이 밤에 무슨 일이죠?"

"염치없지만 할 말이 있어서 찾게 되었습니다."

여인이 고개를 갸웃거렸다.

"말씀해 보세요. 뭔가를 부탁하러 온 것 같은데……. 아닌가요?"

뚫어지게 바라보는 시선을 마주 보며 청명이 고개를 끄덕였다. 어차피 말해야 한다면 뜸 들이는 것은 예가 아니란 생각이었다.

"같이 가고 싶습니다."

여인의 고개가 다시 갸웃거려졌다.

"무슨 뜻이죠?"

"화산파를 나와서 생활해야 한다는 뜻입니다."

"흐음!"

여인의 아미가 약간 찡그려졌다. 화산파의 제자를 받아들인다는 것이 손바닥 뒤집듯 그리 쉽게 결정할 수 있는 문제는 아니었던 것이다.

하지만 사연이 있어 보였기에 차분히 물었다.

"화산을 나온 사정을 제게 말해줄 수 있나요?"

그래도 조금 전까지 화산인이었던 그이다. 굳이 화산의 치부를 드러낼 필요가 없다는 것이 그의 생각이었다.

"일이 그렇게 됐습니다."

"그래도 사정을 알아야 받아주든지 말든지 결정할 수 있답니다. 제 임의대로 결정할 사항이 아니네요. 화산파에서 문제를 제기할 수도 있고……."

청명이 급히 그녀의 말을 끊었다.

"그럴 일은 없을 겁니다."

"그럴 일이 없다?"

"네!"

"…혹시, 쫓겨났나요?"

하지만 쫓겨난 것치고는 청명의 몸이 멀쩡했다. 세상에 알려지기론 명문대파의 경우, 제자를 내칠 때 단근참맥(斷筋斬脈)의 형벌을 가한다 했으니 비쩍 마르고 옷이 더럽다는 것을 제외한다면 쫓겨난 것이 아님이 분명했다.

여인의 표정을 읽은 청명은 어떻게 설명해야 할지 곰곰이 생각했다.

구구절절한 인생 이야기라도 해야 할까?

그러고 싶지는 않았다.

"화산과의 인연을 끊었습니다. 그러니 저를 받아준다 하여 화산파에서 문제를 제기할 일은 없을 겁니다."

"흐음!"

여인은 다시 한숨을 쉬었다. 고민할 수밖에 없었던 것이다.

한참 후에 그녀가 확인하듯 물었다.

"정말 문제가 없나요? 아주 중요한 일이니 정확히 말씀해주세요."

그렇다고 고개를 끄덕인 청명. 그를 향해 여인이 재차 물었다.

"그럼, 얼마간 같이 있길 원하죠? 아시는지 모르겠지만 저희는 유랑극단입니다. 한 곳에서 오래 머무르는 경우가 거의 없어요. 그리고 이번에는 좀 더 멀리 나갈 생각도 하고 있구요."

"원하는 만큼……."

"정말 화산과 연을 끊었나 보네요."

"……."

"뭐, 더 이상 말하기 싫다면 하지 않아도 돼요. 좋아요. 그럼, 저희랑 같이 다니도록 하죠."

그제야 청명의 입가에 밝은 미소가 지어졌다.

"감사합니다."

"감사하긴요. 제가 오히려 감사해야죠."

"무슨 말씀인지……?"

"밥값은 해야 한다는 것."

청명으로서는 당연한 말이었다.

"당연합니다. 극단에 있는 동안 제가 할 수 있는 일이라면 뭐든 할 생각입니다. 그러려고 들어온 거니까요."

"정말인가요?"

"네!"

당당한 그의 말에 여인은 고개를 갸웃거렸다. 오늘따라 청명이 달라 보였다.

좀 더 성숙해지고 당당해진 모습이랄까?

전에 봤을 때와는 분위기나 말투 전부 다 사뭇 다르다고 생각한 그녀였다. 하지만 분명한 점은 보기 좋다는 것이었다.

"듣던 중 반가운 소리네요."

그러면서 여인의 표정에 의미 모를 미소가 걸렸다.

*　　　*　　　*

"이대로 간과하실 생각입니까?"

태청의 물음에 장문인은 나직한 한숨을 쉬었다. 공식적으로 청명에게 죗값을 치르게 할 생각이었지만 예상 밖의 반응에 당황했던 것이 사실이었다.

사실 이렇게까지 몰고 갈 생각이 아니었던 그이다. 적당한 기간을 두어 정화동에 넣어둔 후, 이 일이 잊혀갈 때쯤 회계를 빌미로 풀어줄 생각이었다.

물론, 그조차 청명에게는 치욕이겠지만 화산의 명예를 위해서는 어쩔 수 없었다.

‘차라리 혈음나찰과 함께 죽었더라면 좋았을 것을…….’

불측한 생각을 뒤로하며 그가 물었다.

“어떻게 했으면 좋겠나?”

“이미 마도로서 결정을 내렸습니다. 한데, 여기에서 손을 놓는다면 그 녀석의 말을 인정하는 꼴이 됩니다. 자리에 있었던 많은 도인의 동요도 생각하셔야지 않습니까.”

“맞는 말이네만 무엇을 어찌한단 말인가? 다시 잡아와 죄를 묻기도 애매모호한 입장이 아닌가! 잡으려 했다면 화산을 나가기 전에 잡았어야 했네.”

“…….”

태청도 그 말에는 대답이 없었다. 화산을 완전히 벗어나 버린 청명을 다시 쫓아 잡아온다는 자체가 우스운 일이란 생각이었던 것이다.

게다가 이미 화산을 벗어난 지 한참이 되지 않았던가.

어디로 갔을지 모를 일. 찾고자 한다면 불가능하지는 않겠지만 많은 시간과 노력이 있어야 할 것이 분명했다. 사람 하나 찾는 일이 쉬운 일이기도 하지만 또한 어려운 일이기도 하기 때문이다.

하지만 이대로 넘어갈 수도 없다는 확고한 입장이기도 했다.

태청은 청명을 잡지 못했던 그 이유를 떠올렸다.

아직도 이해되지 않는 현상, 바로 용이었다.

"그럼, 화산파 내에서만이라도 공식적인 입장을 발표하는 것이 좋겠습니다."

"어떤 입장을 말하는 겐가?"

"그의 파문을 선언하고, 마도로서 화산의 적임을 도인들에게 분명히 알려야 할 겁니다. 그 마공을 많은 도인들이 봤으니 달리 생각하지는 못할 겁니다."

"흐음!"

장문인도 그 말에는 반대하지 않았다. 고개를 끄덕이며 허락의 의미를 비쳤다. 이대로 넘어간다는 것은 그의 체면에 상당한 손상이 간다는 것을 뜻했기 때문이다.

"그렇게 하시게."

"알겠습니다."

태청은 대답과 함께 급히 방을 빠져나갔다.

경극과 최면

청명이 극단에 들어온 지 정확히 열흘째가 되는 날이었다.

그는 약간 인상을 찌푸리며 여인을 바라보았다.

사실 그간 이상하긴 했다. 흔쾌히 자신을 받아들인 것도 그 랬지만, 밥값을 해야 한다는 말을 해놓고도 아무런 일도 시키지 않아 찜찜하던 차였다.

고마운 일이기는 했지만 공짜로 재워주고 먹여주는 것 또한 불편한 일일 수밖에 없었다.

한데, 그 이유를 열흘 후에 알게 되었다.

사애극단에서는 여인을 모두 단주라고 불렀는데, 그 단주는 열흘째 되는 날 마차 안에서 이렇게 말했다.

“극단의 험한 일은 모두 사내들이 하고, 잡일은 여인들이 하죠. 하지만 아무것도 하지 않고 그 본분에만 전념하는 사람들이 있는데, 바로 배우라고 부릅니다. 경극을 하는 배우는 험한 일을 시키지 않아요. 피부가 상하면 안 되거든요.”

말과 함께 그녀는 청명을 향해 활짝 미소를 지어 보였다.

“경극을 배우도록 하세요. 가르쳐 드리죠.”

“경극?”

예상했던 바였기에 청명은 흔쾌히 허락했다.

솔직히 반가운 일이었다. 경극을 할 때 최면을 사용한다는 것을 알고 있는 탓이었다.

최면을 사람들에게 시행해 반응을 살필 수 있고, 좀 더 체계적인 수련을 할 수 있으니 마다할 이유가 없었다. 극단에 들어오려고 했던 것도 최면 때문인 이유가 컸으니 말이다.

그런데 약간의 문제가 불거졌다.

배우가 된다는 것은 반길 일인데, 그 배역이 문제였던 것이다.

“여자 역할을 했으면 해요.”

자연 청명의 반응이 얼굴에 드러날 수밖에 없었다. 인상이 찌푸려지며 약간의 거부 반응이 드러났던 것이다.

하필, 여자 배역일 것이 뭔가!

하지만 단주는 새침한 미소를 지으며 이렇게 되물었다.

“왜요? 전에 보니까 정말 잘 어울리던데. 사내라면 그 모습을 보고 반할 수밖에 없을 것 같던데요?"

"……!"

"뭐든 시키는 일은 다 하겠다고 했죠?"

식은땀이 등줄기를 타고 흘렀다.

"저는 그런 재주가 없는데요."

"그럴 테죠. 하지만 누군 재주가 있어서 하나요? 그건 팔자 좋은 사람들이나 하는 소리라고 생각합니다만?"

"그렇긴 하지만……."

"그럼, 결정난 것으로 하죠. 만약 싫다면 지금 극단을 떠나셔도 됩니다. 강요는 아니니까요."

그 말에 청명은 여인을 유심히 바라보았다. 정말 아무렇지도 않은 듯했다. 나가도 상관없다는, 그간 무전취식한 것을 미안해하지 말라는 표정이었다.

그래서 오히려 미안한 마음이 들었다.

오갈 곳 없는 자신을 받아준 곳, 그리고 여인. 그런데 일이 싫다 하여 쉽게 떠나는 것은 문제있다는 생각이었다.

여자 역할을 해야 한다는 것이 찜찜하기는 했지만, 이제 와 뭘 고민할 것인가!

찜찜한 기분을 이내 털어버린 청명이었다.

"무슨 역을 해야 하죠?"

결국 허락의 의미가 떨어지자 여인이 차분하게 설명하기 시작했다, 그럴 줄 알았다는 듯.

“경극에는 아주 많은 작품이 있어요. 오래전부터 내려오는 고전이 있는가 하면, 사애극단에서 자체적으로 만든 작품도 있으니, 처음부터 배역을 맡을 필요는 없어요. 차근차근 기초 동작과 기본 동작, 그리고 목소리를 내는 방법과 관객들과 호흡하는 방법 등을 가르칠 테니 열심히 따라와 주기만 하면 돼요.”

“…….”

“배우가 될 것을 허락했으니 이제부턴 우리 식구라고 생각할게요. 그래도 되죠?”

“네! 그게 저도 편합니다.”

“그럼, 이제부턴 말을 놓을게. 여기서는 날 모두 단주라 부르니 너도 그렇게 불렀으면 해.”

“…….”

“며칠 보아서 알겠지만 여기는 해야 할 역할이 정확히 구별되어 있으니, 자신이 할 일 이외의 것은 하지 않아도 욕할 사람이 없어. 그러니 너도 미안해할 필요는 없다는 말이야. 듣고 있니?”

“예!”

“청명이라고 했지?”

“네!”

“도명 같은 느낌이 있기는 하지만 발음하기 좋으니 그대로 하는 게 좋겠네. 사실, 극단 사람들 대부분의 호칭은 가명이

거든. 출신이 비천해서 이름이 좋지 않은 탓도 있지만, 좀 더 멋진 이름으로 불리는 것이 듣기에도 좋을 것이란 이유도 있기 때문이지. 그리고 사애극단의 인원은 총 열일곱 명인데, 그들은 입단식을 할 때 소개하기로 하고……."

그녀는 경청만 하고 있는 청명을 향해 주절주절 극단에 대해서 설명하기 시작했다.

덜컹거리는 마차가 어디로 가는지 모르는데, 청명은 생각 없이 마차의 흔들림에 몸을 맡기며 여자 역할을 하고 있는 자신을 그려보았다.

짙은 화장!

하늘거리는 옷!

교태 섞인 몸짓!

역시 약간의 거부 반응이 일어났다. 말투까지 상상하자 충격으로 다가오기도 했다.

하지만 그와 다른 감정도 섞여 묘한 기분을 느낄 수 있었다.

최면으로 사람들을 홀리는 자신의 모습도 같이 떠올랐기 때문이다.

좀 더 사실적이고 직접적인 최면 연구를 할 수 있을 것 같아 한편으론 기대가 되는 그였다.

그날 저녁, 청명은 입단식과 함께 정식으로 사애극단의 단원들을 소개받았다. 그 때문에 세 명의 악사와 다섯 명의 차

력사, 그리고 다섯 명의 배우, 재주가 없어 잡일을 도맡은 두 명의 남녀와 두 명의 소년, 소녀가 사애극단에 있다는 것을 알게 되었다.

청명까지 더해졌으니 이제 총 열여덟 명이 된 셈이었다.

청명이 가장 관심을 보인 사람은 배우들이었다.

그가 배워야 할 것이 그쪽이었으니 자연스런 현상일 수밖에 없었다.

배우는 단주와 네 명의 남자로 구성되어 있었는데, 여자 역할이 절실히 필요하던 참이었다. 그런데 마침 청명이 들어왔으니 모두 반기는 것은 당연했다.

그런 면에서는 청명도 반가운 마음이었다. 화산파와 전혀 다른 분위기가 새롭게 다가왔던 것이다.

하지만 그런 기분도 잠시.

그날 이후, 바로 배우 교육이 시작되어 고달픈 하루하루가 계속되었다.

생소한 것을 배운다는 것은 누구에게나 힘든 일인 것이다.

"배우에게 기초가 되면서 가장 중요한 것이 있는데, 무엇일까?"

배우 수업이 오 일째가 되는 날, 경극에 대한 단주의 질문에 청명은 고개를 저었다.

"생각해 봐!"

“흐음……. 행동이 아닐까요?”

단주는 미소를 지으며 고개를 저었다.

“뭐죠?”

“눈이야.”

“눈?”

“그래, 눈! 정확히 말해 상대방의 시선이지!”

청명이 의아함을 드러냈다.

“상대방의 시선과 배우의 일이 무슨 상관이 있다는 겁니까?”

“상대방의 눈에는 많은 것이 내포되어 있으니 그것을 읽을 수 있는 능력이 있어야 한다는 말이야. 가령, 만담의 경우에는 관객들의 눈, 경극의 경우에는 다른 배역의 눈이지. 그 눈을 잘 읽고 무엇을 요구하는지 한 번에 알아야 하고, 정확한 심정의 변화까지 파악할 수 있어야 해. 그 이후에 그들이 원하는 쪽으로 맞춰주는 것이 배우라고나 할까? 배우의 덕목 중 하나라 할 수 있으니 새겨들어.”

“생각과 달리 복잡한 부분이 많군요?”

“그럴 수밖에. 사람들은 그저 연기만 하면 된다고 생각하는 모양이지만, 그 자연스런 연기를 위해서는 그만한 노력과 지식이 필요한 거야. 목소리를 내는 법에서부터 상대 배역과 호흡을 맞추고, 관객들에게 보이는 동작 하나하나에도 혼을 담아야 하니까.”

청명이 고개를 끄덕이자 단주는 계속 설명했다.

기본적으로 알고 있어야 하는 것들, 그리고 꼭 새겨들어야 할 것들을 나열한 설명이었다. 하지만 워낙 많고 방대한 분량이었기에 청명으로서도 모두 머릿속에 정리해 넣기란 힘에 겨웠다.

다행히 단주가 그것을 이해해 수시로 질문을 받았고, 청명의 질문에 친절하게 설명까지 해주어 차근차근 알아나갈 수 있었다.

항상 유랑을 하는 극단이었기에 대부분의 교육은 마차에서 이동 중에 이뤄졌다.

그래서 이론에 대한 이해와 지식을 알아나갈 뿐이었는데, 상정(上丁)이라는 마을에 도착하자 사정이 조금 달라졌다. 사애극단이 거기에서 보름 정도를 보내게 되었기 때문이다.

그 시간 동안 청명은 본격적인 배우 수업을 받을 수 있었다.

손짓과 동작, 그리고 경극에서의 무공과 목소리를 내는 법 등이었다.

"경극에서도 무공을 사용하는 건 전에 봐서 알고 있었는데, 직접 해보니 생각보다 일반 무공과 많이 다르고, 더 힘들군요."

남는 시간을 이용해 오전 한 시진 동안 단주에게 무공을 전수받은 청명은 흥미롭다는 표정을 지었다. 그의 말대로 강호에서 흔히 사용하는 무공과 그 쾌를 달리했던 것이다.

당연한 얘기겠지만 경극의 무공은 빠르고 강한 것에 중심을 두는 것이 아니라 느림과 부드러움, 그리고 자연스러움에 중점을 두고 있었다.

사람들에게 보이는 것이기에 어쩔 수 없는 것이었다.

흡사, 검무와 일맥상통한다 할까?

그러니 청명으로서는 힘에 부칠 수밖에 없었다.

좀 더 빠르게, 그러면서도 부드럽게 무공을 시전해 왔던 그에겐 일부러 느리게 움직인다는 것이 더 어렵게 느껴졌던 것이다.

"중요한 것은 동작이 아니야. 관객들과 교감할 수 있는 마음이지. 그리고 상대 배역에 맞춰줄 수 있는 여유도 항상 염두해 둬."

"네!"

"자, 그럼 난 가봐야 할 것 같으니 여기에서 지금까지 배운 걸 계속 연습해. 무공을 익혔을 테니까 남들보단 더 빨리 익힐 수 있겠지."

말과 함께 그녀는 경극을 하기 위해 천막을 벗어나 버렸다.

그녀가 사라지자 청명은 곰곰이 생각에 빠졌다. 오늘 배운 동작을 하나하나 되새기며 중심을 찾기 위해서였다.

'타인과의 교감이라……'

순간 최면술이 떠올랐다.

최면도 마찬가지였다. 상대에게 최면을 걸기 위해서는 상대의 상태를 정확히 꿰뚫고 있어야 했다. 그래야 그 상태를 조절해 최면에 빠뜨릴 수가 있기 때문이다.

청명의 수준은 그것을 넘어 타인에게 자신이 원하는 환상을 보여줄 수 있는 정도가 되어 있었다. 그것은 화산을 나올 때 입증시킨 바 있었다.

"우선 배우가 되는 것이 급선무겠지."

생각과 함께 그는 다시 연습에 들어갔다.

어느 정도 익숙해지면 최면술을 경극에 어떻게 대입할 수 있을지, 또 관객들에게 어떻게 응용할 수 있을지에 대한 많은 응용 방법이 나오리란 생각이었던 것이다.

단주의 말로는 상당히 빨리 배우는 편이라 했으니, 그리 오래 걸리지 않을 것이라 예상할 수 있었다.

그의 생각으론 그때가 되어 직접 경극에 참여하게 되면 훨씬 빠른 최면 능력이 키워질 것이었다. 사람들을 대상으로 실험하는 것만큼 빠른 발전은 없을 것이기 때문이다.

물론 위험하지 않은 수준에서였고, 그러기 위해서는 최면의 수위를 적당히 조절할 수 있을 정도로 능수능란해져야 하는 점도 생각해 둬야 할 문제였다.

第九章

第九章

드리워지는 암흑

"일상이 지루해!"

간혹 그런 말을 하는 사람이 있다.

맞는 말이다. 어떤 이들에게는 하루가 지루하리 만치 길게 느껴져 그렇게 말하곤 한다.

지나보면 그런 삶일수록 허무하다 하겠지만 그 순간만큼은 지루한 사람인 것이다.

반면, 정반대의 경우도 있었다.

하루가 눈코 뜰 사이 없이 바쁜 사람들. 잠시라도 일손을 놓으면 내일을 걱정하고, 더 나아가 추운 겨울을 걱정해야 하는 사람들이다. 뭔가에 집중해야 하고 집중한 만큼, 그 이상의 것을 얻어내야 하는 사람들도 마찬가지일 것이다.

청명은 후자에 속했다. 그래서 그에게 시간은 유수 같은 것이었다.

하루가 어떻게 지나가는 줄도 모른 채 경극을 배우고, 따로 시간을 내어 최면술에 대해 연구하며 수련해 나갔다.

다음날이 되고, 그 다음날이 되어도 하루의 일상은 언제나와 같았다.

그렇게 일 년의 시간이 흘러갔다.

그쯤 들어 사애극단의 단주는 청명에게 종종 놀라움을 느끼곤 했다.

"정말 빨리 배우는구나?"

그녀의 말대로 청명이 경극을 배워 나가는 속도는 타의 추종을 불허했다. 보통 배우가 경극에 투입되기 위해서는 최소 사 년에서 오 년의 기간이 필요한 법인데, 청명은 일 년으로 단축했던 것이다.

배우고 익히는 속도가 빠른 청명이었기에 가능한 일이었다. 하지만 본격적인 배우 생활은 불가였다.

이유는 목소리 때문.

목소리의 변화는 배움의 속도와는 상관이 없었다. 꾸준한 노력과 시간만이 해결될 일이었다.

특히, 남성이 여성의 목소리를 내야 하는 것에는 많은 기교를 필요로 했으니, 그 시간이 길어질 수밖에 없었다.

오히려 그런 부분에서는 청명이 남들보다 성취가 조금 느린 편이었달까?

게다가 도중에 변성기까지 왔기에 단주의 걱정이 이만저만이 아니었다.

하지만 청명이 극단에 들어온 지 이 년이 조금 넘어 열여덟 살이 되자 그 부분도 자연스럽게 해결이 되었다. 노력의 결실이라 할 수 있었다.

그만큼 청명이 노력했던 것이다.

그때 들어 경극의 실력도 더욱 발전해 있었는데, 그것을 지켜보던 단주가 이렇게 제안했다.

"이제부턴 본격적으로 배우들과 호흡을 맞춰보자. 연습할 때 너도 참가해."

그녀의 말에 청명이 피식 웃었다. 하지만 표정과 달리 약간의 조급을 드러냈다.

"언제부터 경극에 나갈 수 있는 겁니까?"

노력해서 익힌 것을 써먹지 못한다는 것은 아쉬운 일이다. 그것은 사람이라면 누구나 가지게 되는 직업에 대한 자부심 때문이리라.

처음 경극을 배울 때와는 달리, 이미 경극의 매력에 듬뿍 빠진 청명으로서는 사람들 앞에서 연기를 하고 싶은 마음이 간절한 것은 당연했다.

그 시간이 하루라도 빨리 다가왔으면 바라는 그였다.

물론, 그간 연구하고 익혔던 최면을 사람들에게 선보일 수 있다는 이유도 한몫 거든 탓이었지만…….

청명의 물음에 단주가 웃으며 물었다.

"나가고 싶니?"

당연하다는 듯 끄덕여지는 고개. 하지만 아직은 때가 아니라고 생각했는지 단주는 고개를 저었다.

"네 실력은 인정하지만 아직 경험이 부족해. 좀 더 많은 작품을 섭렵하고, 다른 배우들과의 호흡을 맞춘 후에도 늦지 않아."

"그게 언젠데요?"

"글쎄……. 네가 하기에 따라 다르겠지?"

"올해 안에는 가능하겠죠?"

"……!"

단주는 말없이 청명을 바라보았다. 강한 의지를 담은 눈빛이 먼저 그녀의 눈에 들어왔다.

'점점 변하네…….'

생각처럼 청명은 사애극단에 들어온 이후로 많이 변해 있었다.

신체적으론 키가 훨씬 커져 있었고, 골격도 성인의 그것과 비슷했던 것이다. 단지, 여장 배역을 맡아야 한다는 이유로 피부와 외모를 꽤 신경 써서 관리했기에 상당히 여성스런 분위기를 풍겼지만, 한 사람의 사내가 되어 있음은 분명한 사실이었다.

그러나 외모의 변화는 아무것도 아니다.

정작 청명을 달리 보이게 한 것은 성격이었다.

단주는 청명을 처음 만났을 때를 떠올렸다.

약간의 수줍은 듯한 표정과 불안함을 드러내는 눈빛. 그리고 어딘지 모르게 억눌린 것 같은 그의 목소리 등이 눈앞에 그려졌다.

한데, 지금은 아니다. 사애극단에 들어오겠다고 한 날에도 달라 보였지만, 최근 들어서는 예전의 분위기를 떠올릴 수조차 없을 정도다.

약간 반항적이라고나 할까?

사춘기를 겪어서 삐뚤어진 것일 수도 있을 것이다. 하지만 누구나 겪게 되는 그런 단순한 현상으로 이렇게 변할 수 있을까?

단주는 아니라고 판단했다.

눈빛에 자신감이 넘치고 있는 것만 봐도 알 수 있었다.

말투도 조심스럽게 물어보는 투에서, 이제는 하겠다는, 하고야 말겠다는 강한 의지가 담긴 투로 바뀌어 있었으니…….

'소심한 것보단 낫지!'

단주는 그렇게 생각했다. 보호해 줘야 한다는 생각이 들었던 예전의 모습을 볼 때는 조금 불안했던 것이 사실이지만,

이젠 그러지 않아도 될 것 같았다.

오히려 의지가 되는 느낌이었다.

"너만 잘 따라와 준다면."

그녀는 미소를 지으며 그렇게 대답했다. 그러자 청명이 뚱한 표정을 지었다.

어디 해볼 테면 해보라는 뜻으로 받아들인 그였다.

그는 질 수 없다는 듯 한마디를 툭 내뱉고는 천막을 빠져나갔다. 연습을 위해서였다.

"생각보다 빠를 겁니다."

당당한 그 모습에 단주는 흡족한 표정을 지었다. 하지만 왠지 모르게 한편으론 알 수 없는 불안을 느끼는 그녀였다.

그렇게 석 달이 지나갔다. 역시 청명에게는 잠깐의 시간이었다.

하지만 그의 예상대로 노력의 결실은 확실히 다가왔다.

최소한 육 개월은 넘게 걸리리라 예상했던 단주의 판단을 뒤엎고 결국 첫 무대를 허락받았던 것이다.

그만큼 청명의 실력이 뛰어났다는 것이 증명된 셈이었다.

그러나 단주는 허락을 하고도 불안함을 드러냈다. 그래도 첫 무대라 실수를 할까 걱정이 되었기 때문이다.

하지만 그녀의 예상은 다시 한 번 빗나가고 말았다.

그 첫무대로 인해 단주는 청명을 다시 평가하게 되었다.

어느 때보다 열광하던 관객들!

청명에게 휘파람을 불고 박수를 쏟아내는 관객들을 보자 불안이 기우였다는 것을 알 수 있었다.

대성공인 셈이었다.

도대체 어떻게 했기에 저 정도 반응까지 나올까 싶을 정도로……!

그날 이후, 청명의 비중은 사애극단의 누구보다 높아질 수밖에 없었다.

밥만 축내고 놀고먹는 견습 배우에서, 당당히 많은 돈을 벌어들이는 인기 배우로 자리매김을 한 것이다.

＊　　　＊　　　＊

중원 무림은 크게 장강을 경계로 나뉘어 있었다. 장강 이북을 강북, 이남을 강남으로 칭하는 것이다.

사실, 그리 의미있는 경계는 아니다. 무림, 또는 강호라는 한정된 세계에서 정해진 경계의 차이는 별 의미가 없기 때문이다.

하지만 확연한 차이 하나가 있는데, 바로 세력의 특성이었다.

존재 목적의 차이가 강북과 강남이 조금 구별이 되었던 것이다.

강북은 무력을 중심으로 기반을 다졌다. 무를 숭상하고, 그것을 기반으로 세력을 확장하려는 목적이 컸기 때문이다.

반대로 강남은 재력을 중심으로 무력을 다졌는데, 강북보다 비교적 풍족한 강남의 여건 때문이었다. 경제력을 위해 몰려들었고, 그것을 지키고 더욱 확장시켜 나가기 위해 강력한 무력을 요구했던 것이다.

모두가 그런 것은 아니지만 특출한 몇몇 세력을 보자면 확연히 차이가 나는 것은 어쩔 수 없었다.

그 대표적인 예가 바로 세가였다.

경제력을 목적으로 무인을 기르고, 그 무인을 이용하여 더 큰 이윤을 남기는 장사에 투입시키는 집안의 세력.

강남엔 그런 무림 세가들이 강북에 비해 월등히 많았다.

무림 육대세가로 명망 높은 남궁, 제갈, 백리, 단씨세가가 모두 강남에 있는 것만 보아도 알 수 있었다. 하지만 그런 강남에 어두운 구름이 서서히 몰려들고 있었다.

호북 남쪽 통산(通山).

무한(武漢)에서 백여 리 남쪽에 치우쳐진 통산은 무림 육대세가 중 하나인 단씨세가가 있는 곳으로 유명했다. 기실, 통산에만 있는 것이 아니라 다른 지역에도 여러 분타와 사업장을 두어 강남의 돈을 긁어모은다는 소문이 퍼지고 있을 정도였다.

자체적으로 길러낸 무사 이천여 명에 실력있는 고용 무사는 헤아릴 수 없이 보유하고 있었으니……. 그것을 기반으로 한 막대한 자금은 통산 일대를 완전히 장악하고 있다고 봐야 했다.

정사를 막론하고 그들의 눈치를 보지 않는 문파가 없을 정도, 게다가 관부와도 연줄이 닿아 있어 그 힘은 하늘에 미친다 했다.

물론, 다른 세가들이 들었다면 콧방귀를 뀌겠지만, 그만큼 대단하다는 것을 피력하는 말임에는 분명했다.

그런 단씨세가의 단가장에 아침나절부터 두 부류의 사람들이 몰려들기 시작했다. 족히 오십여 명은 되는 듯한데, 그들을 이끌고 온 두 명의 노인이 하인의 안내를 받아 내당으로 들어섰다.

그들이 도착한 곳은 내당에서도 가장 화려한 사층 건물의 꼭대기였다.

"바쁘신 분들을 이렇게 초대하여 죄송스럽게 생각할 따름이오. 오시는 길이 힘들지나 않았는지 모르겠소."

두 노인이 방 안에 들어서기 바쁘게 주인 된 자가 자리에서 일어나 환대했다. 그러자 두 노인이 포권을 하며 고개를 조아렸다.

"초대해 주셔서 영광일 뿐입니다."

"허허, 영광까지야……. 여하튼, 여기 앉으시오."

오가는 인사말 후에 모두 자리에 앉자 한 노인이 입을 열었다.

육십 세 정도 되어 보이는 마른 체격에 코에 큰 점이 있는 노인, 제갈진(諸葛溱)이었다.

현 제갈세가의 장로를 역임하고 있는 그는 제갈세가를 정식으로 초대한 가주 단헌필(單憲必)을 향해 의아한 표정을 드러냈다.

세가와의 교류가 빈번히 이루어지기는 하지만 이런 식의 은밀한 초대는 드문 일이었던 것이다.

"어쩐 일로 부르셨습니까?"

그 말에 옆에 앉아 있던 위지헌(尉遲櫶)도 입을 열었다. 현 위지세가 가주의 먼 친척이 되는 그 역시 장로였고, 역시 세가를 대표해 단가장을 찾은 중이었다.

세가 달려 육대세가에 들지는 못한 위지세가였지만 호남에서는 그 힘과 위세를 떨치고 있었기에 그들 역시 강남에서 무시할 수 없는 집안임이 분명했다.

"장강의 변고 때문은 아니겠지요?"

"왜 아니겠소? 그 때문에 그대들을 부른 것이오."

"……?"

두 노인은 더욱 의아함을 드러냈다. 일 년 전부터 장강수로 십팔타의 말썽은 시작되었고, 이제 와서는 특별할 것이 없었던 것이다.

말썽의 발단은 이랬다.

이 년 전, 갑자기 장강의 주인이 바뀌었다.

사실, 한 무리의 주인이 바뀌는 것이야 강호에서는 다반사로 있는 일이니 특별할 것이 없다. 하지만 그 주인의 목적이 강남의 판도를 바꾸어놓는 것이라 문제가 되기 시작했다.

그것은 경제적인 타격이었다.

당사자인 장강수로타의 총타주가 함구하고 있기에 뚜렷한 이유는 알 수 없었지만, 세를 불리기 시작하더니 일 년 전부터 장강의 물결을 틀어막아 버린 이후론 교역이 제대로 이뤄질 수가 없었다.

물물 교역을 통해 막대한 자금을 확보하고 있는 세가로서는 달가울 리 없는 일이었다. 끝내 굽히고 들어가 장강수로타와의 협상을 요구하기까지 했다. 전쟁을 바라지는 않았기 때문이다.

한데, 장강의 주인이 미쳤던 모양이다.

수많은 강남의 세가들, 무시무시한 힘과 재력과 권력을 가진 그들의 협상을 거부해 버린 일은 미쳤다고밖에 달리 표현할 방법이 없었다.

하지만 그때까지 장강의 위협을 그리 대수롭지 않게 생각했던 세가는 손해를 감수하고 일시적으로 수로를 포기하기로 했다. 시간이 지나면 자연히 풀어질 문제라 여긴 것이다.

주인이 바뀌면 텃새가 나오기 마련이고, 그 시간이 얼마나

가겠냐는 심산에서였다.

그래서 육로를 통해 교역을 준비했던 것인데…….

이번에는 녹림십팔채가 말썽이었다.

장강수로십팔타가 그러했듯이, 녹림의 세력이 육로를 끊어버린 것이다.

모든 표물이 녹림에 의해 털리고, 빼앗겼으며, 표사와 쟁자수들은 죽어나갔다.

그렇게 되자 세가의 신용이 자연적으로 떨어질 수밖에 없었다. 강북과의 무역 거래가 급격히 줄어드는 것으로 그 결과는 확연히 드러났다.

강남의 상권만으로도 상당한 자금이 확보되고는 있었지만, 그것도 한계가 존재하는 법. 흑도 세력과 나눠 먹기 식이었기에 문제가 많을 수밖에 없다. 그리고 세가의 칠 할에 달하는 자금줄이 무역을 통해 들어오는 것이니, 타격이 이만저만이 아니었다.

세가가 격분하는 것도 당연한 일이었다. 수로에 이어 육로까지 차단되자 그 분노가 극에 달했던 것이다.

그 화살이 장강수로타로 쏟아졌다.

참지 못한 세가에서 자체적으로 고수들을 파견해 공격을 감행했던 것이다. 은밀하고도 신속한 대응이었다.

하지만 장강의 저력은 그들의 상상을 뒤집어놓았다.

우선 정보력에서 막강한 실력을 행사했다.

장강수로십팔타는 대체로 무공을 익힌 수적들로 이뤄져 있지만, 그들이 다가 아니었다. 넓게는 어부에서부터 선착장의 선원들까지도 은밀하게 그들과 동조하고 있었기 때문이다.

수많은 눈과 귀가 있으니 정보력이 뛰어난 것은 당연한 일.

번번이 기습 작전이 알려지면서 실패가 이어지자, 많은 인명 피해까지 세가가 떠안게 되었다.

그리고 지금으로부터 두 달 전. 기습 작전을 포기한 백씨세가와 철영문(鐵影門)의 고수들이 정면으로 제사채를 공격하는 일이 발생했다.

그것도 백주 대낮에 배를 타고 들어가 보란 듯이 공격을 감행했다.

그런데 결과가 놀라웠다. 정면 대결로 투입되었던 고수 이천여 명이 절반의 사상자를 남기고 퇴각해 버린 것이다.

수전에서의 노련함도 당연한 승리의 원인이었고, 고수들의 실력에서도 오히려 세가를 압도한 장강수로십팔타였다.

장강수로를 다시 평가해야 하는 계기가 된 사건이 분명했다.

그날 이후로 세가들은 조용히 사건을 관망하며 숨죽이기 시작했다.

무림맹 때문이었다.

그들에게 한 가닥 희망을 걸었다.

맹을 발동시켜 맹주를 선출하고 장강과 녹림을 치려는 뜻을 품은 것이다.

물론 맹이 발동되면 사파도 가만있지 않을 것이다. 일월맹을 발동시켜 정사대전이 벌어질 수도 있는 일이었다.

하지만 절박한 세가의 입장으로서는 그것을 돌볼 겨를이 없었다. 당장은 버틴다 하더라도, 몇 해가 지나면 세력이 급격히 줄어들 것이 불을 보듯 뻔했기 때문이다.

그런데 단헌필이 놀라운 말을 했다.

"더 이상 무림맹에 기대를 하는 것은 무리라고 판단해서 그대들을 초청한 것이오."

그의 말에 제갈진이 인상을 찌푸렸다.

"맹에서 그리 결론이 났습니까?"

"아직 결정을 내리지는 않은 모양이오. 하나, 내가 알고 있는 지인이 맹의 요직에 있는데 얼마 전 그에게 연락이 왔소, 그리 기대하지 말라고……."

"기대하지 마라?"

위지헌도 인상을 찌푸렸다.

단헌필이 피식 웃었다. 자조적인 미소였다.

"그 이유가 우스웠소."

"……?"

"천신교가 언제 모습을 드러낼지 모르는 상황이니 정사끼리 반목을 피해야 한다 그러더이다. 화해와 협상이 중요하다는 말도 하더군요.”

“화해와 협상? 그걸 누가 몰라서 이러는 겁니까?”

결국 참지 못한 위지헌이 분기를 드러냈다.

“강북은 피해가 없다는 거겠지. 그러니 강 건너 불구경하는 것이 아니겠습니까?”

“그래서 여러분을 부른 것이오.”

“그럼 뜻은……!”

단헌필이 결연히 고개를 끄덕였다.

“전에도 이야기가 나왔다가 흐지부지되긴 했지만, 지금에서는 불가피하다고 생각하오.”

제갈진도 수긍을 했다.

“어쩔 수 없지요. 하지만 반대도 만만치 않을 겁니다. 그때 당시에도 맹주의 선출과 맹을 이끌 세가에 대한 지목으로 말이 많았지 않습니까? 결국, 세가끼리의 의를 저버릴 수 없다는 이유로 없던 일로 해버렸으니…….”

그들이 말하는 의미는 세가연맹을 뜻했다.

장강과 녹림, 그리고 그들을 은밀히 도와주고 있는 사파를 일시에 공격해 무너뜨리는 방법은 그것밖에 없다고 판단했기 때문이다.

하지만 말 그대로 흐지부지되었던 제안이다. 맹이라 함은 여러 단체의 집합이었고, 그런 모임일수록 수장을 필요로 했다.

무림맹을 따지자면 그런 분란이 작지만, 강남으로만 한정
되었을 경우 문제가 꽤 컸다. 세가들이란 집안의 결속으로 다
져져 있기에 그에 따른 자부심과 자존심이 극도로 높았기 때
문이다.

제갈진은 그것을 우려하고 있었다.

하지만 단헌필은 그것도 이미 생각한 바 있는 모양이었다.

말이 떨어지기 무섭게 대답했다.

"어차피 밟아야 할 차순이오. 세가끼리 조금씩만 양보한다
면 뭐 그리 대단한 일이겠소. 우선 이번 장강의 문제로 한정
지어 일시적으로 맹을 결성하고, 일이 해결되면 곧바로 해체
해 예전으로 돌아가면 큰 분란은 없을 것이라 생각되오만? 여
러분의 생각은 어떠시오?"

위지헌이 나섰다.

"그렇기는 합니다만, 과연 맹주 자리를 두고 집안싸움이나
하지 않을지 걱정이군요. 일시적이라고는 하나 남들에게 보
여지는 것도 있기에 중요한 자리를 탐내는 것은 당연한 일일
터."

"그 부분에 대해서는 좀 더 상의를 해야겠지요. 우선 여러
분의 의중을 알고 싶어 불렀던 것이오. 돌아가시는 즉시 가주
께 귀띔을 해주시고 나에게 결과를 알려주시오. 나는 그동안
다른 세가에도 연락을 해 찬반을 나눠볼 생각이오."

"굳이 그럴 필요가 있겠습니까? 우리 가주께서는 찬성을

하실 겁니다. 맹에서 그렇게 나온다면 어쩔 수 없는 일 아니겠습니까. 이대로 세가만 손해를 떠안을 수 없다는 것이 평소 가주의 생각이었으니까요. 문제는 맹의 결성과 맹주의 선출에 대한 것뿐."

"그럼 그 부분은 훗날 따로 모여 모두가 찬성하는 방향으로 결정을 짓도록 하는 것이 어떻겠소?"

두 노인은 찬성했다.

그리고 두 세가뿐만 아니라 다른 세가에서도 찬성의 뜻을 전해왔다.

결국 문제는 누가 맹주를 하느냐는 것인데…….

그 때문에 세가끼리 은근히 눈치를 보는 사태가 벌어지기 시작했다.

하지만 단헌필이 남궁세가의 가주를 맹주로 추천하고 나서자 그 문제는 슬머시 사라졌다. 모두 수긍할 만한 이유를 들었기 때문이다.

이번 장강 문제로 가장 큰 경제적 피해를 입은 것은 누가 뭐래도 남궁세가였다. 어느 세가보다 많은 선착장을 소유했고, 가장 많은 무역업을 했기에 그럴 수밖에 없었다.

그것은 장강수로십팔타에 가장 심한 적개심을 두고 있다는 것을 뜻한다. 당장 눈앞의 피해가 불어나고 있으니 누구보다 적극적일 수밖에 없다는 뜻이기도 했다.

하지만 가장 큰 이유는, 그들의 세력이 육대세가 중 으뜸이라는 데 있었다.

은밀히 맹주가 결정되자 다음은 맹의 결성식 날짜였다.

그것은 남궁세가에 전적으로 맡기기로 되었는데, 남궁세가는 오는 가을로 정했다.

최대한 빠른 세가 결성이 목적이었지만, 그렇다고 소홀히 할 수도 없는 일이었기 때문이다.

세가의 위세가 있는 만큼 제대로 된 결성식을 보여줌으로 그 힘을 사방에 알리는 것이 중요했다. 때문에 많은 사람들을 수용할 수 있고 숙식도 가능한 넓은 장소를 구해야 했으며, 구경꾼들을 모으기 위해 광대와 극단 등 유흥 거리도 준비해야 했고, 그날 부릴 일꾼을 구하기 위해 남궁세가가 바쁘게 움직이기 시작했다.

第九章
불운의 산적

털그럭! 털그럭!

다섯 대의 마차가 감숙성에서 사천성으로 가는 야트막한 산 초입을 지나치고 있었다.

좀체 볼 수 없는 큰 마차 두 대와 작은 마차 세 대였다.

때는 태양이 뉘엿뉘엿 져가는 여름. 석양이 서쪽 하늘을 물들이고 있는 저녁 시간이었다.

"저 녀석들이냐?"

숲이 우거진 높은 언덕에서 나직한 목소리가 흘러나왔다.

눈을 반짝이는 일단의 사람들 중에서 고슴도치 머리를 하고, 곰의 가죽을 둘러 입은 사내였다.

그의 물음에 옆에 있던 쥐 상의 사내가 역시 나직이 대답했다.

"틀림없습니다, 형님. 감숙에서 꽤 유명했던 놈들인데, 돈을 긁어모으다시피 했죠. 털면 꽤 쏠쏠할 겁니다."

"나도 소문은 익히 들었다. 이쪽으로 지나가다니, 오늘 횡재했군! 흐흐흐!"

말과 함께 그가 슬며시 손을 들었다. 그러자 몇 명의 사내가 조심스럽게 뒤로 물러나더니 좀 더 으슥한 숲 속으로 이동하기 시작했다.

그곳에 십여 명의 인원이 더 있었다.

합쳐 열일곱 명이 된 셈이다.

모두 험악한 인상에 한가락 하는 놈들이었으니 문제는 없었다.

단지 약간 걱정이 되는 것은 목표물의 수도 만만치 않게 많다는 것이고, 그들 중에 차력을 하는 사내들이 끼어 있다는 점이었다.

하지만 그런 것도 털어버릴 수 있었다. 그에게는 자신을 포함해 무공을 익힌 고수가 네 명이나 되었으니까.

"신호를 하면 일시에 뛰쳐나가 앞을 막고 퇴로를 차단해라!"

명이 떨어지기 무섭게 수하들이 음충맞은 표정을 지었다.

누군가가 이죽거렸다.

"극단에 예쁜 여자들도 있다는 소문을 들었는데……. 우리에게도 기회는 오겠죠?"

"알아서 해라."

의외로 순순히 허락한 그는 마차가 지척까지 다가오길 기다려 휘파람을 불었다. 동시에 열일곱 명의 건장한 사내가 흉물스런 병장기를 휘두르며 마차의 진로와 퇴로를 막아버렸다.

약속이라도 한듯 사내들이 일시에 외쳤다.

"멈춰라!"

그러자 마부들이 급히 고삐를 잡아당겨 마차를 멈춰 세웠다. 한데, 반응들이 조금 이상했다.

숲에서 산적들을 만났으면 예의상이라도 두려운 표시를 내야 할 것이 아닌가!

"무슨 일이오?"

왜 막는지 이유를 모르겠다는 듯 앞선 마차의 마부가 물어왔다.

곰 가죽을 입고 있는 두목이 선두에 나서며 인상을 찌푸렸다.

"무슨 일?"

"바쁘니 비켜주시오."

"……."

순간 두목과 그 수하들이 멍한 표정을 지었다. 여태껏 그들을 마주친 자들 중 이런 반응을 보인 예가 없었다.

태연해도 너무 태연해 보였다.

그러자 쥐 상의 사내가 앞으로 나서며 으르렁거렸다.

"이것들이, 사천의 대용적(大龍賊)을 앞에 두고도 목숨이 아깝지 않은 게냐, 아니면 멍청한 게냐?"

"대용적?"

마부가 뚱한 표정을 지었다.

"처음 들어보는데……."

말과 함께 피식 웃는다.

"경을 치고 싶지 않으면 비켜주시오."

"뭐얏! 목이 떨어져야 정신을 차리고 눈물을 흘리겠다는 거냐!"

쥐 상의 사내가 더욱 앞으로 나왔다. 거대한 도를 휘두르며 위협적인 모습을 취하면서였다.

그때 마차 안에서 여인의 목소리가 들려왔다.

"천방, 무슨 일이야?"

"산적들이 앞을 막아섰는데요."

천방은 쥐 상의 사내를 힐끔 바라보더니 다시 마차 안으로 시선을 돌렸다.

"어떻게 할까요?"

차분한 여인의 목소리가 뒤를 이었다.

"문제 일으키지 마라!"

천방이 고개를 끄덕였다. 그리곤 산적들을 향해 물었다.

"얼마면 보내주시겠소?"

"얼마라……."

두목인 듯한 자가 인상을 험악하게 구기며 이죽거렸다. 자신들을 앞에 두고도 태연하게 협상을 하려는 모습이 기분 나빴기 때문이다.

그를 대변하려는 듯 쥐 상이 다시 외쳤다.

"이것들이 지금 장난하냐? 가진 걸 모두 내놓고 목을 바쳐라!"

천방이 마차를 향해 말했다.

"…라는데요?"

"어쩔 수 없지!"

말을 끝으로 조용한 침묵이 흘렀다.

잠시 후!

끼이익!

두 번째 마차 문이 열리더니 한 사람이 모습을 드러냈다.

죽립을 쓴 사내였다.

그는 성큼성큼 걸어 산적들을 마주 보며 섰다. 그리고는 손가락 하나를 튕기는데, 손 위에 올려진 동전 하나가 곡선을 그리며 산적들 앞으로 떨어져 내렸다.

땡그랑—!

동전이 바닥을 굴러 빙글빙글 돌았다.

일 문이었다.

"그것 가지고 꺼져 주면 안 될까?"

산적들의 표정에 살기가 담기기 시작했다.

"빌어먹을 녀석! 간이 배 밖으로 나왔구나!"

말과 함께 두목이 손을 앞으로 뻗었다.

"애들아, 쳐라!"

그러자 죽립 밑으로 사내의 입가가 약간 비틀리는 것이 보였다.

순간 이게 아니라는 생각이 들긴 했지만 이미 내친걸음이었다.

두목까지 철제 못이 박힌 거대한 몽둥이를 빼 들고는 수하들의 뒤를 따랐다. 하지만 그 순간 놀라운 일이 벌어졌다.

두목의 두 눈이 커졌다.

그뿐만이 아닌 모양이었다. 마차를 향해 거칠게 달려들던 수하들도 일시에 걸음을 멈추더니 경악한 듯 주위를 두리번거렸다.

죽립사내의 눈빛을 응시한 순간에 벌어진 일이었다.

붉게 반짝이는 눈빛을 마주하는 그 찰나에 사방이 어두워져 버렸다.

특이한 점은 칠흑같이 어두운데도 수하들 한 명 한 명이 또렷이 보인다는 것이었다. 그사이 마차 위에 올라선 죽립사내 또한 마찬가지였다.

“뭐, 뭐냐?”

놀라 외치자 죽립사내가 조소를 흘리며 대답했다.

“지금부터 진정한 고통이 뭔지 가르쳐 주마!”

“저, 저놈이!”

두목은 이 괴상한 현상이 죽립사내 때문이라 판단하고는 급히 몸을 띄워 달려들었다. 그때 죽립사내의 목소리가 그의 움직임을 봉쇄했다.

“너희는 움직일 수 없다.”

말이 떨어지기 무섭게 온몸이 굳어버렸다. 수하들도 마찬가지였다.

주문에라도 걸린 듯 몸이 뻣뻣해지더니 힘이 들어가질 않았다.

덜컥 두려움이 인 두목이 소리쳤다.

“이, 이게 무슨 사술이냐?!”

“대답할 필요가 있을까? 우선 네놈들 다리 하나를 잘라주지! 손가락 하나를 튕기는 순간 네놈들은 발 하나가 잘려 나갈 거다!”

탁—!

말과 함께 손가락 하나가 튕겨졌다.

동시에 산적들의 입에서 비명성이 터져 나왔다.

“크아아악!”

이런 조화도 있을까?

정말 죽립사내의 말대로 다리가 뚝 하며 떨어져 나가는데, 그 고통은 생각 이상으로 산적들을 휘몰아쳤다.

피까지 쏟아져 사방을 메우기 시작할 때, 죽립사내의 말이 다시 이어졌다.

"이번에는 한쪽 팔을 잘라주지!"

탁—!

또다시 비명이 사방을 메웠다.

"이번에는 배를 갈라주마!"

고통 중에도 그 소리를 들은 두목이 급히 발악했다.

고통 때문에 식은땀으로 범벅이 되었지만 죽을 수는 없다는 마음이 강렬한 탓이었다.

"사, 살려주십시오."

여기저기서 같은 소리가 흘러나왔다.

죽립사내의 입가는 여전히 비틀려 있었다.

"글쎄, 아직 느끼게 해줄 고통이 많이 남았는데……. 좋아! 그럼, 이번 것을 견뎌내면 살려주마!"

산적들의 표정이 핼쑥해졌다.

모두 절망의 시선으로 죽립사내를 바라보는데, 지금까지 겪었던 고통이 완전히 사라질 수밖에 없었다. 그만큼 지금 눈에 들어온 현상이 충격으로 다가왔기 때문이다.

"저, 저런!"

말이 이어지지 않았다.

어둠 속에서 거대한 백호 한 마리가 죽립사내 옆에 나타났던 것이다.

백호라지만 실제론 백호가 아니었다. 붉게 충혈된 두 눈을 반짝이고, 입은 이리의 그것같이 튀어나와 있었던 것이다.

뿐만 아니다. 어깨에 거대한 날개가 달려 있어, 세상에 존재하지 않는 괴물임이 분명해 보였다.

그런데 처음에는 하나였던 그 괴물이 숫자를 더해간다는 것이 문제였다.

하나씩 늘어나더니 종내에는 죽립사내 옆으로 산적의 수만큼 늘어나 있었다.

죽립사내가 차분하게 말했다.

"너희의 간을 이 녀석들에게 줄 것인즉, 버티면 살려주마!"

"그, 그런 말도 안 되는……."

간을 괴물에게 씹히고도 살 수 있을까!

하지만 죽립사내는 망설임이 없었다.

"가라!"

차분하게 흘러나오는 음성을 뒤로하고 괴물들이 천천히 그의 명을 따라 산적들을 향해 움직이기 시작했다.

으르렁거리는 그 떨림이 전해져 오싹한 기운을 풍겨냈다.

"오, 오지 마!"

"살려줘—!"

여기저기에서 산적들의 발악성이 터져 나왔다. 하지만 괴물들의 움직임을 막을 수는 없었다. 천천히 그들의 두려움을 즐기는 듯 계속해서 다가올 뿐이었다.

결국 누군가가 하늘이 찢어지는 듯한 비명을 터뜨리며 그대로 쓰러져 버렸다.

다른 녀석들도 크게 다르지 않았다. 하나둘, 그 두려움을 견디지 못하고 기절하기 시작했다. 그러자 죽립사내가 피식 웃음을 흘렸다.

어둠은 이미 걷혀 있었다.

사실 처음부터 어둠이 있었던 것은 아니었지만.

"겁들은……."

말과 함께 세상모르고 기절해 있는 산적들을 둘러본 그는 천천히 마차로 걸음을 옮겼다. 팔이 떨어진 것도 아니고, 다리가 떨어진 것도 아니었다. 멀쩡한 그대로 고통과 두려움에 기절해 있을 뿐이었다.

"가죠!"

그러자 마차가 다시 천천히 앞으로 전진을 시작했다.

그때였다.

"노옴!"

일갈과 함께 앞에서 쓰러진 두목이 벌떡 자리에서 일어서더니 몽둥이를 휘두르며 죽립사내를 덮쳐 왔다. 생긴 것과 달리 상당한 무공을 익힌 듯 군더더기없는 동작이었다.

하지만 죽립사내는 힐끔 바라볼 뿐 동요하지 않았다.

‘꽤 고강한 내공이 있는 줄 알았다면 좀 더 강하게 최면을 걸 걸 그랬군!’

생각을 끝으로 못이 박힌 몽둥이가 죽립을 바스러뜨리기 위해 지척까지 다가와 있었다.

하지만 몽둥이는 끝내 죽립을 칠 수가 없었다.

“멈춰!”

나직이 흘러나온 음성에 몽둥이가 거짓말처럼 멈췄다.

얼굴까지 붉어진 두목이 갖은 애를 써봤지만 진퇴양난이었다. 허공에 몽둥이가 박힌 듯 꼼짝도 하지 않으니 식은땀이 절로 흐를 수밖에!

결국 두목이 쓴웃음을 지었다.

“하하! 죄, 죄송…….”

“죄송할 필요 없어!”

순간 죽립사내의 몸에서 강렬한 기운이 사방으로 퍼져 나왔다. 그 강렬한 기운을 느낀 두목의 몸이 떨리기 시작했다.

탁!

죽립사내의 장심이 산적의 복부를 강타했다.

그리 세게 친 것도 아니고, 살짝 갖다 댔을 뿐이다. 한데 결과는 놀라웠다.

“크아악!”

비명과 함께 두목의 몸이 직선으로 날아갔다.

그리고…….

쿵―!

나무에 부딪치지 않았다면 몇 장이나 더 날아갔을 것이 분명했다.

입에 울컥 피를 쏟아내며 땅에 떨어지는데, 죽립사내는 신경 쓰지 않고 마차 안으로 들어가 버렸다.

"출발합시다!"

마차는 다시 숲길을 뚫기 시작했다.

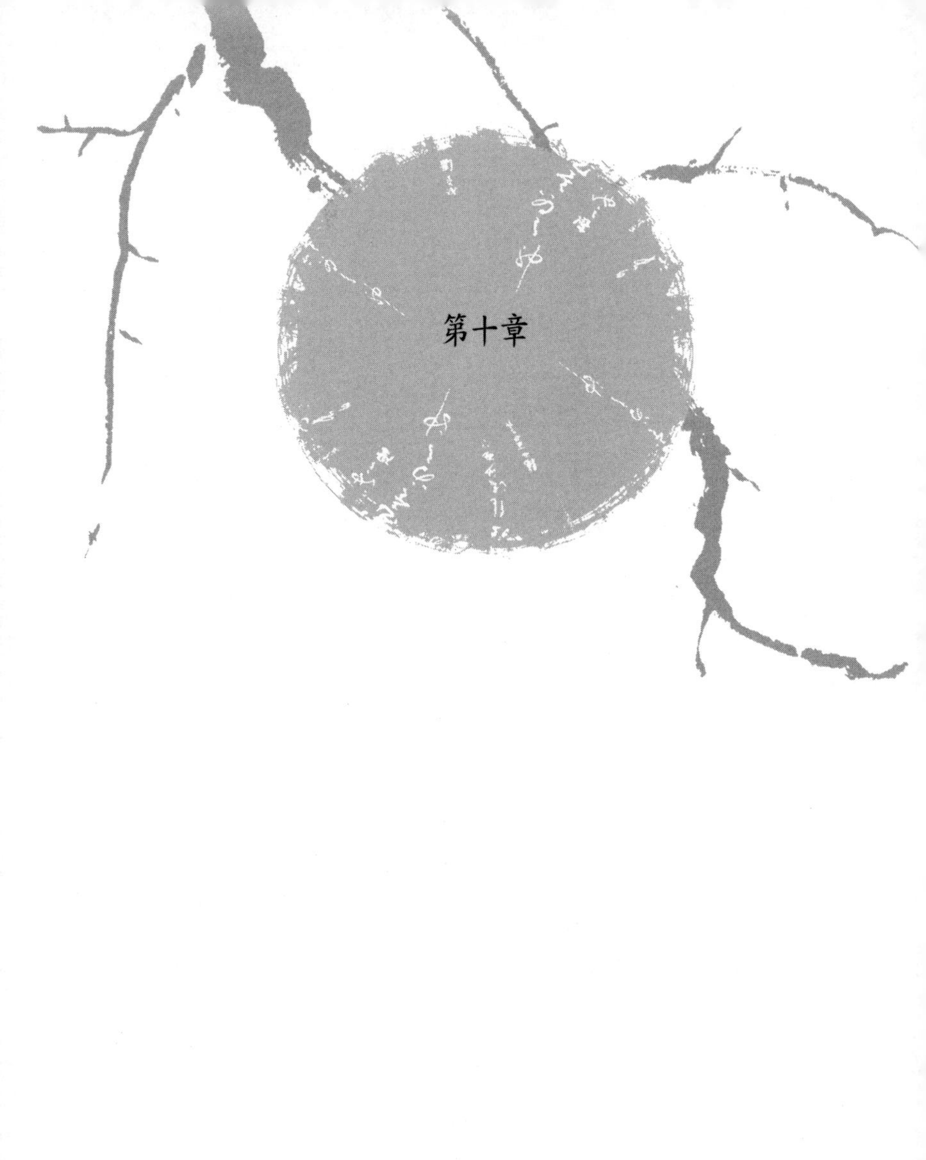

第十章

第十章
당문과 남궁세가의 여식

시원한 바람이 대륙을 덮었다. 찌는 듯한 더위를 식혀주고, 사람들의 마음을 풍요롭고, 여유있게 만들어주는 가을바람이었다.

그 바람은 사천에도 어김없이 찾아왔다.

하지만 시원하지는 않았다.

사천의 기후가 원래 겨울에도 따뜻했던 것이다. 그러니 바람은 뜨거워질 대로 뜨거워져, 가을임에도 꽤나 사람들의 땀을 자아냈다.

오히려 텁텁하다고나 할까?

아마 초겨울은 되어야 이 더위가 식혀질 것이다.

　그래도 수확의 계절이라 사천 성도 사람들은 기분이 좋았다. 숨이 턱턱 막힐 것 같은 여름의 더위가 그나마 한풀 꺾였기 때문이다.

　이쯤 되면 대야에 발을 담그고, 방 안에서 부채질로 여름을 때우던 사람들이 밖으로 나돌게 마련이다.

　게다가 관광객들도 들끓는 시기이기에 거리는 발 디딜 틈 없이 북적댔다.

　"아이 씨! 걸리는 게 사람이네."

　앞서 걷다 지나치던 여행객의 어깨에 부딪친 홍의소녀가 투덜댔다.

　벌써 몇 번째인지 몰랐다.

　그러자 뒤따르던 청의소녀가 피식 웃었다.

　"그러니까 아침 일찍 오자고 했잖아."

　"아침에 볼 게 뭐 있어? 구경거리가 많은 낮에 와야 재밌지."

　"그럼, 투덜거리지 말던가!"

　"쳇!"

　토라진 듯, 홍의소녀는 몸을 휙 돌려 다시 걷기 시작했다.

　그러자 뒤따르던 청의소녀가 그녀의 소매를 잡아끌었다. 이층으로 된 찻집을 향해서였다.

　"진화(珍貨)! 여기 들어가자."

　"여긴 왜?"

"사람이 너무 많다며? 우선 조금 한산해질 때까지 차나 마시면서 이야기나 해. 여기 차 맛도 좋아."

싫지 않은 제안이었다. 하지만 홍의소녀는 어쩔 수 없어 끌려가는 척 찻집으로 들어갔다.

자리에 앉아 차를 마시자 청의소녀의 말답게 차 맛은 일품이었다.

그렇게 차를 마시며 이런저런 이야기를 나누던 중 홍의소녀가 물었다.

"여기에서 나간 후, 어딜 구경시켜 줄 거야?"

"글쎄… 우선 무후사나 청양궁을 가볼까? 그리고 오후에 볼거리가 많이 있으니까 거리로 나와서 구경했으면 하는데, 어때?"

"볼거리?"

"응. 사보란가란 거리가 있는데, 크고 작은 건물들이 거미줄처럼 늘어 있는 곳이야. 근데 전체가 다 잡화를 팔거든. 볼 게 많을 거야."

말을 하던 청의소녀가 피식 웃었다.

"네가 좋아하는 장신구나 비단옷도 잔뜩이고, 이상한 외국 물품도 많아."

그러자 그녀의 생각대로 홍의소녀가 싫지 않은 표정을 지었다. 그때, 그녀들의 호기심을 자극하는 소리가 옆 자리에서 들려왔다.

한 쌍의 남녀들인데, 분위기로 보아 연인 사이인 듯했다. 이상한 점은 그럼에도 두 사람 사이에 팽팽한 언쟁이 벌어지고 있다는 것이었다.

"그따위 녀석들이 뭐가 좋다는 거요? 내가 볼 때는 실력도 형편없던데."

사내의 말에 여인이 인상을 찌푸렸다.

"왜 그러세요? 주 형께서도 눈물을 흘리면서 보셨잖아요."

"아니, 내가 언제?"

"못 봤을 줄 알구요?"

"험험, 난 눈물 따위 흘린 적 없소. 어찌 사내대장부가 한낱 경극을 보고 눈물을 흘린단 말이오?"

"호오, 그러세요?"

사내는 뻔뻔스럽게 고개를 끄덕이며 능청을 떨었다.

그게 얄미운 모양이었다. 여인의 공격이 시작되었다.

"그럼 아까, 오랜만에 정말 제대로 된 경극을 봤다는 말에 끄덕인 고개는 뭐였죠?"

"그때는 그저 목이 안 좋아서……. 소저의 말과 내가 목이 안 좋았던 시기가 절묘하게 맞아떨어졌을 뿐이오."

"그러세요? 그런데 왜 전 다른 생각이 들죠?"

"무슨 생각 말이오?"

"경극의 여배우가 남자라는 소리를 들은 후부터 기분이 상하신 것 같던데요?"

"아, 아니, 갑자기 그게 무슨 소리요!"

사내가 일순 난감한 표정을 지었다. 그러더니 버럭 화를 낸다.

"나는 그런 거 모르오. 여배우에 관심도 없었소."

그쯤 되자 여인도 끝내고 싶었던지 슬머시 화제를 돌렸다.

"여하튼 그 극단이 최근 사천 전역에서 상당한 인기를 끌고 있다고 했는데, 충분히 볼 가치는 있었어요. 소문의 진상도 확인했고요."

"험험, 차 맛 좋구려."

사내는 여전히 딴청이었다.

남녀의 아옹다옹하는 모습을 힐끔거리던 두 명의 소녀가 두 눈을 반짝였다.

잠시 후, 그들이 찻집을 나가려 하자, 홍의소녀가 급히 물었다.

"거리에서 경극을 하나 봐요?"

갑작스런 질문에 남녀가 그녀를 바라보았다.

순간 사내의 얼굴이 붉어졌다.

이제 십육 세 정도 되어 보이는 소녀가 눈에 들어오는데, 까만 눈동자에 오뚝한 코, 그리고 전체적으로 꼬집어주고 싶을 만큼 귀엽게 생긴 모습이었기 때문이다.

비싼 복장도 외모와 어울려 전체적으로 귀티나 보이는 홍의소녀였다. 거리에서 지나친다면 아마 몇 번이나 돌아보았을 것이다.

한데, 그 앞에 마주 앉아 있는 소녀도 그 못지않게 예뻐 사내의 시선을 자연스럽게 불러 모았다. 홍의소녀와는 반대로 차분해 보이는 인상인데, 홍의소녀가 말괄량이 같은 모습과 귀여움이 있다면, 청의소녀는 고고하면서도 우아함을 드러내고 있었다.

사내는 자신도 모르게 떠듬거리며 입을 열었다.

"차, 찻집을 나가 오른쪽 길로 쭉 가시다 보면 사애극단이라고, 꽤 유명한 극단이 자리 잡고 있다고 합니다. 일주일 전쯤에 왔다고 하던데……."

그러면서 시키지도 않는 것을 물어왔다.

"길을 찾기 어려우실 것 같으면 제가 안내를… 윽!"

끝말은 잇지 못한 사내였다. 같이 있던 여인이 그의 허리춤을 꼬집었던 것이다.

날카로운 눈빛이 빨리 따라 나오라는 듯했다.

사내는 뜨끔한 듯 험험거리며 급히 찻집을 빠져나갔다.

그들이 사라지자 홍의소녀, 진화가 물었다.

"어때?"

청의소녀가 고개를 갸웃거렸다.

"뭐가?"

"그 극단 말이야. 왜 진작 말해주지 않았어?"

"……!"

"그런 게 있었다면 거기 가서 시간을 때웠을 텐데."

"나도 몰랐어. 그런데 사애극단이라면 나도 들은 적 있는데."

진화가 호기심을 드러냈다.

"그렇게 유명해?"

"그 정도인지는 잘 모르겠어. 당주민 언니 알지?"

"아, 네 팔촌 언니 되시는 그분?"

"맞아. 그 언니가 전에 신해에 볼일이 있어서 갔는데, 거기서 사애극단의 경극을 봤나 봐. 돌아와서 이야기를 해주는데, 입에 침이 다 마르더라니까."

"그 정도야?"

청의소녀는 어깨를 으쓱했다. 말말 들었을 뿐, 실제로 본 적 없으니 알 리 없는 것이다.

그러자 진화가 의미심장한 미소를 지었다.

"오늘 거기도 구경 가자. 나 경극 좋아하는 거 알지?"

청의소녀도 흔쾌히 수락했다.

"그래. 그런데 정말 궁금하네!"

"뭐가?"

"주민 언니가 그랬거든. 거기 여장 남자 배우가 있는데, 그렇게 예쁘게 생겼다는 거야."

"정말?"

"말은 그렇게 들었어."

그러자 진화가 자리에서 벌떡 일어섰다.

"왜 그래?"

"지금 구경하러 가자. 빨리 일어나!"

"잡화점은?"

"보고 난 후에 구경하면 되지. 어서 일어나!"

말과 함께 그녀는 계산을 하기 위해 입구 쪽으로 향했다. 그 모습을 보며 청의소녀가 못 말린다는 듯 고개를 절레절레 저었다. 호기심이 일면 꼭 풀고 싶은 성격이 예전보다 더 심해진 듯했던 것이다.

'하긴 나도 궁금하긴 하네!'

청의소녀도 금세 자리에서 일어나 진화를 따라 밖으로 향했다. 하지만 두 소녀의 기대는 사애극단이 친 큰 척막에 도착하자 실망으로 바뀔 수밖에 없었다. 시간이 끝났는지, 아니면 다른 이유가 있는 것인지 천막 주위로 둘러쳐진 울타리 문이 막혀 있었기 때문이다.

그 주위로 사람들이 꽤 몰려 있는데, 그들도 소문을 듣고 찾아와 경극을 보지 못하자 아쉬운 빛을 드러내고 있었다.

그들 중 한 사내에게 진화가 다가가 등을 두드렸다.

"이봐요."

순간 사내가 인상을 쓰며 돌아봤다.

누가 건드냐는 꽤 반항적인 표정인데, 진화와 청의소녀를 확인하고는 그만 얼어버렸다.

예쁜 소녀가 둘씩이나 그를 불렀다는 이유도 있지만, 그보다 그녀들의 복장과 분위기를 알아보았기 때문이다.

한눈에 보아도 평범한 소녀들이 아니라는 분위기가 사내를 위축시켰다. 특히, 청의소녀가 주는 압박은 심할 수밖에 없었다.

사천 성도에 유명한 무림세가를 대라면 누구나 하나를 지목한다.

바로 당문!

의술로 유명하면서도, 사천 전역의 약초와 독초 거래를 완전히 장악하고 있는 당문은 모르는 사람이 없었다. 그리고 그들을 더욱 유명하게 한 것은 독이었다.

독으로 천하제일의 세력을 갖추고 있는 그들의 무서움은 사람들을 떨게 하기 충분했던 것이다.

"여, 여기는 어쩐 일이십니까?"

사내가 떠듬거리며 대뜸 고개를 꾸뻑 숙였다.

인생이 한량이라 성도 뒷골목을 전전하던 그. 그러니 성도 무림 사정에 밝았는데, 소녀의 신분을 알아본 까닭이다.

이름이 당예인(唐禮仁)이라고 했던가!

당문 가주에게는 세 명의 아들이 있는데, 그들의 자식 중 손녀는 둘이었다.

첫째의 두 번째 자식인 당진(唐進)과 늦게 본 셋째의 막내인 당예인이다. 바로 앞에 있는 소녀가 당예인임을 사내는 알고 있었다.

갑작스런 사내의 행동에 당예인이 살짝 아미를 찌푸렸지만 이내 표정을 풀며 물었다.

"뭐 좀 물어봐도 되나요?"

"뭐든……."

그러자 진화가 먼저 입을 열었다.

"저기 사애극단에서 경극을 한다던데, 맞나요?"

"그렇습니다."

"그런데 왜 입구를 막아놨죠?"

"그게……."

뭔가 이유를 아는지 사내가 말끝을 흐렸다. 말하기 곤란한 듯한 표정이었다.

잠시 생각하던 그가 대답을 회피했다.

"저도 정확한 사정은 모릅니다. 극단주 마음이니 제가 어찌 알겠습니까? 관계자에게 물어보면 알겠죠."

진화가 눈을 흘겼다.

뜨끔한 사내는 당예인의 눈치를 한번 살피더니 실실거리며 인사했다.

"그, 그럼 저는 볼일이 있어서 이만 가보겠습니다. 좋은 시간 되십시오."

말과 함께 그는 부리나케 자리를 빠져나가 버렸다. 그러자 진화가 당예인을 향해 물었다.

“이상하지 않아?”

“그러게, 무슨 문제가 있나 본데?”

“에이 씨. 이게 뭐야. 기대하고 왔는데!”

“어쩔 수 없지. 잡화점이나 둘러보러 가자.”

그때 진화가 손을 들어 한곳을 가리켰다.

자연히 당예인의 시선도 손끝을 따라갔다.

“저 사람에게 물어보자.”

진화가 가리킨 곳에는 죽립으로 얼굴을 가린 사내가 큰 천막 뒤에서 걸어나오고 있는 중이었다. 각이 심하게 기울어진 죽립이라 얼굴을 정확히 알아볼 수는 없었지만 극단 내를 돌아다니는 것으로 보아 관계자임이 분명했다.

“따라와!”

진화는 말릴 사이도 없이 울타리를 돌아 사내가 가는 쪽으로 바삐 걸음을 옮겼다. 그러더니 사내를 불렀다.

“이봐요!”

“…….”

사내에게는 대답이 없었다. 한번 고개를 돌려 보기는 했지만 다시 걸음을 옮기고 있었다.

진화가 다시 불렀다.

“이봐요!”

역시 대답이 없었다.

“뭐 저런 사람이 다 있어!”

기분이 나빠진 모양. 그녀가 바닥에 떨어진 작은 돌멩이 하나를 주워 들더니 사내를 향해 던졌다.

톡!

돌멩이는 그대로 사내의 죽립에 부딪쳤다.

작은 돌멩이였기에 아프지는 않겠지만 사내로서는 기분 나쁠 만했다.

그제야 사내가 소녀들을 향해 걸어왔다.

"뭐야?"

다짜고짜 반말이다.

진화뿐만 아니라 당예인도 슬머시 기분 나쁜 표정이 되었다.

하지만 한 짓이 있으니 굽히고 들어갈 수밖에.

"미안해요."

"미안한 짓인 줄 알면 하지 말던가!"

"……."

진화의 시선이 죽립을 쏘아봤다. 하지만 논쟁을 벌이고 싶지 않았던 그녀기에 차분한 목소리로 물었다.

"여기서 일하는 것 같은데, 몇 가지 물어볼 게 있어요."

죽립으로 가려진 사내의 시선이 두 소녀의 행색을 아래위로 훑었다.

그리고는 몸을 돌리려는데, 진화가 기가 막혀 약간의 협박을 했다.

"우리가 누군 줄 알아요?"

옆에 있던 당예인이 옆구리를 찔러왔다. 하지만 진화는 상관하지 않았다.

"사천 성도에서 장사를 하려면 당문을 무시할 순 없겠죠?"

사내의 걸음이 그제야 멈췄다.

'당문이었군.'

옷을 입은 모습을 보아하니 당문에서도 상당히 높은 직위의 여식임이 그대로 드러나 있었다. 그러니 사내의 목소리도 조금은 누그러질 수밖에 없으리라.

"뭐가 궁금하시오, 어린 소저들?"

발끈한 진화가 한마디 했다.

"어리지 않아요."

"흐음!"

죽립의 시선이 다시 소녀들을 훑었다.

'어린데!'

하지만 말하면 꽤 귀찮아질 것 같아 죽립의 고개가 끄덕여졌다.

"알겠소. 소저들, 한데 무슨 일입니까?"

"여기서 경극을 하는 걸로 아는데, 언제 하죠? 입구가 막혀 있던데 그건 왜 그런 거죠? 구경하기 위해 몰려든 사람도 꽤 많은데……."

"사정이 있죠."

"무슨 사정이요?"

“그걸 외인에게 말해야 할 이유가 있습니까?”

“그럼, 언제 하는지만 알려주세요.”

죽립사내의 어깨가 으쓱했다.

“글쎄요…….”

“대답이 뭐 그래요? 여기 관계자 아닌가요?”

“맞기는 하죠. 하지만 사정이 있어 언제 시작될지는 모른다는 겁니다. 내일이면 구경할 수 있을지도 모르죠.”

진화의 얼굴에 실망감이 어렸다. 경극의 구경은 원한다고 할 수 있는 것이 아니기 때문이다. 대부분의 경극단이 유랑 생활을 하니 지금 놓치면 언제 구경하게 될지 모를 일이었다.

잠시 침묵이 흘렀다. 그러자 말이 없는 두 소녀를 버려두고 죽립사내가 몸을 돌렸다.

“이봐요!”

“……?”

“아직 물어볼 게 많은데, 그냥 가면 어떡해요?”

“내일 오면 결정이 날 테니, 그때 오십시오.”

“아니, 그게 아니라…….”

“그럼 뭐요?”

“여기 경극단에 여장 남자 배우가 있다던데 맞나요?”

“그렇소만?”

“사애극단이 유명하다는 소리를 들었어요. 특히, 거기에 있는 여장 배우가 그렇게 실력이 좋다던데, 정말인가요?”

그 말에 죽립 밑으로 사내의 입가가 비틀렸다.

웃고 있는 것이 분명했다.

"오호라! 그것 때문에 예쁜 두 소저가 오셨군!"

'예쁜' 이라는 단어가 싫지 않은 듯 진화와 당예인의 표정이 약간 밝아졌다. 예쁜 건 알지만 직접 남을 통해 들으니 조금은 수줍다는 표정이랄까?

여하튼 싫지 않은 듯 살짝 얼굴을 붉히는 두 소녀였다.

"정말이에요?"

진화는 믿지 못하겠다는 표정을 지었다. 당예인도 마찬가지다.

죽립사내의 설명이 호기심을 자극하기보다는 허무맹랑했던 것이다.

그러자 사내의 목소리가 낮아졌다.

"사실 조금 과장이 있긴 합니다."

그러면서 은근히 말한다.

"사실, 그에게는 특별한 능력이 있죠."

"능력이요?"

"그럼요."

"무슨 능력이죠?"

사내의 의도가 먹혀들었는지 소녀들의 표정이 바뀌기 시작했다.

죽립사내는 잘 들으라는 듯 또렷하게 말했다.

"사람을 홀리는 능력이죠."

"홀리는 능력?"

"네. 아주 신비한 능력이 아닙니까? 가령, 그의 눈빛을 보면 너무 깊어서 한 번 본 사람들은 빠져들고 말죠. 그의 목소리는 천사의 그것과 같고, 몸짓은 봉황의 우아한 날갯짓이라면 설명이 될 겁니다. 믿을 수 있겠습니까?"

"……!"

"뿐이 아닙니다."

"그럼요?"

"이건 정말 말하면 안 되는 건데……. 말해 드리죠."

두 소녀의 눈빛이 반짝였다.

"그는 은근히 여성을 끌어들이는 묘한 능력도 가지고 있습니다. 오죽하면 그의 연기를 보고 난 후 수많은 여성이 그를 다시 보기 위해 찾겠습니까? 그 때문에 그 배우는 하루하루가 고달플 지경이죠. 수시로 찾아오는 여자들 때문에……. 하지만 그는 크게 신경 쓰지 않습니다. 손님과 배우의 입장으로만 대하죠. 그래서 여자들이 그가 떠난 후, 병을 앓는다고 했습니다."

"병이요?"

"상사병이라고 아는지……?"

진화의 고개가 끄덕여졌다. 덩달아 당예인도 고개를 끄덕였다.

"그럼 설명이 필요없겠군. 여하튼 그렇습니다. 놀라운 능력이죠. 소저들도 조심하십시오. 괜히 넋 빠져 그 배우에게 반하면 골치 아픕니다."

순간 진화가 인상을 찌푸렸다.

"홍, 전 눈이 높아요. 아무에게나 반하는 그런……."

채 말을 맺기 전에 죽립사내의 말이 뒤따랐다.

"생긴 것도 정말 끝내줍니다."

"……."

말을 잇지 못하고 진화가 얼굴을 붉혔다.

하지만 말 몇 마디로 모르는 사내의 말을 모두 믿을 바보는 아니었다. 그래서 뭔가 더 물어보려는데, 공교롭게도 사내에게 볼일이 생겼다.

"청명!"

큰 천막에서 한 여인이 나오더니 죽립사내를 불렀다. 눈가에 칼자국이 있는 중년 사내와 함께인데, 그를 본 당예인이 조금은 놀란 표정을 지었다. 익히 알고 있는 자였기 때문이다.

금도방의 부방주 일웅이었다.

금도방은 흔히, 부유한 도시 거리를 장악하고 있는 건달패들의 모임인 흑도 세력과 같은 부류인데, 흑도는 무림에 몸을 담고 있기는 하지만 정사의 큰 문파와 같은 특성이 없는, 한

량들의 모임이라 당문에서 신경 쓰지 않는 그런 세력이었다.

하지만 금도방의 경우에는 무공을 익힌 고수들도 더러 보유하고 있어 사천 성도의 암흑 거리를 절반이나 장악해 주목을 받고 있기는 했다.

'저자가 여기는 무슨 일이지?'

예전에 당문에 인사를 드린다는 명목으로 찾아왔던 것을 본 적 있는 그녀가 고개를 갸웃거렸다. 하지만 조금 생각하자 이유를 쉽게 유추할 수 있었다.

여느 흑도들이 그렇듯, 금도방도 거리를 장악하고 있기에 자릿세를 요구하러 왔음이 분명했다. 그것이 그들의 밥줄이니 당연한 일일 것이다.

"뭐야? 한참 이야기하다가!"

갑자기 진화가 아쉬운 표정을 지었다.

더 물어볼 것이 많았는데, 청명이라 불린 죽립사내가 여인을 향해 급히 가버렸기 때문이다.

그런 그녀를 향해 당예인이 말했다.

"저 사람의 말대로 내일 오면 될 거야."

"어떻게 알아?"

그녀가 일웅을 가리키며 그에 대해 설명했다. 그러자 진화도 이해한 듯 고개를 끄덕였다.

"그래서 경극을 하지 않고 있었구나!"

"그런 것 같아. 우선 다른 곳을 구경하고, 내일 오도록 하자."

진화가 허락하자 두 소녀는 아쉬움을 뒤로하고 발길을 돌렸다.

"어떻게 됐습니까?"
청명의 물음에 단주가 쓴웃음을 지었다.
"칠 할을 달라는구나!"
"칠 할?"
청명이 피식 웃었다.
"부었군요."
간이 부었다는 소리였다.
청명도 벌써 사애극단에 입단한 지 몇 해. 그래서 거리의 특성을 잘 알고 있는데, 어딜 가든 몫이 좋은 장소에는 날파리가 들끓게 마련이었다. 그리고 그 날파리는 어찌하면 좀 더 많은 돈을 만들어볼까 궁리하기 십상이었고.
하지만 그 세계에서도 상도라는 것이 있다. 일정한 상납금이 정해져 있다는 말인데, 총 수입의 일 할에서 규모가 조금 클 경우에는 이 할에 달하는 돈을 받는다는 것이다.
한데, 칠 할이라는 말도 안 되는 조건을 걸어왔으니…….
웃음이 나올 수밖에 없다.
사실, 처음 사애극단에 왔을 때만 해도 그들은 관례에 따라 이 할의 돈을 요구해 왔다. 바뀐 것은 어제부터였다.
사애극단이 이름이 있기는 하지만 벌어야 얼마나 벌겠나

는 예상이 빗나갔던 게 원인임이 분명했다. 며칠 내내 흥행을 기록하자 금도방이 찾아와 말을 뒤집은 것이다.

그리고 오늘 다시 찾아와 또 뒤집었다.

어제는 절반이더니, 이제는 칠 할로 자릿세를 정한 것이다.

챙겨도 단단히 챙기고픈 생각이 분명한데…….

"뭐라 대답했습니까?"

단주는 고개를 저었다.

"내일까지 답변해 주기로 했다."

"그쪽 반응은?"

"그럼, 그때까지 장사를 하지 말라더구나!"

"훗, 재밌군요. 이제 어떻게 하실 생각이죠?"

"글쎄……."

청명은 그녀의 말을 기다리지 않았다. 생각할 필요도 없다는 듯 말했다.

"제가 처리하죠."

단주의 아미가 살짝 찡그려졌다.

"전처럼 또 사람 여럿 잡아 곤란하게 만들려고?"

"곤란했나요?"

피식 웃으며 묻는 말에 단주는 새침한 미소를 지어 보였다.

"당연히 곤란했지. 극단의 단원이 덩치 큰 장한들을 때려 눕히는데 어떤 사람들이 이상하게 보지 않을까!"

"그래도 그 때문에 그 지역에서 더 이상 우리를 건드리는 자들이 없었지 않습니까?"

"얼마 지나지 않아 다른 곳으로 옮겨서 그런 거겠지. 소문이 빨리 퍼졌다면 이상하게 생각하던 사람들이 찾아왔을지도 몰라. 흑도 세력의 뒤를 봐주는 무림문파가 관여했다면 경을 칠 수도 있었고."

"그래도 칠 할은 너무 과하군요. 단주께서 특별한 방도가 없다면 제가 알아서 처리할 테니 지켜보기만 하세요. 물론, 이번에는 곤란하지 않게 처리하죠."

"어떻게 하려고?"

"믿고 맡겨주시면 됩니다!"

대답과 함께 청명은 자신의 천막으로 걸음을 옮겼다. 최근 들어 사애별가라는 경극에 심취해 있었기에 그것을 연습하기 위해서였다.

사실, 이제는 대사를 외우고, 다른 배우들과 호흡만 맞추면 특별히 연습하지 않아도 될 실력이었다. 하지만 청명에게는 다른 쪽으로 연습해야 할 부분이 있었다.

바로, 최면과 경극의 조합이었다.

동작 하나하나를 따져 가며 자연스럽게 최면을 거는, 그러면서도 많은 사람을 자신이 원하는 쪽으로 반응하게 하는 작업의 수련인 것이다.

아주 세심히 사람들의 반응까지 확인하는 그 고도의 심리술이 청명에게는 재미와 흥미로 다가왔기에 심취해 있을 수밖에 없었다.

그것은 관객들과의 이기고 지는 승부라고도 할 수 있는데, 청명은 언제나 이기고 싶어했다.

청명이 막사로 사라지자 단주가 한숨을 쉬었다.

“휴—! 세상의 이목을 끄는 건 바라는 바가 아닌데……. 그들에 대해서 말해줄까?”

잠시 생각하던 그녀는 고개를 흔들었다.

‘지금은 때가 아닐지도……. 우선 조금 더 지켜보도록 하자.’

『최면의 대가』 2권에 계속…

못할게 뭐 있어?!
다세포소녀
끌기면서 사는 고딩들의
Fun 뻔하고
Sex시한 로맨스
〈정사〉〈스캔들〉
이재용 감독
2006년 8월
문제적 고딩들이 온다!
김옥빈 박진우 이켠 유건 강별 이민혁 이용주 남호정 박혜원 이은성 이원종 임예진 박용식 이재용 김수미

초등학생이 반드시 읽어야 할 좋은 책 49권

각 학년별로 초등학생이 반드시 읽어야할 좋은 책을
선정하여 통합논술의 기본이 되는 '올바른 독서법'을
일깨워 줍니다.

교과서와 함께하는
초등학교 통합논술

초등1학년 | 값 12,000원 / 초등2학년 | 값 9,500원 / 초등3학년 | 값 11,000원 / 초등4학년 | 값 9,500원 / 초등5학년 | 값 9,500원 / 초등6학년 | 값 11,000원

♣ **혼자 할 수 있어요.**
엄마가 책 읽는 방법을 가르쳐 주어도 좋아요.
독서지도하는 선생님이 가르쳐 주어도 좋답니다.
"초등 교과서와 함께하는 **통합논술 시리즈**"는
아이 스스로 독서할 수 있도록 꾸며진 책이에요.
엄마와 선생님은 요령만 가르쳐 주시면 된답니다.

♣ **교과서의 중요한 내용이 총정리되어 있어요.**
각 학년별로 중요한 교과 내용이 함께 수록되어 있어요.
초등학생은 교과서 내용을 충실하게 공부해야 합니다.
아울러 그와 병행한 독서가 대단히 중요하지요.
"초등 교과서와 함께하는 **통합논술 시리즈**"는
두 가지 방법 모두 알려준답니다.

♣ **이 책은 훌륭하신 선생님들이 함께 쓰신 책이랍니다.**
동화작가 선생님들이 쓰셨어요. 소설가 선생님도 쓰셨답니다.
국어 논술독서지도 선생님들도 함께 쓰셨지요.
"초등 교과서와 함께하는 **통합논술 시리즈**"는
엄마의 마음으로 모든 선생님들이 함께 꾸민 책이랍니다.

입소문을 통해 아는 분은 다 알고 계십니다!
올 한해 공인중개사 최고의 화제작!

수험생 기본 필독서
만화 공인중개사

제목 : 만화공인중개사 쓰신 분에게 감사드립니다.

학원을 두달 다녔어요. 근데 과연 그 숫자 외우기 그렇게 몇 문제나 나올까 생각을 했어요. 아니라는 생각이 드네요. 학원강의를 뒤로 하고 서점을 갔어요. 내 머리에 가장 이해될 수 있는 책이 없나 하구요. 거기서 만화를 발견했어요. 무조건 세번 봤어요. 3개월 걸렸어요. 문제집을 보라고 했는데 그건 시행을 못했어요. 근데 합격을 했네요.

어떻게 감사의 말을 해야 될지…

도서관에서 만화책 들고 다니니까 사람들이 바웃더라구요. 만화책으로 공인중개사를 공부한다고 미친사람처럼 보더라구요. 근데 그거 다 감수하고 했던 내가 자랑스럽습니다.

어떻게 감사의 말을 해야 할지 정말 감사합니다.

부디 행복하세요. 제 나이 41살에 좋은 스승을 만난 거 같습니다.

엎드려 감사드립니다.

－본사 홈페이지에 독자분이 올린 메일 中 에서 발췌－

DASEPO girl

'다세포 소녀'는 '무쓸모 고등학교'를 배경으로
'뽀샤시한' 순정만화 주인공 같은 외모의
남녀 고교생들이 펼치는 엽기적이고 황당한 내용과
성(性)에 관한 발칙한 상상력을 보여주면서
네티즌들로부터 폭발적인 반응을 얻고 있다.
"제 또래들과 함께 나누고 싶은 성,
사회 문제 등을 짚어보고 싶었다"는 작가의 변에서
볼 수 있듯 만화 속 이야기의 절반가량은
주변에서 전해 들은 '실화'를 참고했다.
작품에서 보여지는 비꼬는 패러디와
냉소적인 유머에서 삶에 대한 진지한 성찰이
엿보이는 것은 그때문이 아닐까!

300만 네티즌을 열광시킨
상식을 뒤엎는 엉뚱한 만화 세계!!
다가오는 2006년 7월
무더위를 한방에 날려 줄 발칙한 상상력!

다세포 소녀
인터넷 원작
만화 출판!!

도서출판 청어람